心 經

心經

閻連科

香港城市大學出版社
City University of Hong Kong Press

剪紙：尚愛蘭

國際統一書號：978-962-937-457-0

出版

香港城市大學出版社
香港九龍達之路
香港城市大學
網址：www.cityu.edu.hk/upress
電郵：upress@cityu.edu.hk

Heart Sutra
(in traditional Chinese characters)

ISBN: 978-962-937-457-0

First published 2020
Second printing 2020
Third printing 2023

Published by

City University of Hong Kong Press
Tat Chee Avenue
Kowloon, Hong Kong
Website: www.cityu.edu.hk/upress
E-mail: upress@cityu.edu.hk

Printed in Hong Kong

佛望着十字架上的耶穌說：

「血流盡了。你想下來嗎？我幫你。」

道望着十字架上的耶穌說：

「欲遠必高。你想再高嗎？我幫你。」

耶穌望着佛和道：

「我在這不高不低的位置上，人一見我就看到人該有的苦難了。」

聖母到耶穌的十字架下說：

「你已經替人受夠苦難了。」

穆罕默德到耶穌的十字架下說：

「如果你不這樣，人的苦難會不會少一些？」

耶穌望着聖母和穆罕默德說：

「我在這個位置上，人一見我就看到人該有的苦難了。」

這時過來了一群人，他們在五神的邊上說着話，品着酒，像五神是他們中間的幾個人，於是笑着大聲對五神喚：「喂——好酒。都過來，大家一起喝，不醉不休啊！」

——題記

目　錄

[下卷]

選集總序

憤恨於自己的寫作與人生

經常懷疑自己的寫作，就是一場尷尬的文學存在。

因為這尷尬是文學與人生中的「一場」，想既是一場，就必有結束或消失的時候。不怕消失，如同任何人都要面對死亡樣。然而結束卻遲遲不來，是這種尷尬無休無止──這才是最大的尷尬、驚恐和死亡。

香港城市大學出版社，願意出版這套包括我剛剛完成、也從未打算「給予他人審讀」的最新長篇小說《心經》在內的九冊「閻連科海外作品選集」（小說卷6冊、演說散文卷3冊），讓我感到他們朝殘行者伸去的一雙攙扶的手。可也讓我在恍惚中猛然驚醒到：「你已經有九本在你母語最多的人群被禁止或直接不予出版的書了嗎？！」這個數字使我驚愕與悵然。使我重新堅定地去說那句話：「被禁的並不等於是好書，一切都要回歸到文學的審美和思考上。」然而我也常呢呢喃喃想，在大陸數十年的當代文學中，一個作家一生的寫作，每本書都毫無爭議、出版順利，是不

是也是一個問題呢？我總以為，中國的開放，永遠是關着一扇窗，開着另外一扇窗；一切歷史的變動，都是在嘗試把哪扇窗子開的再大些，哪扇關的再小些。永遠的出版有問題，但如我這麼多地「被禁止」、「被爭論」，自然也是要駐足反省的寫作吧。

文學能不能超越歷史、現實和那兩扇誰關誰開，關多少、開多少，乃或都關、都開的窗子呢？

當然能。

也必須！

只是自己還沒有。或者你如何努力都沒達到。我並不願意人們用良知和道德去看待我的寫作和言説，一如魯迅倘使還活着，聽到我們説他是「戰士」、是「匕首」，會不會有一種無言之哀傷？「閻連科海外選集」自然是集合了我較為豐富寫作中的「某一類」。這一類，對「外」則是親近、單調的，對「內」則是尖鋭卻無法閱讀體味的。但無論如何説，它也是一個作家的側影吧。面對這一側影的呈現和構塑，我異常感謝城大出版社每一位為這套叢書付出心血的人 —— 他們是真正懷有良知的人。而至於我，面對這套書，則更多是尷尬、憂傷和憤恨。

尷尬於自己寫作的尷尬之存在。

憂傷於這種尷尬何時才是一個結束期。

而憤恨，則是憤恨自己深知超越的可能與必然，卻是無論如何都沒有達到那處境界地；而且還如一個溺水的人，愈是掙扎想要超越水面游出來，卻愈要深深地沉溺墜下去。

憤恨於自己的寫作和人生，又無力超越或逃離，又不甘就這樣沉沉溺下去。這就是我今天的人生狀況和寫作狀況吧。除了哀，別無可言說了。

閻連科
2019 年 11 月 29 日於香港科技大學

《心經》序

神與人的暗戰與復還

Carlos Rojas（羅鵬）
美國杜克大學教授

　　閱讀閻連科的最新長篇小說《心經》，讓人想到 1844 年，馬克思在《黑格爾法哲學批判》的導言中，把宗教比喻為一種「精神上的鴉片」（Opium des Volkes）：

　　宗教裏的苦難既是現實苦難的表現，同時又是對這種現實苦難的抗議。宗教是被壓迫生靈的嘆息，是沒有人性世界中的人性，是沒有靈魂處境裏的靈魂。它是人民的鴉片。

　　這段話清晰的說明，宗教的主要意義是緩解人類現實生活中的痛苦與折磨，然而在同時，它也警惕信徒感知現實痛苦與折磨的實際狀況。因此，馬克思認為，如果世人希望能夠真正面對並且改善現實中人與社會的困境，就必須脫離宗教的信仰，而復還世俗。

不知道中國作家閻連科在寫作《心經》前，是否讀到過在中國被奉為神明的馬克思的這段話。但無論如何，他的新作卻和馬克思關於宗教的論述，形成奇妙的勾連和應對。並且《心經》也和《撒旦詩篇》一樣，故事都剛好是在「宗教與俗世之間」巧妙的展示和描寫了一群「特殊人」的精神狀況和特殊的社會情景。三十年前，來自穆斯林家族的印度／英國裔作家薩爾曼・拉什迪（Salman Rushdie）出版了他的第四本小說《撒旦詩篇》（1988），作品繞着兩個生活在英國的穆斯林印度演員而展開。寫作運用魔幻現實的講述法，來滔滔不絕地探究作家眼中的移民狀況。故事雖然發生在當代，但主人公一場接一場的夢，卻延伸到了遙遠古代去。而且夢的內容十分荒誕 —— 它反映着人物的精神疾病，同時也和當代世界有着明顯的聯繫。比如說，第一場夢重述一個關於穆罕默德的傳說，説他當時如何給《古蘭經》加了一些支撐多神教的詩篇（即所謂的撒旦詩篇），後來他又把這些詩篇收了回去，説是為了收了魔王的影響。另外一場場的夢，則描寫一個糊塗的外籍阿訇 —— 這顯而易見地諷刺了伊朗精神領袖阿梅尼。小說雖然在文學界廣受關注，但一些伊斯蘭教的信徒，卻認為小說褻瀆了穆罕默德，因此開始激進地阻止作品的傳播。而更加有趣和可怕的是，有阿訇給阿梅尼讀了諷刺他的一些小說片段，於是在 1989 年初的情人節，阿梅尼對拉什迪下

達了追殺令。儘管追殺令下達不到半年後，阿梅尼就已去世，然而追殺令卻至今沒有被取消，致使幾十年來，作家拉什迪都需要過着一種被警察保護的臥底生活，而且也因此，他小說的幾個譯者都先後遭到了攻擊或暗殺。

在拉什迪的小說中，雖然《撒旦詩篇》強調的是伊斯蘭教歷史中的豐富性以及在當代世界中的多元性，但同時，在關注當代世界中的移民問題時，他也批評了一種過度狹隘的宗教態度，以及他人試圖用宗教話語來達到政治目標的行為。而伊朗下達的追殺令，以及其他原教旨主義者對小說的強烈反應，恰好表明作品所諷刺的宗教態度的狹隘與實質。小說雖然試圖把宗教看成是一種獨立的存在，不受權力的控制，然而作品後來所引起的反應，又恰恰證明宗教在很多方面，仍然被政治所干擾。

這讓我們想到閻連科的寫作與命運，又感到他比拉什迪幸運得多。與伊朗及其他重要的伊斯蘭教國家剛好相反，當代中國主張無神論。在相當長的一段歷史中，宗教信仰在中國是被禁止或者壓滅的，取而代之的，則是堅定的政治信仰。然而在中國的改革開放後，宗教信仰不僅被包容，而且還以驚人的速度在擴展。據中國國務院新聞辦公室 2018 年的白皮書介紹，中國五大宗教（佛教、道教、天主教、基督教和伊斯蘭教）的信徒共有將近 2 億人，其中伊斯蘭教的信徒有 2,000 多萬、天主教 600 多萬、基督

教 3,800 多萬。而民間佛教與道教的信徒人數則多至難以統計。單是專業的教職人員，佛教就有 22.2 萬人，道教有 4 萬餘人。如何面對這約為 2 億的宗教信徒，中國政府在白皮書中總結論述到：「中國始終堅持從本國國情和宗教實際出發，實行宗教信仰自由政策，保障公民宗教信仰自由權利，構建積極健康的宗教關系，維護宗教和睦與社會和諧。」由此可見，在近 14 億人口的當代中國，宗教信仰是中國社會與中國民間的一種巨大存在並又被遮蔽的巨大現實。尤其在中國作家的寫作中，宗教幾乎是不存在的最大空白。正是在這種情況下，閻連科最新的長篇小說《心經》的出現，才有了不凡的意義。它使我們得以發現和窺視中國現實中那塊巨大、普遍、而又「不在」的一種驚人的曖昧和真實。

在《心經》這部小說中，宗教與現實、社會與制度、神聖與世俗、常人與神職、身份與錯位、內心隱秘與公開言說、靈魂的不安與日常生活之平靜等，構成了整個故事看似簡單、而實為錯綜複雜的展開背景。小說圍繞着一批五大宗教的宗教大師們，到北京的高等學府進行為期一年的培訓開始和發展。培訓課程豐富多樣，包括《各宗教史略》、《宗教政治學》、《中國宗教與中國社會的互動關係》、《個人信仰與人類共同關係》等。但小說的巧妙之處是，在這些課程中，還有一門體育課。而體育課中最重要

的是各個教派之間的拔河賽 —— 這一場場的拔河賽，在
閻連科的筆下，被有趣而合理的演繹成了一場場教與教之
間力量的暗戰、人與人之間內心的爭鬥、神與神之間靈魂
的競賽和人與神之間地位的爭奪。於是，故事從這兒開始
了 —— 因為偶然到了大師班的 18 歲的佛教信徒小尼姑，
和原因不明也到了大師班的 24 歲的道教道士顧明正，彼此
一見鍾情，卻又因為各自的身份、教別、世俗、純淨、真
誠和附庸，而變得生活和情感都一波三折。如此，愛與還
俗的糾結、性與身份的糾結、融合與撕裂的糾結、信仰與
權力的糾結、心靈與金錢的糾結，在故事和這對「戀人」
中盤纏環繞，使得一段純美的愛情變得愛非愛、情非情、
性非性，信仰非信仰，虔誠非虔誠。然而在這非與非、是
非是的糾纏中，卻又無處不在地透露着信徒（人物）們靈
魂深處的不安和執念。由此延宕和展開，其他各教派中的
牧師、神父、阿訇及其他女性信徒們，共同在小說中組成
了一幅幅簡潔、清晰的宗教人物畫。而最終，當愛情中的
男女主人翁，道士自宮、尼姑自殘，雙雙成為「男非男和
女非女」，他們卻在故事的最後成了「一家人」——這就使
得故事形成一個巨大而難以闡釋的現實寓言，讓《心經》
和《撒旦詩篇》一樣，成為宗教與現實世界的又一部讓人
捉摸不定的隱喻書。甚至就中國的現實和宗教說，《心經》
還完全是一部中國現實與宗教生活的隱喻、暗示、寓言和

神話的連環套。男主人翁明正從故事一開始，就鍥而不捨地對父親的尋找；女主人翁生而無母，卻對師傅——母親的天然認同；「無名氏」幻影般的在小說中是人非人、非人是人的反覆出現；被大段的楷書字體標述的似夢非夢、非夢似夢的真實與荒誕；尤其和整個文字故事平行推進的一百餘幅連環畫般的剪紙所呈現的老子與菩薩從兩小無猜到洞房花燭、再到分手和成神的艱難之路，都再次證明着閻連科寫作一以貫之的詭異、多變和不定。這使得我們無法定斷《心經》是一部怎樣奇異的小說，說它是《撒旦詩篇》的中國版，又完全和《撒旦詩篇》不同和不類；而在與宗教相關的其他世界名著中，霍桑的《紅字》，格雷厄姆‧格林的《權力與榮耀》，辛格的《盧布林的魔術師》，還有亞洲（日本）作家遠藤周作的《深河》與《沉默》等，和這些我們耳熟能詳的宗教小說相比較，《心經》和它們都不同，它沒有如上述作家和作品一樣不懈地頌揚神明——靈魂的不可戰勝性和權力對信仰的壓迫、追殺之黑暗。閻連科成功的避開並超越了這一些。在《心經》的故事裏，他一反自己以往寫作的正面、強硬、重大、赴死之姿態，開始少見地去以小博大、以輕為重、以柔克剛地寫了世俗與信仰的爭吵、撕扯、暗戰和曖昧。然而在小說讀完後，我們卻又不知道誰是這些爭吵和暗戰的勝者和主宰者。

故事是人和神的一場貌似日常、平靜的戰爭，可在槍聲平息後，誰是勝利者？誰是失敗者？在那悠遠寧靜的戰場上，留下的硝煙和世俗的炊煙一模樣。

描寫的是世俗與信仰在曖昧中的心戰和撕裂，可在彼此精竭倒下後，誰是贏家誰是輸家呢？

誰都是；誰又都不是。

或者誰都是勝者又是失敗者？

也如同佛教經典那一百多言的「心經」的玄妙樣，我們是不是只能模糊的面對閻連科的寫作和他的《心經》這部表面簡單而深層怪異、奇而又奇的小說呢？

上　卷

前話

1 花一樣的子宮，子宮中的菩薩。

2 蒲草、野蔥般的子宮，
子宮中的老子。

3 菩薩降生時，玉兔、月亮
和村人成了她的產床。

4 老子降生時，牛、烏鴉、日
光下的草帽成了他的產床。

5 菩薩學爬時，枯樹竟然開花。

6 老子學爬時，枯樹居然發芽。

7 菩薩一生的第一個夢，夢到了蓮花和神獸。

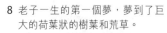

8 老子一生的第一個夢，夢到了巨大的荷葉狀的樹葉和荒草。

9 菩薩能夠站立時，腳下是一片黑色和求助的手。

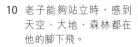

10 老子能夠站立時，感到天空、大地、森林都在他的腳下飛。

11 於是，菩薩再夢，就夢到她的未來了 ——

12 老子再夢，也夢到他的未來了 ——

01 雅慧

佛那麼信緣，像菩薩持信自己的手指樣。

可雅慧疑懷世上的物事，並非都為緣由所成。比如拔河，塵間裏以為有輸有贏，就像有黑有白樣。可若是兩教拔河，那就沒有黑白之界、輸贏之分了。佛教隊、道教隊、基督隊、天主隊，還有多為西北寧夏、甘肅的伊斯蘭，彼此相拔，死去活來，誰為贏？誰為輸？哪有什麼緣分可談。如同冬天和夏天打架般，本是一樁夠不着的事，走前隔春，後退有秋，可是神也有了糊塗了，把春秋兩好關在獄地裏，待冬夏兩烈走出輪迴之門後，就彼此撞在一界間，打得冷冷熱熱、難解難分，像輸的必入世之末日着，贏的方有來日之明光。

這次拔河賽，時值九月之末端。季在酷熱，人如沸煮，校園、街道和整個整個的北京城，都燉在九月深處了。佛隊裏穿黃色袈裟的光頭和尚們，每次拔河賽，都像一隊乞食行進的火炬樣。着灰色短褂、中褂的師父僧兄們，作為觀眾蹲在邊旁裏，頰面上沒有絲毫的虛空和愁容，連高僧大德們的臉，都喜得鼓鼓蕩蕩着，為贏的一方

鼓着掌，為輸的一方加着油，直到將輸的又把贏的拉回去，大家的忠信才又回到平靜裏，堅信了央掘摩羅[1]終是殺不死佛陀了。

這次拔河賽，是基督隊和天主隊。基督隊遴選五名信徒，天主隊也遴選五名信徒，他們身着背心、褲衩和能抓地的運動鞋。操場上好，紅色塑膠，粒粒顆顆黏在一塊兒，彈性如廚頭[2]那肉嘟嘟的臉。拔河場設在學校大操場上的羽毛球場內，天主隊在羽毛球場的東側上，基督隊在這西側岸，為了明示營陣之分別，組織賽程的貢主任，親自在羽毛球賽場的紅膠地上畫了白灰線。拔河賽就在這白線兩界酣戰着。這邊的基督徒，然絕不是一般教職的信徒們，不是教界裏的普通傳道員。他們一全是牧師，職稱都到大師了。天主教的信徒們，也不是一般的修士和修女，他們是神父。是神父才有資質參加這宗教高研班，才可以參加這大師拔河賽。其餘的，坐在羽毛球場邊的看客們，都是道長、方丈、主持和大阿訇，都是宗教界被稱為大師或準大師的人物們。

---

1 《佛陀傳》中最可怕的殺人犯，見中篇 53 節「終止內心的暴力」。（河南文藝出版社 2014 年版，越南國一行禪師著，何蕙儀譯）

2 廚頭為佛教寺廟中專門燒飯的廚師。

這是大師和大師的拔河賽，是神和神的賽，人和人的賽，神和人的賽。雅慧是作為看客出場的。作為看客她是不能不來的，這是學校宗教培訓中心創設的宗教共融課，是信眾學員就必須來參加。

於是就來了。

來了遲到了。

因為在宿寺房裏多剪了一會紙，對着鏡子又照了一會兒臉。路上又走着看着學校最高的樓，想這樓若是尼姑的庵房該多好；看着學校闊大簇新的圖書館，想這圖書館若是尼姑庵的藏經樓，該有多麼氣派和威勢。想着就笑了，腳下絆了路上的砂石頭，又盯着那幾塊砂石冥想到，昨天它把一個孩子絆倒了，今天它又絆了我，明天它將又會怎樣呢？於是去把那兩塊砂石從人行道上搬到一邊去，幾試竟然搬不動。一個年輕的道士過來幫了忙。他輕易搬起那石頭，朝着路邊走過去，怕砸了路邊地上的草，徑直把石頭搬到草地那邊無草無花的塵埃裏，回來她雙手合心阿彌陀佛感謝他，他竟沒用胸掌道禮回謝她，而是很入世地朝她露個鬼臉笑一笑。

「——不客氣，我叫顧明正。」

他竟這樣説。

這樣説着走掉了。

雅慧吃驚一個道家的，對她回禮不使用道禮和教語，竟那麼隨意庸俗着，於是惶惶立在路邊上，望着他的背影像望着一頁沒有註釋的經。後來她就沒有趕上拔河賽的開場式。到了賽場看見天主隊和基督隊，已經為河繩上的紅纓是在白線的這邊或那邊，爭得肉肌要從臉上掉下來，像爭耶穌和聖母，誰才是人和神之間真的最力中保樣。[3]

　　時是下午三點鐘，頭上的焰光正烈着，能看見光烈如混沌了的湯。人都在這光湯裏間煮沸着，呵咻呵咻的拔河聲，宛若從地心生出的悶雷樣。雅慧從羽毛球場邊的小門走進去，悄悄站到佛僧隊員們的最後邊，第一眼看見的，是看客高僧們一片的光頭和腦勺。有一個僧師頭髮花白了，髮茬像農人留在田野的麥茬地。將目光從那茬地越過去，看着坐在對面的天主隊的年輕神父們，和基督隊裏的牧師們，他們都在為自己的教友拔河鼓着掌，「加油！加油！」的呼喚聲，如競技場上的廝殺聲。

　　天過熱，地上聚裂着蒸騰汽。雅慧看一會，覺得臉頰被撕出了許多裂縫兒。汗從那裂隙流出來，經至胸前蠕蠕蟲爬一模樣。這時候，她抬頭朝天空的九月看了看，忽然覺得有一片樹蔭神話一樣飄在頭頂上，及至扭了頭，才看

3　傳遞上帝真言的人。

見那叫顧明正的小道士，從哪兒折來了一傘槐樹枝，戲戲地舉在她頭上，還吟吟笑着對她說：

「我請你吃一根冰棒吧，就在外面的冷飲店 —— 那兒還有冰淇淋。」

02 老子

1 少年老子在山中牧牛時。

2 老子騎牛涉水升雲天。

3 恍惚如牛在雲天間。

4 老子發現：原來夜的後面是星空哦。

5 老子還發現：流星必須是
在黑夜間。

6 老子想：我能和星空對話嗎？

7 老子想：我能與大地對話嗎？

8 試一試，牽着牛，踩着大地，
到最高最高的地方去。和山脈
和天在一起。

9 在高處，老子觸摸到天空了。

10 老子也看到了如同太陽
的鷹、如鷹樣的太陽和
宇宙。

11 老子還看見了在天空中騎着神獸
向他走來的菩薩了。

03 雅慧

　　玉尼[1]雅慧被明正道士愛上了，這是不能讓學長和神們知道的事。且雅慧也不覺得這是愛，是一種師父説的俗世纏情吧，像雨天鞋上沾的泥。有一次，她從樓道的這邊朝着那邊去倒剪紙的碎紙屑，看見顧明正在樓梯口下朝她招着手，一個男生偷了東西要送給女生樣。然在他的身邊上，七樓的樓角口，堂皇正正地豎着一塊木牌子。牌子上寫了五個字：

　　男信徒止步！

　　他在那兒止步了。

　　木牌的戒力把他擋在了七層樓的樓梯下。女信徒們都住在宗教樓的第七層，如這國政大學所有的學生宿舍都把女生置在最高層上樣，為的是男生的往往和來來，不能從女生宿舍門前過，以隔礙人的愛戀和淫慾。可事情到宗教

1　玉尼又稱沙彌尼，是不足十八歲最為單純的小尼姑。

中心就不一樣了。戒律就是法。戒律比法律還要大。信徒們對戒律的遵循如飢餓對一日三餐的求守樣。一樓是宗教培訓中心的機關和教授、講師們的辦公室；二樓是佛教宿舍層；三樓是道教宿舍層；四、五、六層分別是天主教、基督教和伊斯蘭的宿舍層；最高的七層是五大宗教的所有女信眾。每一層裏都有擺放報刊雜誌的學習室。每一層都沒有禮拜堂和彌撒室。每一位來參加培訓的大師和信徒，也都從靈心信諾學校這編排 —— 畢竟不是國外的宗教學院或各教自家的教堂、清真寺，不是佛的寺廟和道家的觀。這是北京最負盛名的大學受國家委託在學校成立的宗教培訓中心的高研培訓班。培訓班短期三個月，中期為半年，長期的大師培訓為一年。

培訓中心獨家一棟樓，學校統稱這棟樓為宗教信仰樓。信仰樓的俗顏和每個學院的樓房都一樣，內裏卻是完全不同的黑與白，不僅男信徒和女信徒們老死不往來，就是同性、同教的信徒也很少串走和聊天。每位信眾、大師的禮拜、彌撒、上香、唸經等儀式，都在自己的宿舍各自行進和虔敬。一人一宿間，一舍一寺廟，一徒一教堂。只是廟和教堂小了些；清真寺和道觀小了些。這就讓那年輕的道士想見雅慧如熟背了《道德經》，也還是見不到真神老子樣。也如雅慧自己每日每日上香和唸經，也還是見不到真的佛陀、菩薩樣。

神和人總是要保有距離的。

有了距離才有了神。

大家來培訓，就是為了丈量這距離才來的。現在那道士，就開始丈量人和神的距離了。他在七樓樓口幾次沒有見着雅慧後，算計飯時應該恰巧和她碰到樓下邊；算計她出門到校園走一走，他也剛好要去那兒走一走。於是就在吃飯的路上去等她，在商場的門口去等她。

有一天，雅慧依時來了月紅了，去校園商店買了僧尼也要用的衛生巾，因為買了名牌「舒而寶」，上邊印有藍天、白雲和一個女演員跳着舞的笑，回來走路就喜得和雲飄一模樣。心神淺，腳步輕，順腳從校園的花園往回走，忽然就有一個竊念湧在心裏了，她想「菩薩會不會也有月經呢？她有月經了，會用怎樣的衛生袋或者衛生巾？」這個竊念一上來，雅慧當的一聲立了腳，心裏阿彌陀佛一聲嘴角露着笑，就看見面前不遠的地方紮着一雙尖口鞋，有灰色的線襪護着腳脖兒，粗袍底邊的針線和枯草一模樣，可也整齊得和牆縫一模樣。是道袍，和袈裟一樣都是下寬上束的樣。大襟的布扣一排斜在左邊胳膊彎，如一條河道流着般。

「——哦，我就知道你會從這兒過。」

她怔怔立下來，本能地把衛生巾往懷裏揣了揣。

「明天周五又是拔河賽。如果你師父反對教與教間的拔河賽，我能讓培訓中心停止班裏的體育拔河賽！」她的眼睛睜大了，不敢信地看着他。

「我們這是宗教大師班，和頤和園那邊的黨校樣，不是方丈、主持、牧師、神父和大阿訇，是沒有資格來參加培訓的。可我知道你是來照顧你師父身體臨時替她聽聽課，可你知道我一個二十幾歲的小道士，為啥能成為正式培訓學員嗎？」

雙唇閉起來，雅慧的目光殘寡不留地落在他臉上。

他就朝她走過來，一把扯起她的手：「我們去那邊！」命令她一樣，拉着她就往學校西側的園林深處走。園林的外側都是楊柳林，內裏有一片松柏樹。東向有幾棵松柏死掉了，戀愛、複習的學生都不去那兒。明正就往那死了松柏的地方拉着她。她也不知為何竟就跟着走。到了那兒他們立下來，他就鄭鄭重重對她說：

「我知道你過了十八還不受戒，是你師父想讓你還俗過過人的日子哪。」

「……」

「不過人的日子誰會信教啊 —— 我也想還俗。我倆趁着這培訓班，在北京一道還俗結婚好不好？」

她驚得朝後退一步，將目光剜在他臉上，雙手合掌在胸前，喃喃了幾句「阿彌陀佛」經，猛地轉身往回走。這時候，他又上前兩步攔住她，一堵牆樣擋在她面前。

　　「我真的能讓培訓中心停了體育課上的拔河賽。中心的貢主任，你知道我們兩家是什麼關係嗎？」

　　她聽着，朝後退一步，又朝後退一步，雙手始終合掌在胸上，嘴裏呢喃的經言像一條扯不斷的線，直到退離他有幾步遠，再次慌忙轉過身，快步地離開那園子，還又聽見他在後邊喚：「告訴你——我明天就能替你師父讓中心停掉教教間的拔河賽！」然後她的腳步才又慢下來，回頭驚詫詫地望他一會兒，更快更疾地回走了。到了屋子裏，處理了月經的事，不知為何心裏總有一種輕悅悅的喜，總是想到老子和菩薩為啥沒有相愛的事。想他們如果相愛、結婚那是天下多麼美的一椿神婚哦。

04 菩薩

1 知道嗎？等待季節的花苞正是
  菩薩呀。

2 菩薩蓮雲圖。

3 咿呀呀，咿呀呀，原來少女菩薩，
  才是天下最美的人。

4 男大當婚，女大當嫁。菩薩長大了。媒神到來了，空生雙月了。

5 然而，美菩薩只有一個，求婚者卻有一萬。怎麼辦？好在路再多，也都還在一個圓心上。

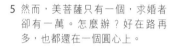

6 菩薩想：我嫁給誰好呢？

7 菩薩想：有了有了，誰一個人就是所有的人，我就選擇嫁給誰。

8 其實呀，菩薩生來的目的，就是要嫁給所有的人；不分男女，不分老幼。

9 於是也就有了萬人之罵：「妓女！妓女！」求婚的人都走了，所有的路上都是寂靜了。

10 待父母來了之後，作為菩薩的美女，已經毅然地離去，朝着聖明召呼的方向。而父母，卻看見了一朵世上最大的蓮花。

11 飛向祥雲的菩薩，你的極地
在哪兒？

12 菩薩看見了通天之河了。

13 菩薩也看見了天空中呼喚
他的老子了：原來，聖明
在這兒等着我！

14 老子菩薩初會圖。

05 玉慧

　　雍和宮那挑尖的寺脊從這可以看得到，印在窗上如史記裏飛不走的羽毛般。晨鐘暮鼓的靜，卻是向來沒有過。在這兒，寂靜被噪音湮滅了。北京嘛，噪音和草原及青海湖的清寂一樣大，遼遠並寬厚，如永恆一模樣。

　　雅慧快來了。

　　二十幾天來，在雍和教會醫院等雅慧到來在師父玉慧就是一個節。病房、白牆、輸液、打針、被人扶起來餵飯和聽那既是僧尼也是護士的義工唸幾句經，然後盯着床裏牆上雅慧剪的菩薩像，看一看，想一想；或者僅是看，不去想，腦子裏空若白雲，虛無實物着。到北京不足十天她就住院了——沒想到大學的宗教培訓班，會進行教與教間的拔河賽。第一次的拔河賽，異教相殺來到高潮時，她轟然一倒就住進了這間病房裏，腦溢血，再也不能説話了，再也不能下地走路了。雖然腦裏的清明還山青水秀着，可那青山秀水卻不能從她嘴裏和手上説給、繪給別人了。

　　落日又一次從上邊的第二塊窗玻移到了下邊第二塊。在她守了四十七年的西寧靜水庵，這時的日色是紅紙泡在

清水中洇暈出來的，可是在這兒，它是從渾水中透流出來的。雍和醫院外邊就是大馬路，車水馬龍的聲音雨汛流過橋洞樣。不過現在倒好了，汽車喇叭聲，人的吵鬧聲，什麼撞了什麼的叮噹聲，反倒讓她感到寂靜也有陪伴了。有護士進來在她床頭放了幾個藥片兒，好像還和她說了一句啥，又好像什麼也沒說，走時關了的病房門，沒過多久就嘩吱吱的又響了，隨之是一聲「師父！」的叫。未及把目光從窗上扭過來，她又聽到了往櫃裏放東西的叮噹聲，接着看到了雅慧後背褂裳上的汗，看到她往病人櫃裏放着幾個蘋果和香蕉。轉過身，她又把提的保暖飯罐放在床頭櫃子上，臉上的興奮堆成團塊兒。玉慧扭頭用正光瞟着她，見她手裏腳下的所有事，都不似過往那樣穩妥和井然，就知道她被一種喜悅沖着了，身上從未少過的孩子氣，使她像有了天喜的女兒站在母親面前樣。

「阿彌陀佛——」雅慧剪完了一組菩薩、老子的出生、相識圖，到醫院就對她的師父快喜喜地道：「有人給貢主任說過了，主任答應不再在教裏拔河了！」

師父的眼睛亮起來。

「貢主任不聽我們的，可有個道士背景大，聽說他父親可能是省長或部長，人家一說貢主任也就答應了。」說着雅慧扯過凳子坐在床邊上，一把拉起師父柴枝似的手，又想起身後門沒關，起身去關了病房門，轉身回來把門後

的笤帚踢倒了；扶起笤帚又踢了垃圾簍；去扶垃圾簍，又把尼袍掛在竹簍上。就這麼笑着又回來扯着師父的手，「那道士你還未及認識就住院了。沒人知道他家啥背景，是怎樣離家成為道士的。按道理，他不該來這大師班，可人家說來就來了。別人說宗教班的體育不該進行拔河賽，貢主任聽都不會聽，可這道士一去説，貢主任也就答應了。」說着笑着如意外辦了一椿天難的事，還把師父的手放在自己手裏揉搓着。師父就直直看着徒弟的臉，嘴唇動了動，好像輕聲説了一句什麼話，把身子朝床頭挪一挪，將胳膊撐着身子坐在床頭上，左手抬了一下沒能抬起來，就把右手單在胸前「阿彌陀佛」了。

這時的雅慧驚起來。先前師父的雙手是不能用力的，軟得霜草一樣掛在肩膀上。可現在，她忽然能撐着身子自己坐在床頭上，右手還可以佛禮在胸前，於是她就驚着喚：

「——師父，你坐了起來啦？！」

又合掌在胸大聲道：「阿彌陀佛——我師父她自己從床上坐了起來啦！她自己從床上坐了起來啦！」

再從病房跑到外面走廊上．

「大夫——」

「大夫——」

看那並不長的走廊上，沒有大夫、護士走出來，只有一個也是伺候病人的小和尚，從一個病房伸出一圓亮光光的頭，她就又回身跑進病房釘在病床前，望着形脫枯瘦、頭有雪皮，臉上的皺紋深粗到能植入頭繩的師父的臉，眼裏掛着淚花語無倫次道：

「師父——我一定能讓院裏不再進行教教賽……顧明正說明天就能讓宗教中心取消拔河賽。」

而師父，這時候眼裏也就嗆了淚，笑着望着她，想說啥，卻沒能說出來，抬起右手示意一下啥，雅慧就朝床頭撲過去，再一次抓住師父的手。而師父，把自己的右手從雅慧手裏掙出來，慢慢用力沿着雅慧的身子讓手指朝上爬。爬過她的胸，爬過她的肩，讓那手指爬到她的臉上去，撫在她的下巴上，又爬過她的嘴唇和鼻頭，慢慢停在她的鼻樑上，哆嗦着，撫摸着，竟然從她一個月來植物人樣的嘴裏嘣出了斷斷拉拉幾個字：

「你……你像……長得像、像是……菩薩啦！」

雅慧就哭了。

玉慧師父也哭了。

師徒二人擁抱在一起，像母女重逢、起死回生那樣緊抱着，哭得滿屋子都是蜂群飛舞的嗡嗡聲。

06 主任、教授和牧師

　　周一上課前，宗教樓裏如各教的信眾打架般，連罵聲、耳光都吐到、摑到神的臉上了。學員們從食堂吃完早飯走回來，一進宗教樓的大廳裏，就看見宗教中心的副教授，把手裏的書甩在主任面前吼：「他媽的，老子不幹啦！」說着還臉上露出譏笑和嘲弄，彷彿天下皆都不識才俊那樣兒。

　　黃副教授四十一、二歲，長相朗俊，學問好甚，對基督的熟悉如一個父親熟知自己的兒子般，每年發表的論文都在頂級宗教刊物上，可卻連續三年由副教授晉升教授時，神現神隱都沒評上去。這也就勢必光火了，甩教材，甩發表有他論文那刊物，還把手裏拿着的一個電腦鼠標甩在地上用腳踩。沒有人知道他和貢主任此前在這大廳說了啥，似乎他甩物光火也不單單是對着貢主任。然而就這樣，也讓貢主任難堪和無奈，除了一連聲的「何必哪！何必哪！」就再也找不到更含緣由、理道的話來說服他，於是兩個人就都瞪着眼，彼此盯着像要用目光打架般。

這時候，信眾們圍了過來了，因為不知緣由就都站在邊上看，如圍觀一場熱鬧樣。女信徒驚得捂住自己的嘴。男信徒都立在邊上等着從他們的爭吵中弄出一個明洞來。佛教、道教的，都在邊上圍着合掌祈禱着，不知是祈禱他們趕快打起來，還是祈禱趕快休下去。人就越來越多了，反倒使那爭吵的主任和副教授，這時不吵倒不好收場了。貢主任就把副教授踩碎滾到他腳邊的那個鼠標踢到副教授的面前去，用同樣的聲響對他吼：

「學術委員會的事情你對我發火有什麼用？有本事你去學術委員會大鬧一場啊！」

黃副教授就把雙手插在兩腰間，冷笑一下把聲音壓下來：

「你以為我不敢？！」

貢主任依然大聲着：

「你敢你去呀！」

黃副教授最後瞟瞟貢主任，又把他踢來的鼠標一腳踢到大廳牆下邊，果真大步地蹭開人群朝着外面走。信眾學員們，也都給副教授讓開一條路，使他從大家中間如神一樣風過去。門一開，有太陽從大廳門外泄進來，宗教樓裏光明降臨了。副教授就趂着信徒的期許和神的光，呼呼嘩嘩朝着外面走。學員們，就用目光送着他，也用餘光瞟着貢主任，看見副教授拉開宗教樓的大門時，彷彿拉開一道

天庭大門一樣用着力，及至那淺黃色的玻璃門，又追着他的腳步關合時，他的身影已經走有幾米遠。

　　一場爭吵也就這樣尾聲了。所有的信眾都把目光收回來，望着主任想說些什麼時，那剛剛關了的天廳門，又忽然被推開一條縫，擠露出剛走掉的那張黃副教授的臉，跟着傳來了一句很決絕的話：

　　「貢主任——從今天起，我黃秋冬正式辭職啦！離開他媽的這個宗教中心了，我自己去當我自己的神明了。你再也不用為我黃秋冬的職稱、房子和孩子要上幼兒園的事情操心啦！」說完這些話，漲紅的臉朝後縮一下，大門呼嘩一下又關了。就都隔着門玻璃，看見黃副教授在外面的陽光中，後肩上和腦勺裏，蕩着朝前走的光，直到那光閃到貢主任的臉上去，都等着主任最後的反應和收場，沒想到主任這時卻對信眾們吼：

　　「看什麼看？你們都是信徒、都是神的兒女，世上的塵埃俗事還有什麼沒見過？！」說着把目光擱在信眾們的臉上和身上，使大家人人都覺得自己入俗塵化了，有辱淨界了，於是都慌忙從大堂散開來，朝着樓梯和電梯走過去，連最後從外面進來的八十歲的大德和尚和老主教，都為自己的僧眾和信徒感到對不住了神和貢主任，使得他倆從主任面前過去時，深深地朝着主任躬身和拜禮，心示了內疚和歉意。

大廳裏又靜曠起來了，連貢主任也要離開了。然在他轉身要走時，卻看見基督教的牧師班長王昌平，直直的立在他的身邊上，這時淡淡説了一句話：

「黃副教授是個人才哪。」

「人才又怎樣？」貢主任瞟瞟王牧師，「天要下雨，娘要嫁人——除非你讓上帝給我弄兩個正教授的指標來。」

王牧師也就微略想了想：

「沒有指標你也能讓他留下來，只是看你願不願。」

貢主任就把目光落到王牧師的臉上去，打量着牧師像牧師打量一個突然站在自己面前要贖罪懺悔的信徒樣。王牧師年齡比主任大着十幾歲，身子也瘦高一點兒，是廣西最負盛名的嘉蘭教堂的住堂大牧師，因為時任基督教的大牧師，也就做了牧師班的班長了。因為是班長，貢主任就對他敬有幾分了，於是他望了牧師幾秒鐘，用了半硬半柔的語氣説：

「你説能把黃副教授留下來？」

王牧師跟着笑一笑，又朝四圍看了看：

「用錢呀——這年月神解決不了的事情錢都能。」

貢主任也在嘴角起了笑：

「錢在哪？」

王牧師説：

「就在你管的這棟宗教樓裏哪。」

貢主任也就瞭了一眼樓的大廳和天頂，又朝自己辦公室的那兒瞅一瞅，像要撤走去辦公室上班那樣兒，可緣於禮貌他還是邀了王牧師，請牧師到他辦公室裏坐一坐。這一坐，一聊天，貢主任的天門開了一條縫。王牧師就成了貢主任最親、最信任的牧師學員了，成了他的摯交好友了。

　　貢主任的辦公室在大廳走廊北道上，房號一〇六，門口有「主任辦公室」的黃字鐵牌子。辦公室比別的教授、講師們的辦公室稍許大一些，有十六平方米，進門迎面的一格窗玻上，貼了一張「拔河常規賽和季後賽」的表格圖，兩側是書架、桌子、沙發和飲水機，還有《中國體育》和各種與宗教相關的雜誌、報刊夾，七七八八該擺哪兒擺哪兒，如太陽該要出了出，該要落了落。就在這十六平米的辦公室，貢主任請王牧師坐在沙發上，給他倒了水，泡了一杯信徒們送的上好毛尖茶，感歎說宗教培訓中心在國政大學是不在編的編外編，如六指中多出的那個小拇指，無用無意又割不得，講師難晉副教授，副教授難晉正教授，每個老師都是臨時心態隨時準備着走，工作就像教堂裏都是悄腳進來參觀神的人，總有一天會廟塌神走最後連個人影都沒有。

　　王牧師就在那兒很認真地聽着貢主任的話，彷彿在懺室聽一個聖徒五五十十的訴説樣，到了聽完了，聖徒把目光盯着懺室後的小窗子，王牧師就把目光擱到貢主任的臉上去：

「那你呢？」

「我當然是三分熱要發七分光。」貢主任讓話題回到正嚴端莊上，「我怎麼能辜負組織調我來的期望呢——不僅想給每個老師晉職、分房子，還想把臨時的宗教中心變為大學在編的正式宗教院。」

牧師就問道：

「難不難？」

主任說：

「看神們幫忙不幫忙……不難人家也不會調我來。」

又問說：

「你有法兒了？」

主任說：

「是國政大學呀——好大學就必須得有學術專著和國家研究成果獎，有了這些了，也就可能促成納編改院了；納編改院了，一籃子問題也就解決了。」

接着問：

「別的條件不用嗎？」

主任說：

「用——比如人才呀。人才你都看到了，黃副教授是人才，可他媽一怒就在我主任面前甩東西。」

王牧師就端着杯子喝了兩口水，把進了嘴的茶葉重又吐到杯子裏，還晃晃杯子讓那幾片茶葉沉到杯底去，然

後把杯子推到茶几上，說了一段神明天機的話。說培訓中心的矛盾不僅是專著、論文和人才的事，說到底更是錢的事。甚至歸根結底都是錢的事。說你有錢還怕留不住人才嗎？有錢還怕那些評委不給宗教中心老師晉升教授、副教授？有錢還怕沒有專著和研究成果獎？還怕上邊組織不重視培訓中心、不把它納入大學的正規編制嗎？說着問了貢主任很多「還怕」的話，直到主任嘴角又有了半冷的笑，朝王牧師擺了一下手：

「你說吧 —— 錢在哪？你知道學校每年給培訓中心多少經費嗎？連他媽讓學員們吃幾頓飯的費用都不夠。」

王牧師又端起茶杯喝了一口水：

「貢主任 —— 來這高研班裏培訓的，都是宗教界的大師、準大師，一半人都各自管着一座教堂、寺廟和道觀，你說他們口袋裏邊誰沒錢？誰能沒有幾張銀行卡？」

主任說：

「去信徒口袋掏錢 —— 誰不怕信徒給上邊寫封告狀信？你們宗教界的敏感和處女膜樣你不知道嗎？」

「那要是信徒自願呢？」王牧師問着貢主任，把目光落在主任的臉上停一會，「我可以先帶頭捐出十萬元，用以改善大家的物質和文化生活好不好？」

貢主任不再說啥了，盯着王牧師的臉看了一會兒，忽然笑一下：「那要有一天你去檢舉我受賄十萬塊錢呢？」

王牧師就在臉上怔一下，起了一層黃白色，「這麼說你不信我是真信徒？」問着也盯着貢主任的臉，看着並不等主任答話兒，就起身告辭朝外走，到門口那兒瞟瞟貢主任貼在門後的「宗教培訓中心第一學期拔河比賽流程圖」，要伸手開門時，身後跟來了一句貢主任的問：

　　「王牧師，你在信教前，在國家機關裏邊呆過吧？」

　　「當過幾天公務員，」王牧師回頭笑一下，「覺得上班下班沒意思，就到教堂住堂吃飯了。」

　　貢主任也又笑一下：「我能看出來。」

　　然後王牧師開了門，見去教室上課的各教信徒們，正從貢主任門前朝着大教室裏絡絡繹繹着，便又回頭和主任握了手，匯融到了信眾人群裏。

07 主任、牧師和阿訇

　　貢主任原先是體育大學的，因為國政大學離家近，後來他就調到國政大學了。貢主任原來的專業是民間體育學。而現在，他把民間體育引入宗教教育了。集多年民間體育之經驗，從去年開始他要撰寫一部《體育拔河與各宗教間的矛盾融合論》的專著書，所以今年的宗教體育課，拔河成了體育的神明中心了，如一個普通的和尚成了一方廟的主持樣，那方廟裏的事情都要圍繞着方丈主持展開了。

　　這周五的拔河賽，是基督隊和伊斯蘭。上周五基督隊贏下了天主隊，這讓他們的信心誠為信仰了，加之王昌平牧師又捐了私蓄十萬元，使今後每場拔河賽的勝者都有獎金五百元。五百元也許不算多，可它能讓大家下課後買許多啤酒和下酒菜，不喝酒信諾戒律的，贏了可以用這錢買糖、買煙、買糕點，如此這拔河，就變得趣大味足了，更有引力跌宕了。兩點鐘的課，兩點半開始拔河賽，太陽又很配合地辣在操場上，讓那塑膠場地差點成了紅豆湯。所有的宗教學員都來了，連非正式學員的雅慧也和明正一道到來了。不來是要記曠課的。曠課多着了，就難以結業了。何況結業後，因

為大家參加了國家宗教高級研修班，有人就會從大師的神職成為省、市的政協委員或者副主席，有人會成為國家的人大代表或主任，每年都到北京的人民大會堂裏去開會，所以誰會曠課呢，連已經八十二歲最年長的長老和八十一歲的老主教，也都好端端地來坐在拔河場的看台上。

太陽依然是兜底從天上倒下的，操場把這酷熱和日光，從紅塑膠上反彈還回半空裏，那光熱又加倍地把酷熱倒至地面上。操場邊上的鐵欄杆，被曬得能烙出人的油。拔河的神父和阿訇們，都單穿着褲衩、背心和運動鞋，完全和常人一模樣，誰都想贏下這場拔河賽。這不僅是三局二勝、至少贏者會有獎金五百元的事，還是誰贏了大家就可以儘快從操場回到宿舍裏。

在邊上看的信眾都是看客隊，每個人的頭上都舉着報紙、雜誌和各教自家的經卷書，像頭上是一片自己把握的宇宙樣。有個道長頭上頂的是《釋話道德經》，封面上的老子像，被曬成一層遠古荒漠的歷史灰。在大操場上用鐵網間隔起來的各種運動場，有人在鐵網那邊的籃球場上練投籃，有人在排球場上打排球，而更遠處的足球場，蔫塌塌的草坪在空空等着人的腳。校園的馬路上，路過的學生有的打着傘，有的塗了防曬霜。他們將目光從路上投過來，心裏也許罵了一句宗教大師班的神們都是神經病，也還許，只是不解地望望嘲笑一下子，就從邊上過去了。

肩寬如板的貢主任，年齡還不到五十歲，穿着運動褲和短背心，在這比賽裏親自做了裁判員。伊斯蘭隊的五個隊員阿訇都是中年人，基督隊的五個牧師也是偏年輕的小中年。這其實是一場年輕的中年拔河賽，仔細去看時，能看出阿訇比神父們的身材瘦一些，膚色黑許多，臉上都有一種黃土愁滋味。而基督隊的牧師們，平均年齡要比阿訇們小幾歲，又多是來自中國江、浙一帶的人，淨白氣潤，神情放鬆，加之上周的這天贏了天主隊，這一次就志在必得，彷彿有錢人走進超市般。他們在班長王昌平的帶領下，率先走進了場地裏，之後田東青帶着阿訇隊員們進場了，站在他們對面不遠處。新買的專用拔繩是種灰白色，繩中間的纓，是雍容窗簾兩邊垂的紅纓兒，還有三顆金黃的木珠束在纓腰上。貢主任站在纓繩中間的纓穗旁，臉上掛了愜意和興奮，一米七幾的個子，渾圓得樹見了他的肩膀也要晃一晃，會有落葉果子掉下來。他從口袋摸出一個銅哨來，手裏持着一把小紅旗，朝雙方隊員看看點個頭，基督隊的王昌平，就上前一步朝田東青阿訇伸出手：

　　「友誼第一。」

　　笑着說了後，田東青沒有笑着伸出手，只是上前輕輕冷冷道：

　　「比賽第三。」

然後東青阿訇就後退回去了。這是極小極小的一樁事，可王昌平牧師從這疏冷和平常中，聽出激蕩不俗了，想到了一場拔河的激戰和鏖殺。他把手在腰間捏成拳頭用了一下力，看看裁判貢主任，也轉身回到了自己隊伍那邊去。

　　貢主任看見了這一幕，聽到了東青阿訇的那句話，不是「友誼第一，比賽第二」的體育經，而是「友誼第一，比賽第三」的篡改句。他不相信伊斯蘭隊會真的把友誼放在第一位，把比賽放在第二或第三。他知道，他們說比賽第三時，比賽連一絲的友誼都沒了。自他從五環外的體育大學調到這邊的這所學校臨時編配的宗教中心後，從副教授升至教授再至主任這幾年，沒有誰比他更熟悉各個宗教的集體稟性了。佛教班的世俗和溫潤，道教班的自傲和入世，天主教、基督教在大善中的和稀泥，以及它們自己開門是一家、關門是兩家的窩裏鬥，還有伊斯蘭的自我和好勝，這都是中國五大宗教中的品性和脾氣，如一片樹林中科目不同的枝葉和果實。太陽已經從正頂偏西了，光線也從混沌一團成了明瞭的一根和一線，只是這一根一線又緊貼着那一根的那一線，成了一束、一束又一束，從天空縷縷股股戳下來，堆紮在九月最後一周星期五的下午裏。

　　擦了臉上的汗，貢主任將嘴裏的哨子吹響了。兩個隊分別將棗粗的拔繩拿起來，彼此第一名的拔河手，都離中

線和垂穗兩米遠，而後各個隊員又都相差一定的距離彎着腰，雙手抓住繩子如抓了不可丟的蛇。看台上的信眾們，有人站起來，把經書、教材和流行雜誌當作扇子在扇着。而那些年長的道長、方丈、神父和牧師，因為德高而望重，被禮儀讓在最前排，臉上都掛着孩子氣，笑着盯着場子中間拔河的教友和弟子。雅慧是依然站在佛教班的最後邊，她不關心場上拔河的誰贏和誰輸，只是把目光落在場子那邊道教隊的看台上，去找着顧明正道士的身影兒。

「喂！姓顧的 —— 你不是説今天不再進行拔河比賽了？！」被組織着出來朝拔河場上走去時，雅慧一把將明正從道群拽到路邊上，逼着他問了這句話，就像抓到了一個賊的柄把樣。可是賊卻一臉很無辜着，「他真的答應過我今天不再拔河的，可我哪知道他説拔就又拔了呢！」這樣回答着，説這一節課後我再去找他讓他停下拔河賽。一定、一定讓他停下拔河賽！這就不悦不喜地到了拔河場。可現在，他人去哪兒了？剛才還明明站在賽場對面佛隊後邊做觀眾，看着比賽開始的入場式，還給雅慧做了個鬼臉什麼的，然這轉眼間，對面道場和側旁天主場的信眾客徒裏，連他的一個影兒都沒了。雅慧想去找明正，想再去旁邊的冷飲店裏吃盒冰淇淋，可想着未及轉過身，賽場上卻突然爆出了一陣轟笑聲。她把半轉的身子重又緩過來，原來開始用力拔河的伊斯蘭和基督隊，繩子在空中繃直一會

兒，伊斯蘭隊在班長田東青的暗示下，大家突然一鬆手，基督隊的隊員們，牧師們，便一堵牆樣朝後倒過去，四仰八叉，汗珠子摔向操場重又彈起來，在空中閃出一片碎珠兒。於是間，一場拔河賽，成了一場遊戲了。雖有基督隊的隊員迅速從地上爬起來，指着對面狂笑的阿訇們——「你們輸了！輸了！」的大喚聲，可還是覺得自己是被人戲耍了。且從賽場兩邊上百個信徒嘴裏爆出來的笑，也在明證着伊斯蘭隊對比賽的遊戲、放棄才是真正的贏家樣。

貢主任這時吹了一聲哨，將手裏的小旗指向伊斯蘭隊朝下壓一下，又指向基督隊朝上揚一下，宣佈了一場比賽的結束和勝負。可站在倒地隊友邊上的王昌平，卻到貢主任面前抗議了，指出伊斯蘭隊的放棄和戲弄，不僅是對體育課的不尊重，還是對他們基督教的輕蔑和戲弄。

貢主任聽了就站到田東青的面前說：

「你別調戲課堂和其他宗教好不好？」

阿訇田東青，年近四十歲，個頭比貢主任矮許多，可肩膀並不比主任窄多少。他怔在太陽下，看看貢主任，忽然把頭上雪白的教帽揪下來，用帽子在臉上擦把汗，將帽子朝場地邊上他的媳婦扔過去，回身朝拔河手的隊友阿訇們看了看，用眼神把事情交代聖令了。接下來，伊斯蘭隊的隊友就都如得到了穆罕默德的召喚般，迅速把身子站直着：「為了真主，為了《古蘭經》——」他們這樣齊齊嘟

嚷了一句話，用右手在各自胸前畫了一個安拉符，然後就又站在拔河繩的一邊上，都把頭上的經帽整整戴一戴，彷彿只要把經帽重新整一遍，他們就都接到了真主的神力和暗諭。

基督隊也又準備好再次比賽了。

貢主任半蹲在拔繩中間看看櫻穗在不在白灰中線上，然後起身瞟瞟左邊和右邊，還未吹響開拔哨，雙方就入身進了比賽裏。拔繩繃直在半空間，櫻穗在中線那兒晃幾晃，而後被均衡的力量穩住了。雙方都在暗自發着力。比賽正式開始了。他們把各自的力量通過弓腿、力臂、腰肢、胳膊和抓在繩上的十指傳到了繩子上。比賽哨響後，貢主任舉在半空的比賽旗，也如刀樣砍下去。河繩很快就微微往左去一點，又微微往右去一點。再左一點兒，再右一點兒。半空的繩子繃得能擎坐一個人。果然是只要說到教與教間的某個點，拔河就有可能成為教教間的爭奪戰。貢主任把身子彎下去，雙目盯在河繩的中線和中穗上。從那櫻穗的搖晃、擺動和定穩，他知道這拔河賽的雙方是怎樣的心力和身力。他有些後悔不該對阿訇東青說，「我希望你對基督有些尊重好不好。」應該說「我希望你對隊友有些尊重好不好。」可是已經說過了，收不回來了。那就讓安拉和基督通過河繩比賽吧，誰的神力大，就都在這場比賽中顯現出來嘛。汗不停地從他頭上、額門穿過眼睫流到

眼裏去，他要不停地擦汗才能盯準中纓左移還是右移了。太陽好像在他的頭上燒燃般，很想拿手去頭上救火抹一下，可又有些顧不得。他要像在體育大學時，面對體育生們一下一下把他嘴裏的哨子吹出「嗖！」「嗖！」「嗖！」的強短音，以此給雙方加油和增力，並由此向雙方證明這只是體育拔河賽，並不是真主和基督的力量賽。由此想到了阿訇隊的拔手們，每個人的頭上都還戴着白教帽，那頭上不是都如圍着一團爐火嗎？把目光往左邊扭一下，看見在為隊友加油的基督啦啦隊，把「加油！加油」的叫聲喊得破竹開裂般，而右邊的阿訇啦啦隊，喊的卻不是「加油！加油」的叫，而是莊重聖嚴、反覆重複的兩個字：

「真主！真主！真主……」

心裏振一下，貢主任把嘴裏吹的哨子停住了。他把頭扭到右邊去，看見伊斯蘭隊的拔河手們的帽子全都汗濕着，還有兩個阿訇因為用力把帽縫撐開了，像誰在他們的頭上劃了一刀樣。每個人的臉，都已不再是柴黃和愁色，全都脹成血痛紅，似乎誰用手指碰一下，他們臉上的血液就會「砰」的一聲爆出來。貢主任相信伊斯蘭隊會贏下這一局，因為有真主穆罕默德的力量在那拔繩上。他把目光重新回到中界的白線和纓穗前，明明看到中纓一點一點離開中線朝右靠過去，似乎左邊基督隊被拉去的腳步聲，也在地殼移動樣吱啦啦的響，可這一轉眼，不知基督隊用了

怎樣的力量和巧技，那紅纓重又穩住了，又朝左邊一點點地移回來。

右側看台上的啦啦隊，除了伊斯蘭的學員還有佛教的學員信徒們。左側的啦啦隊，除了基督隊的學員就是天主隊的學員們。道教隊的信徒和學員，是由他們隨意站在哪邊的。可因為左側看台後邊多了兩棵樹，樹蔭就有神的召喚了。大半的道教隊的道長、道士就都去了那邊兒。所以那邊的加油聲，似乎能蓋過這邊啦啦隊的加油聲。有人站起來，替信徒舉起胳膊在空中揮着喚加油，像凡人憤怒時，暴出口的厮殺樣。操場上沒有笑聲了，只有激蕩的情愫飛在半空裏。每一個大師也都不再是宗教界的大師了，不是神或神的代表了，都因為拔河回到了凡世的輸贏人生裏，連那些都已近耄耋的僧老、大德、神父與牧師，也都從前排站起來，被年輕的信徒扶着在烈日下面喚「加油！」如在歡迎神的到來樣。

垂纓被牧師們拉過來，又被阿訇們重新拽回去。

被阿訇們拽回去，又被牧師們拉回來。

就這樣僵持、動移、穩止和再動移，時間慢得如數不完的頭髮樣。有信徒用書紙擦汗後，把一團團濕紙扔在膠地上。看台兩邊放的礦泉水，並不見有人拿去喝，可不斷增多的空瓶兒，卻在地上倒着和豎着，被人踢得滾動着。好像過了十分鐘，又過了十分鐘，也許只是過了八分鐘，或者至多

五分鐘，太陽明明在天空有遊移走動的腳步聲，可你一抬頭，卻見它始終都凝在天空某一處。風已息死了，和酷熱永遠活着樣。知了的叫聲宛若是鳥被火給燒烤了。有公教教室課間休息的鈴聲傳過來，接着就是年齡都還露着胎記的學生從課堂走出來，去買了冰水或者冰咖啡，拐到操場看着信徒們的拔河賽，也跟着在邊上起嗓大喊着。

喝彩聲響成一片兒。

加油聲一疊一浪地滾。

到了最後曉見輸贏的時候了。基督隊裏的五個牧師臉色都是蒼白色，如聖母生產耶穌時，最為難產那一刻。他們明明把阿訇們朝着這邊拉過來，明明看見最前的阿訇的左腳已經離中線只有二寸遠，只要他們再多用一些力，那腳步就會滑過中線成為輸教隊，可是都穿着布鞋的阿訇們的腳，卻都在那兒定住了「──真主啊！──真主啊！」田東青的喚聲已經不再是喚聲，而是聲嘶力竭的祈禱和哭喊，甚至在最前的阿訇的腳步將要挨着中線白灰輸了時，他還會突然跪在中線邊，把雙拳舉在半空與頭高低着，用血嗓對着天空叩問道：

「──真主啊，你為什麼不幫幫你的孩子們！」

「──真主啊，你為什麼不幫幫你的孩子們！」

就是這時候，阿訇們向前輪移的腳步止住了，前傾的身子也都重又朝後仰起來。而基督隊的拔手們，他們全

部的氣力用盡了，彷彿上帝並不贊成他們要把阿訇們的腳步從那邊拽到這邊樣。隊友和身後別的信徒們，除了高喚着「加油——就差一點兒！——就差一點兒！」也有人衝進場地跟在貢主任的身後盯着中線和到了中線這邊的垂纓喚：

「——基督！——基督！」

雅慧不知該為誰加油，她站在幾個僧姑和和尚身後邊，捏緊的雙手裏邊都是汗，剛把驚恐的眼睛閉起後，就有更大的聲音從她對面驚着傳過來，像有人發現教堂着火了那樣大喊着：

「有人暈倒了——老阿訇他暈倒了！」

「都別爭啦拔河啦——老阿訇他暈倒過去啦！」

叫聲把雅慧的眼睛重又喚開時，跪在那兒一片的阿訇們，都已經起身碼成一個圈，把倒在地上那已經七十八歲的老阿訇，一層一層地圍起來。有人很有經驗地在人群外邊喚：「別動他——讓他先安安靜靜躺在那！」人就迅速安靜下來不再喚叫了。不再祈禱了。也不再叩問真主、基督了。只是圍着躺在地上的任賢老阿訇，嘴裏唸叨着啥兒又輕輕呼喚着，便都聽到老阿訇聲音嘶啞，如一陣風穿過一片林地那樣兒：

「——孩子們，就是一場比賽啊！」

「——孩子們，這也就是一場比賽啊……」

之後老阿訇被田東青背回宗教樓裏了。操場這兒的拔河就散了，轉眼拔河場上空空只剩下一個貢主任，待他也要離開時，臉上汗還沒落的王牧師，卻從哪出來立在他面前，肅嚴一臉地望着他。

「剛才我聽説你組織拔河就是為了一本什麼書？」王牧師説：「貢主任，我真的可以捐錢幫助你出本書，以後就別這麼興師動眾讓大家每周都來拔河了。」

貢主任便把目光在王牧師臉上疑着冷一會，又朝邊上看看重又扭回頭：「王牧師，你真的不是真信徒，是真信徒就會理解你們各門各派的團結融合有多重要。理解團結融合重要了，就會理解我組織你們拔河和別的體育活動不單單是為了你們信眾的身體健康了。」説着有些不屑地朝着操場外面走，如幾天前在他辦公室，王牧師首先起身走掉樣，可是走了幾步他又回頭感謝王牧師：「謝謝你讓我知道宗教班的大師是修行越好越有錢，知道這個比你給我捐錢還重要 —— 走 —— 一塊回去呀，路上説説話。」

説完又走了，王牧師豎在後邊像等着一場風的樹，豎一會也就快步去追那走了很遠的貢主任，他們的腦子裏就都閃過了不一樣的事情和念願。

08 無名氏

1

「請問……你是……」

「你不用知道我是誰。你就叫我無名氏。知道我無名氏為啥找你就行了。」

「是希望我們……寺裏給培訓中心捐些錢？」

「不是寺。是希望你自己。」

「我自己……我自己也確實有些存款哪。」

「捐多少？」

「我捐一萬吧。」

「一萬還值得我來找你嗎？」

「那就兩萬吧……你知道，我雖然是方丈，可每月也是死工資的死和尚……和你們比，我無非是無家無口，不需要養妻養子，可要真的說存錢，也是可憐到說不出口的話。」

「你真的沒有多少存款嗎？」

「存摺也帶到北京了，你要看了我給你拿出來。」

「存摺是夾在經書裏邊嗎？」

「阿彌陀佛……」

「你真的不養妻養子，沒有自己的家眷嗎？」

「阿彌陀佛……」

「你真的在寺廟外除了三衣一缽，就乾淨到身如淨泉嗎？」

「阿彌陀佛……」

「在大顯寺的東邊一百二十里，有個村莊叫大李莊。這個大李莊就是你出家前的老家吧？大李莊的村東有個小院子，院子裏有三層小洋樓，這樓裏住的女人是誰的女人呢？這女人的孩子是誰的孩子呢？」

「阿彌陀佛……」

「我知道你是佛教徒中悔心最重的人。有悔心，才會有虔誠。就是因為你這份悔心、虔誠心，我才對你的事情守口如瓶到今天。所以說，今天來找你，我不是讓大顯寺捐款多少錢，而是讓你自己自覺自願捐款多少錢。」

「阿彌陀佛……我會盡我所力多捐些，把我所有的存款捐了也可以。」

　　……

2

「⋯⋯喲！怎麼是你呀！」

「倒是你聰明，一眼就認出了我無名氏，沒有把我當成莊子和老子。」

「我知道你來幹什麼⋯⋯喝綠茶還是喝紅茶？」

「在所有的宿舍裏，只有你這兒擺着黃梨木的茶盤和茶具。這尊紫砂壺，是哪位前輩留下的？不會是從故宮流出來皇帝用過的物件吧⋯⋯還有這套小茶杯，賣了就可以供十個大學生讀上四年書；把這一個壺賣掉，就可以讓五個大學生去國外留學讀研、讀博了。」

「嘿嘿⋯⋯你先喝上這一泡。喝完了我給你換我從不給人喝的大紅袍。這個大紅袍，喝了你就知道別的紅袍是真的假的了。當然啦，我不把我的紅袍和省長、部長家裏的大袍比⋯⋯嘗一口你就知道了。怎麼樣？是不是覺得這種茶味像細線一針一針穿在你的舌尖上？不是疼，而是麻酥酥的那種跳在舌尖上的香。怎麼說？這幾年我都想不來，該怎樣形容這種一到舌尖就滯着不走的茶香味。你說老子問的『載營魄抱一，能無離乎？專氣致柔，能如嬰

兒乎？滌除玄覽，能無疵乎？』[1]那神魄與身體的相合之六問，會不會就是在他品着茶的一念間，因為俗世的茶香在他身上的靈動和聚合，使他有了這關於人德六問呢？『生之畜之，生而不有，為而不恃，長而不宰。是謂玄德。』[2]生養萬物而不為己有，推動萬物變化而不自持其功，使萬物生長而不去主宰它們，這才是深遠的人之大德——既然這樣，我作為一個道長，憑什麼要把這一缸紅茶深藏起來，獨品獨飲而不讓別人品嚐享用呢？你品一口，再品一口……對，小口，呼吸、滯停、慢飲，讓茶在嘴裏微留停腳片刻兒……就這樣。對，咽下的時候一定要昂頭明目，仰望天空、山脈和星辰。就是在一間昏暗的屋子內，也要讓你眼前由心而生出陽光、星辰和宇宙來，只有那樣，才是對茶的一種真的理解和境界……不喝了？再喝一會兒。一定要喝下這第二杯。這一杯的味兒和上一杯完全不一樣，綿柔深遠，如站在谷口看十里深谷的晨嵐一模樣……是不是？你覺得我說的不對嗎？『綿柔十里有茶香，深遠百出看白雲』。如此說，把白居易當作佛家真是錯了呢，我

---

1 《道德經》（中國畫報出版社 2012 版）第十章，六問的後三問是：「愛國治民，能無為乎？天門開闔，能為雌乎？明白四達，能無知乎？」

2 同上。

覺得他身上的道氣遠大於他身上的儒氣和佛氣。你說是不是？難道不是這樣嗎……好，好，聽你的，你說吧。」

「……」

「你別這樣看着我。好壞我也是道家一處名觀的主持哪，你這樣看我讓我像一個又壞又懶的小道樣。」

「……」

「什麼事？」

「……」

「這事呀……哦，這事呀……錢——聽你的，你讓捐了我就捐。你讓我捐多少我就捐多少。三萬或五萬，十萬、二十萬，捐多少我都聽你的，……對，對——不是你讓捐，是我自覺自願捐，因為我曾經對信仰存有二心過，曾經貪戀錢財過，現在我自覺自願捐上這筆錢，完全的自覺和自願！」

3

「謝謝你給我說了這麼多。捐錢的事……什麼錢我們都可以捐，但用以教與教間進行比賽的錢……尤其是現在院裏組織進行的拔河賽，無論是我個人，還是我們教堂和教會，我都堅決不捐這份錢。」

「一點都不捐？」

「半點都不捐。」

「你不怕我把你的事情抖落出來嗎？」

「我不怕⋯⋯」

「抖落出來可就不是你當不當神父的事，而是讓你們教堂、你的那些信徒都對你失去信任的事。」

「我知道我有罪⋯⋯我是因為有罪才走進教堂的，才成為信徒的。我當神父是因為我知道我有罪孽，那些信徒才推選我成為神父的。如果我不知道我有罪，信徒們誰都不會推選我去當他們的神父並聽我向他們講解《聖經》中的原罪和教理。」

「不是他們推選你，是上邊的組織任命你。」

「⋯⋯」

「你的神父資格證上蓋的組織上的公章你沒看到嗎？」

「看到了⋯⋯可我視那公章為聖母和教宗摁上去的手印呢。」

「說得好——可我把那公章收回聖母和教宗的手印也就收回了。」

「⋯⋯」

「捐款不在於錢多少，而是大家的一個態度你知道不知道？」

「⋯⋯」

「捐些吧。哪怕只捐一元錢。你捐了，其他各個教堂也就都捐了。基督教、天主教，乃至一部分伊斯蘭的阿訇們，現在所有的眼睛都在看着你⋯⋯或者你不捐，我們對外公佈你們捐了十萬元⋯⋯五萬元⋯⋯就說一萬好不好？現在的問題已經不是捐不捐錢的事情了，而是每個信徒和教會服從不服從組織的事情了。」

「⋯⋯」

「我們攤牌吧 —— 你說你服從不服從組織吧？你只要説句不服從，我馬上就把你的神父資格證給你收回去，從此你就再也不是中國那座最有宗教象徵意義的大教堂的神父了，再也不是聖母和信徒中間那個橋樑一樣的佈道、傳教員，再也沒有資格站在教堂裏，對你的那些去做禮拜的信眾們含情脈脈、深情款款地説上帝怎樣愛他們、聖母怎樣愛他們和耶和華摯愛這個世界那八百竹竿夠不着的真與假的話⋯⋯就是嘛，這麼小的一件事，你犯不上這麼認真對着來。何況上帝也希望人間和諧、人類健康，這不是和體育的精神完全一致嗎？好了好了，你不用捐多，就自願捐上一萬元。錢你也不用拿，我們就對外説你以你個人 —— 最年老的神父的身份給這次活動捐了一萬元⋯⋯就這樣，也就這樣吧，我看到別的神父已經在他們屋裏懺悔了。我走啦，你也到聖母像前和她通靈懺悔吧。我相信上

帝、聖母和耶穌，他們不會為你捐了這點教教比賽的用款不高興。他們都深明大義、胸懷寬廣，明白『友誼第一、比賽第二』和上帝倡導的人類的健康精神沒有絲毫的差別和矛盾。明白『友誼第一、比賽第二』就是上帝對人類說的真言經。」

「⋯⋯」

「我走了。你既然自願捐了我走了⋯⋯不用送，請留步。有人問你我是誰，你就說我是無名氏。」

「⋯⋯」

「留步吧⋯⋯再見。」

「⋯⋯再見！」

4

　　從宗教樓裏出來時，無名氏站在正在午睡着的宗教樓前邊，覺得渾身的力量要從身上炸出來，朝學校大院望一望，又過去站在宗教樓門口的花池旁。花池裏是蓬散開來的青竹子，在竹子下的泥土裏，有個手指粗的鼠洞眼，而那蓬竹子靠裏的花池角兒上，又有保潔工放在那兒清理污垢鏽窗用的一個硫酸瓶，瓶上寫着幾個字：「強蝕—危險！」他就站在那竹子旁，看着那洞眼，忽然拿起那瓶強硫酸，旋開蓋兒朝那竹根的洞眼裏邊倒了半瓶後，又旋

上那蓋兒，放下那瓶子，相信那棵竹子會被硫酸燒死後，又朝宗教樓前那片草坪的闊地望過去。在那兒，培訓中心因為有了錢，所有信眾就在貢主任的帶領下，在進行一場綜合運動會，踢毽子、打乒乓、羽毛球和各教之間的拔河賽，因為每場賽事都有獎金和獎盃，所有的信眾就都男男女女、老老少少參與着，熱鬧得像是世界宗教大會在宗教樓的前邊召開着，說笑聲與鼓掌聲，和這個季節的雷雨一模樣。

　　無名氏就笑着朝着那兒走去了。

09 無名氏

　　這是一節政治課，政治課是誰都不能逃課請假的。教室在一樓，圓潤現代的梯階椅，很像北京的五星電影院。每個座椅的墊和背，都是真皮包海綿，前邊的椅背又能給後座提供折疊寫字板，如人給神的貢品桌。有舞台，有幕布，PPT 也是學校最為先進現代的，請來講課的專家教授們，可以在台上和領導一樣坐着講，也可以很親和地從台上下來站在學員前邊講。

　　畢竟這兒的學員都是宗教界的大師或準備成為大師的人，很少有教授專家坐到講台上。九月之後入十月——國慶節，家國都放假，培訓中心選擇這一日，請一位專家來講「新中國是從哪兒誕生的」。因為是節專家政治課，所有的學員就應應呼呼都來了。連七老八十的耄耋大師也來了。

　　而唯一沒來的，竟是顧明正。

　　雅慧坐在偏東靠後的一排上，邊上的位置空蕩着。平日那兒是道士明正最常坐的座，今天那兒成了一窩空闊了。教室裏開着窗簾和空調，光線透得能辨出塵埃的物形

和顏色，室溫如春初秋末般。佛、道與伊斯蘭的信徒們，穿着教服，戴了教帽剛好不冷也不熱。而和他人一樣隨季而衣的基、天二教的學員們，穿着夏服也就顯涼了。好在都已習慣這室溫，幾個噴嚏就能應對下來了。窗外的樹如描在空中的畫，鳥叫聲有時閑散與有時急切着，彷彿河水時急時緩樣。教室裏的牆壁都是虔誠白，每個學員前邊都擺着隨時記錄的筆和本，還有茶杯和礦泉水。再有就是年輕信徒從不離手的電腦筆記本。再還有，就是穆斯林從頭上卸下的白帽子，蘑菇一樣盤在桌子上。

八點五十分，大家都遙遙提前坐在了自己的位置上，五十五分時，貢主任從外面進來了；五十六分時，他站在台上點名查人數。九點整，他立到雅慧身邊輕聲問：

「明正道士去哪了？」

「阿彌陀佛 ——」雅慧說，「我已經兩天沒有見他了。」

貢主任就在雅慧面前立一會，慢慢轉過身，對着台前大聲喚：

「 —— 所有的學員都到了，一個都不少。」

這時候，大家才看見教室門口的暗角裏，竟然站着一個穿了退役軍裝的人，精瘦而筆直，七十歲或者八十歲，立在那兒如出土豎直着的一柄劍，銀白的頭髮和緊繃着的臉，薄呢子軍衣和軍褲，還有胸前的各種軍功章，齊整整排成三行兒，紅的、黃的和綠的，彷彿拉直的彩虹繃在他

胸前。最下邊是一等功的金質證章和吊牌兒，吊牌在胸前的晃動如信徒胸前掛着的十字架。他慢慢從教室一角走進出來，到講台邊上掃了一眼台下的信眾學員們，嘴角掛着一絲冷冷的笑：

「──真的都到了？」

貢主任遲疑一下也笑笑：

「──全都到了呢。」

老人朝台下又掃一眼睛，沉默一會兒，突然大聲喚：

「──那個叫顧明正的道士在哪兒？請顧明正道士站起來！」

所有的目光就都朝雅慧那兒掃過去。忽然間，教室裏變得死寂和冷凝，連所有年齡大過革命史專家的阿訇、大德和牧師，也都被這一幕驚着了。他竟然能叫出顧明正的名。竟然看一眼就知道顧明正不在課堂上。大家知道要發生一樁事情了。有人在胸前劃十字，有人在胸前行着佛手禮和道手禮。而更多的信徒學員們，只是盯着台上老人的臉，盯着他胸前的軍功紀念章，彷彿那胸前的證章是他的人生和這世界的經史和經卷樣。

「我不信還有什麼比今天的課重要。」沉默一會兒，老人在台上來回走幾步，「一個連級別都還沒有的小道士，說不上課就可以不來上課了，難道你比我面前的大師還德高望重嗎？

「難道你的年齡比我和這些大師的年齡還大嗎？

「他不來，我們今天這課就不上 —— 我就不信一個連國家主席都喚我老師的老人來上課，一個道士竟可以無緣無故不到課！」有些憤怒地說着自語着，老人如孩子一模樣，又把目光擱到貢主任的臉上去，「你還敢給我說一個學員都不少，既然不少你把顧明正給我找回來 —— 哪怕他父親真的是省長，真的是部長，今天也一定要他來到課堂上。」說着老人突然坐下來，賭氣般對着貢主任吼：

「去找呀 —— 去把顧明正給我找過來！」

貢主任便臉色黃白，雙手在胸前輪回捏揉着，像要從他的手背、手指中間擠出一種東西樣：「我這就去找 —— 他可能在房間生病了。可生病也得請假呀！」他邊說邊朝教室門口走，踢着教室門框兒，一步跨到教室外，穿過走廊到大廳，按了電梯鍵，卻又從樓梯朝着三樓道教層上跑。到 309 房前敲敲門，急叫兩聲「顧明正、顧明正！」不見回應就啪啪啪地拍着門，又用腳一下一下踢上去：

「顧明正 —— 你睡了過去嗎？你這邪道遇了美夢醒不過來嗎？！」

「喂 —— 顧明正 —— 你不怕美夢真的把你夢魘過去嗎？！」

10 顧明正

顧明正去了八寶山[1]。

八寶山在北京的名聲和天安門、長城一樣大。兩天前，上周五，伊、基二教拔河時，明正坐在基督隊那邊的看台旁，看台旁有兩棵國槐樹，國槐下有兩片樹蔭兒，樹蔭裏有幾塊被人坐過的磚。那磚上，鋪了一張舊報紙。明正拿起那報紙，一折一疊當作扇子扇風時，看見那報紙的右下角，印着一幀照片和一篇並不長的訃告文。照片的下邊是四個黑體字：

顧東強像

因為都姓顧，明正就慌忙去讀訃告文。原來那叫顧東強的人，竟是位做過省長、部長的革命家，因病逝世了，終年 90 歲，是最後離開這世界的當年小紅軍。訃告說，八

1　八寶山是北京革命烈士公墓。北京所有的革命家和高級別的領導人，死後都埋在這公墓裏。

路軍時期顧東強是八路軍裏的地下通信員；抗日戰爭時，他是敵佔區游擊隊最年輕的大隊長；解放戰爭時，是西南戰區加強團的代團長；新中國成立後，他歷任縣長、市長和省長，最高職務是國家的部長和中央什麼委員會的副主任。這經歷，一徑路樣引着明正的眼，使他很快讀完了讚美詩樣的訃告文，再把目光落到訃告上邊的照片上，這第二次的看，明正驚着了，眼被牽一下，眼角的疼跳被針紮了樣。他發現那張在報紙一角被黑框了的黑白照，哪兒長得有些像自己，粗眉毛，挺鼻樑，嘴角上翹的微笑活脫脫就是自己在笑着。於是間，他拿着報紙的手有些輕微微的抖，身上的血宛若穿過隧道的水。看看面前的拔河賽，又抬頭看看天 —— 人這麼近，天那麼遠，世界還是一日一日、饑食渴飲的老樣子。就那時，他從賽場退躲出來了。退出來在他頭腦第一個升生的念頭是，他應該去八寶山革命公墓找到那位半個月前還活在醫院的顧東強。找到他，興許就找到自己的父親了，找到了自己的出身和自己的家。果不其然地從拔河賽的賽場走出來，朝着國政大學的門外走，憑着一張北京地鐵圖和市政交通卡，花費一個半小時，轉了三次地鐵也就到了石景山區的八寶山。

　　八寶山並沒有他想像的神秘、神聖和不可入的難。落日的紅色和別處一模樣，醬紅在地上、牆上和街道上。從地鐵口出來向北走去的路，明明是通往另外一個世界的，

可人來人往和那路上進進出出的機動車，竟都庸常而活躍，彷彿通往人世的一處的集市般。他沿著路邊走過去，進了一個斑駁塵滿的大門後，才見到了一些不一樣。院子大得很，全都鋪了水泥地。從地面升騰的蒸汽使人想要暈倒在太陽下。因為是下午，趴在停車場的靈車們，齊整如擺着的積木般。遠處寫有編號的告別廳，從一號到九號，房是一樣的房，字是一樣的字，門前種的松柏樹，和門口寫的巨幅對聯都是一模樣：「生為革命而來，逝為人民而去。」那字意深大且還光輝着，如飄在頭上抓不到的含光雲。緣於到下班時候了，八寶山永遠是日出時候忙，日落時候閒，所以偌大的院裏就只有工作人員在收拾當日死者的去物和悲傷，為明天來的人，準備着場地和歡迎。

明正朝二號告別廳門前停的一輛汽車走過去。那兒的工作人員們，正把用完的各種花圈舉着遮陽傘樣送到一輛汽車上，以備明天繼續售賣和使用。把已經損壞散架的花圈棄物垃圾般，扔到另外一輛汽車上。明正走過去，一個舉着完好花圈的小伙迎來站到他面前，打量一番他的道袍後，不冷不熱問：

「你有什麼事？」

他把在手裏捏濕的報紙展開遞到小伙的面前去。小伙將目光在那幀照片上溜了一眼睛，沒說話就舉着花圈朝前邊汽車走去了。看着人家一直舉着花圈到前邊卡車下，

和車上接擺花圈的工人說了幾句話，回來又把他手裏的報紙要過去，看照片，細讀訃告文，最後審問一樣問了他幾句話：

「你和他什麼關係呢？」

明正愣一下，忽然不知該要說什麼，於是就怔怔囁嚅著。

「問你哪，」小伙聲音又抬高一些兒：「你們是什麼關係？」

明正說：

「我是他孫子。」

「戶口哪？請拿出戶口簿。」

「從小失散了，我一直都在找他呢。」這樣說著明正把目光求在小伙的臉上去，希望他可以看出自己和那照片長得像。可那小伙子，壓根沒有注意顧明正的臉，就笑著將報紙在空中晃了晃：「省、部級以上的，每天都有你這樣失散的後代來認親；廳局級，十天半月會來一兩個；處級科級幾年都不見一個來認親的。」說完把報紙重又塞回他手裏，一轉身，就往告別廳裏走去了。太陽西偏著，落去的光亮快如人生樣，最後在熱裏含了幾絲溫潤和柔和。明正立在那，彷彿空曠裏的一棵樹。就那麼僵僵木呆著，本來想要走，卻又想該再給命運燒柱香，把報紙再次給誰看一看，就又四處打量著，見有汽車開來停在四、五號告別廳

的門前邊，也是收花圈和裝花圈，於是就朝那邊走過去。這時身後忽然有了喚，「喂——喂——」轉過身，還是剛才去二號廳的那個小伙子，又朝明正走過來，臉上顯出的熱情比先前大許多。

「你是和尚還是道士呀？」

取出學校發的宗教學員證，翻到正頁遞過去。證件果然生了效，那小伙看看證件看看他，臉上掛了絨簾一樣的溫和和善意。

「是真的道士呀？」他問明正說，「是不是西藏的活佛也在你們培訓班？」並不等明正把話答出來，他就又急迫迫地求着說，「因為我們每天和死人打交道，所以人人身上都會帶佛物。明天是國慶節，你如果能給我一串活佛開光的念珠兒，我能讓你去省部級革命家的骨灰堂裏尋親找爺爺。」

事情就這樣確定下來了。

一樁買賣樣，談判、簽約和履行。走的時候，小伙子交待他明天來，千萬別神神鬼鬼穿道袍，一定要穿正常服，尤其上衣一定要是白襯衫，乾淨利索，和常人一樣兒。最好讓人一看像是學生或老師。第二天，十月一號國慶節，貢主任請了專家來講黨史革命史，他一早就又趕到八寶山，穿了皮鞋、灰褲、白襯衣，不像老師和學生，倒像一個從鄉下特意換了衣服進城開眼界的年輕人。這次和

小伙見面不在告別廳，而是在殯儀館門前的一棵老樹下。小伙子打量着他的衣服笑了笑。他遞去有五個高僧共同撫摸開光過的念珠鐲，小伙把佛鐲拿在手裏掂了掂，像要稱一下五個高僧的佛力樣。

「是橡木。」明正説。

小伙點點頭。

就這樣跟着小伙走完了那條叫「殯儀路」的路，到路末的一個小院裏，才看見小院是一處桃花園，和外面車水馬龍的世界彷彿不在同一天下面。假山、噴泉、滿眼的綠植和正開的月季與別的什麼花。所有的石鋪小路兩邊都是修剪齊整的矮柏和冬青。將熟的蘋果大得都和手球樣，懸在樹上把所有的樹枝都壓成垂墜狀；而晚熟一些的青梨樹，則舉着掛梨把樹枝直直挺在半空裏。還有各種瓜果和偶爾夾在果樹間的幾畦小青菜。進門後明正訝愕呆在那兒了。他沒有覺得這兒的風光有多好，但卻覺得分外地慌張和難料，像去道觀尋訪卻看見款款麗麗的菩薩着。穿過這片綠植地，再前是一排如故宮一樣的老房子，琉璃瓦扣在房坡和房脊上，一行行紅得如地壟菜畦般。房後是一架半入天的山，山上的植被呈出旺黑色。有幾十個小學生，正在那老房前面排着隊，由老師統一整着他們脖子上繫的紅領巾。小伙子就指着前邊的學生和老師，説那是北京幹部子弟中學的學生們，今天被老師組織來進行革命傳統教育

課，讓他們每個人來尋找自己的爺爺、祖爺爺，你跟在他們後邊就能進去了，就能去找你的爺爺了。

魔術一樣兒，或者像萬花筒中的玻璃片，隨意轉一下，人就不是了原來那個人。小伙子說完就走了，這讓明正覺得一切都源於他給小伙的念珠不是真的活佛開過光的鐲。你不預我菩提樹，我也不你佛悟覺；你不預我幽谷關，我也不你道德經。望着走去的小伙子，明正覺得自己像被丟進了夢裏邊。不過前邊學生和老師的人影倒是實在的，還能聽見老師讓哪個學生把脖子扣兒扣齊整的話。能聽到老師讓學生們都要記筆記，回去每人必須寫一篇感想文。也就猶豫着，朝學生隊伍那邊走過去。學生們已經開始慢慢朝老房子裏邊進去了。整拉整拉自己的白襯衣，快走幾步朝學生隊伍的尾後追過去，他像是那學生隊伍後邊收尾的老師樣。朝那老房進去時，後邊的兩個學生還朝他扭頭望了望，把他當成陵園的工作人員很禮貌地跟他點了頭。

不廟也不觀，不佛也不道。他就這樣跟着學生的隊伍進了八寶山高級革命公墓的骨灰堂。有工作人員在老房裏邊做着事，看着一律白襯衣、紅領巾的學生們，魚貫而入到房內靠裏地下室的電梯門，一梯一撥兒，兩部電梯輪流把學生朝公墓的地下室裏送。開電梯的大媽子，機械地按着電梯的開門鍵和關門鍵，整個過程都沒和哪個老師、

學生説過一句話。他是最後一撥隨幾個學生進了電梯的，還未及把電梯裏張貼的幾張紅軍長征圖和八路軍抗日的宣傳畫全都看一遍，電梯吱吱晃晃就停了。門一開，學生們朝外跑着去追前邊的老師和同學，而他最後一個走出電梯時，一下就被訝愕電擊在了電梯門前邊。

果然是八寶山公墓的高級幹部骨灰堂。它在山下修成山中山，又在山中山上建墓地，依勢而築，層層高升，呈着環半狀，大得如山坡、山脈或者又一個的人民大會堂，每一層都錯落半米，有四個台階相連着。也許這整個山的地下都給挖空了，斜面傘狀的穹頂間，均勻柔潤地都塗了銀灰色，如星空樣的燈光布在穹頂上，把整個骨堂都照成乳白色，連地上哪兒有個水珠都能看得清。不知道電梯到底把大家送到地下有多深，只是從這最低層抬頭朝上望，一層層依山永安的墓和碑，整齊得如隊伍朝他開過來。所有的墓碑又都是雲青色的大理石，八十厘米寬，一米五的高，碑前一律用砂石砌得高出地面一尺的石墓裏，放了墓主的骨灰盒，而碑上一律用柳體深刻着碗般大小的塗金字，那字一律是「某某某廳長之墓」、「某某某局長之墓」。在這字樣的正上方，又都嵌放着比字大出一倍的死者的照片來。墓角上，又都放着一盆永開不敗的塑料花。而碑後，又都字多字少地刻着死者的生平和為革命奮鬥、升遷的事跡和功勳，以及字字有音的蓋棺論。

公墓裏有溫潤一股潮味兒，空調風襲在人的骨頭上。山頂上有守墓的工人正在架着梯子修換頂空中的熾光燈。學生們跟着老師沿着墓群最底的環道朝前走去了。明正在後邊跟了十幾步，自己站在了墓群向上的一道梯路口，就這麼望着驚着呆立着，有些猶豫地站在放有一個垃圾桶的環道邊，待學生朝前走遠後，他開始獨自沿着一條梯道朝着山上去，不停地盯着道兩側每塊碑上的照片、名字和職務。當從第一層走過整數十層後，他發現第十一層墓前的花盆不再一樣了，一至十層是塑料花和塑料盆，到着十一層，全都成了瓦盆和特殊培育的真的蘭花草，雖然沒有塑花那樣醒目和光亮，但卻有了一股清新的植味在這墓上、碑上繞蕩着。且那碑上的字，也不再是「某某某廳長、局長」了，而成了「某某省長之墓」、「某某某少將之墓」了。就是在這不經意的變化中，明正再把目光盯在那些碑上的照片時，開始覺得這一區域裏，這張照片上的鼻子有些像自己，那張照片的下巴有些像自己。他把手裏報紙上的照片舉在其中一座碑前對着碑上的照片看，發現報紙上的照片和碑上的照片完全不是一個人，就又沿着台階朝上走。沿着某一層的墓前小路朝着左右走，慢環幾十米，從這條梯道穿到另外一條梯道間，見還是同樣的墓區和墓碑，同樣的碑文和同樣的特育蘭花盆，只是區域和石墓的編號不一樣，如電影院一樣錯落的座位被不同數字的編排區分着。

遠處那邊的學生們，都跟着老師立站下來了，隱隱可聽到老師讓每個學生在墓間去找自己的爺爺、祖爺或姥爺和老姥爺。當然着，也還有他們的奶奶、祖奶奶，姥姥、祖姥姥——要讓他們「尋着先輩的足跡，踏上未來革命的征途。」看見每個學生散在墓間去尋跡他們的血緣祖人時，明正心裏像丟了什麼樣，一種大海撈針的茫然感，讓他無所適從地呆在這邊墓群裏，直到所有的孩子都如蘑菇樣散在林地裏，他才又拾級而上登過去。再上了八層二十四個台階後，又發現新的公墓秘密了。原來最底層的十階墓區裏，安息的都是廳局級，十一層至十八層，安息的都是省一級和軍隊裏的少將們，而從第十九層到二十四層的六層間，又都是中央的副部級和軍隊的中將們。從二十五層到二十八層的四層間，成了中央的正部級和軍隊裏的大將們。那麼二十八層以上呢？是不是就是那些相當於皇帝、宰相們的國家領導人？

　　他有些愕怔、興奮地在墓群穿梭着，有時朝上快幾步，有時又朝下跳着躍下來。從正省和中將的墓區往上走，不僅墓前擺的蘭花都是真植物，且每尊墓前不僅是一盆，而是三盆或五盆。在這不見風日的墓區裏，花工讓它們開着白花和紅花，散發的香味從鼻下細線一樣穿過去。山套山的梯道台階上，也不再是自然的山石台階了，這兒的台階全都鋪了紅地毯，還在梯道兩邊豎了紅木欄。而尤

讓明正訝異的，不是這墓區隨着死者職務的升高而遷升向上的墓區和墓碑，不是墓區隨着職位、功績寬大起來的墓地面積和越來越多墓前擺的真花草，而是他越往墓頂走，那越來越稀和越來越豪華的墓碑照片上的人，無論是花髮還是純白髮，戴着眼鏡的，禿頂脫髮的，再或是方臉、圓臉、胖的和瘦的，他都能從那張臉上找到和自己長得像的鼻眼和唇目。站在一個副部長的遺像前，剛剛發現那滿頭白髮的鼻子和自己長的一模樣，黃白色，刀條挺，像磨過一樣有着邊楞和光滑，想這副部長會不會是自己失散的父親或父親的父親時，又看到與副部長相鄰的一個中將遺像了，那遺像鑲在一米寬、一米五高的墓碑上央裏，在有機玻璃的鏡後望着他，眼神裏似有要和他説話、拉手那渴求，待他為那眼神惶惑激動時，又看見那中將的右眼角，有一顆豆粒黑痣凸在他的額眼間，這使明正心裏振一下，把報紙上的照片拿到眼前看了看，又很快把那報紙疊疊收起來，從口袋摸出一張撲克牌似的自己的照片來。雖然自己照片的景背是他居安了二十年的中原老君山和老君觀，襯托得他的身量顯小了，但還是一眼就看見了自己右眼上那顆黑痣兒。他的黑痣似乎比中將的黑痣小一圈，可位置和中將的黑痣位置一模樣。本能地摸了摸自己右眼上的痣，又拿手去摸了中將照片上的痣，當玻璃的涼意把他滾燙的手指推到遠處時，他把自己的照片擺在了中將那有幾

分威嚴的照片邊，發現照片上的自己和玻璃後的中將除了那顆痣，臉形、膚色幾乎都如出一轍樣。

他徹底呆在中將的墓碑前邊了。

他相信自己就是中將的孫兒或者中將女兒所生的外甥兒。幾乎是和跑着樣，他從墓前跨到碑後去看中將的生平、履歷和功績，從第一句「張仁貴，湖北洪安縣人，1921 年 8 月 1 日生」，一句一句朝後唸，讀到長征時他如何爬雪山，在延安時怎樣學紡織、種玉米，抗日戰爭時，怎樣和日本人打游擊、炸炮樓，到解放戰爭時，在山東孟良崗的戰役裏，又如何帶着一個營和國民黨的軍隊死戰在一條戰壕裏，直到最終全營三百餘人全部戰死，而他自己身中三彈，昏迷在一條血河裏，所幸援軍到達，把他從血河抬出來……到這兒，明正身上冷一下，又一次從碑後轉到碑前來，再次把自己的照片放到中將的臉上去比對，他又覺得自己的臉型、膚色和這中將沒有那麼像。就那麼一再、一再對比着，最後還是決定再到別的墓地找一找，也許在正部和國家級領導的墓地也能找到像自己的爺爺、奶奶呢？於是放棄了中將和副部長，往更高一層的部長和大將的墓區走過去。

在正部級的墓區裏，明正把腳步慢下來。正部的墓區和副部沒什麼本質的等級和差別，只是墓地的面積大一些，如生前他們的住房也要更大些。其餘墓前的擺花、梯

道和墓前供人來去的環彎路，還有路上鋪的不怕潮濕的膠絨紅地毯，都是一個規格和品牌，唯一不一樣的是，墓地的寬敞和棺石墓碑的材料了。正部級的墓石材料不是國產從福建採石場上運來的，而是進口來自澳洲的一個特殊採礦區。墓室的石材更為細白和硬密，石面上的顆粒都微如小米般，而副部和省級墓石的顆粒則如豆粒樣。明正不知道這些石材最大差別是防水性能的好與壞，也不關心正部級的墓碑大理石，是可以如玉一樣雕為器物和粗飾品，他只是拿着自己的照片在正部級的墓上找尋和比照，想如果在正部級裏找不到像是自己的，就去第二十八層以上的山頂找。層越高，越接近山頂的穹空和虛寂，山勢的面積也越發顯小和貴重，而墓地，這時卻越發擁佔得闊大和開野。那麼第二十九層以上呢？三十二層以上呢？就這樣一層層找到二十五層後，才剛有整個山高的一多半，山頂那三分之一更高聳的墓地還有多少層？最上層的骨墓會是誰？是可稱為國家領導人和領袖的墓地嗎？既然每一層都有幹部、領導長得像自己，那最高層的國家領導裏，會不會也有長得像是自己呢？會不會自己也是哪個國家領導人的後裔呢？是他們的孫輩、重孫輩？就像一個家族羅盤上的一顆運星兒，因為距那羅盤的中心遠，就被拋轉甩離到羅盤外邊了？成了一個深山道士了？

明正決定就這麼一層一層往上找，一直找到最頂層的國家領導人裏有誰像自己。他從第二十五層找到第二十六層去。在第二十六層的區域裏，見一排五墓的正部級，是三個部長和兩員軍隊大將的墓。就那麼一個一個看過去，尋過來，以為找不到有誰比那二十層的中將更像自己了，欲要離開到二十六層時，卻發現這一區域和下一區域相連的圓形水泥柱子邊的墓碑上，有一個女部長在朝他望着微笑着。於是腳步淡下來，好奇地朝那正部的奶奶走過去，站在那片有三分之一拔河場的正部墓地前，走過一片的花盆和剛澆過水的水漬地，他沒有看到那可為奶奶的哪兒像自己，可那大有一尺二寸奶奶照的左角上，卻還有一個僅有幾寸大小的男人照。這張男人的照片颱風一樣襲中明正了，方臉兒，大眼睛，挺鼻樑和半笑、半翹的嘴角兒，生生如明正的親生父親樣。

　　明正又一次愕然立在那，過一會又朝碑後走過去，很快讀到了一段極為神秘的碑文和説明：

　　　　林翠玲，1921 年 6 月生於湖南湘潭縣，正部級。為紅軍長征中最小的紅軍女戰士，一生唱歌、跳舞和戰鬥。新中國成立後，終生未婚。為中國第一代的外交官，陪伴國家領導人出訪、談判數百次，被毛澤東、劉少奇、周恩來譽為「盛開在世界舞台上的中國花」。

碑文就完了。

如曇花花期一樣短，明正就那麼立在石碑後，盯着所有碑文中那最短、最簡的一段話和「盛開在世界舞台上的中國花」的蓋棺論，想她的級別是正部，又一生未婚，可遺像的左邊又鉗放着酷似自己的一張男人照，那麼那男人和她是什麼關係呢？他姓什麼？叫什麼？這輩子是什麼職業和職務？生卒年月是多少？這讓明正雖然希望那「盛開在世界舞台上的中國花」，正好是自己的奶奶或姥姥，可又總覺哪兒味不對。一生未婚，又在該是丈夫遺像的地方鉗着一張男人照，而那無名無姓、無職無歷的男人，又偏偏長得像自己，這讓明正恨不得立刻離開二十六層到二十七層去，卻又古怪、念執地相信無來由的那男人，就正是自己的父親、爺爺或者別的血緣親。

想要去問誰，查一查這正部級奶奶身邊的男人的姓名、年齡和由來，便扭頭朝前後左右看了看，看見那些在山頂修換熾光燈的人，正扛着梯子、拿着電線、工具朝着山下走過來，其中還有個工人朝他擺手大喚着：

「喂——那個誰？你過來把這梯子扛回去。」

聽到喚，明正朝那喚的走過去。可走了兩步後，他想到什麼了，激靈一下子，迅速從朝上的台階轉回身，又沿着梯道朝下走，且越走越快，邊走邊跑，最後連自己都聽到自己下山時，渾身砸在膝蓋上的聲音重量了。

11 雅慧、明正和玉慧

　　每天、每一天，班裏沒有什麼大事情，也總有事情發生着——雅慧今天必須要去醫院探望師父了。

　　應該昨天去，可昨天為應對「中國宗教與中國社會的互動關係」那考試，雅慧找東青阿訇複習了一整天，直到晚上才寫完卷子題。雖然考試是開卷，可雅慧還是希望能替師父考到最好、最好裏，把成績當作禮物送給師父去。為了這份禮，她給東青阿訇買了學校商店最好、最貴的巧克力。以食換智，田東青不僅給她講了中國宗教歷朝歷代都是為社會服務的道和理，還講了不宜寫在卷子上的為什麼在中國宗教不能高於朝政、超越權力那緣由。對於培訓班的考試說，田東青的學問大得和天空樣，單看他書桌上堆的參考書，什麼《馬克思主義宗教觀》、《人類歷史與宗教史》、《中國歷史與宗教史》、《中國宗教的精神性與世俗性》等，哪一本拿出來都可以很好地應對二張、五張考試卷，使自己一筆揮就成為大師級的好學員。雅慧曾經想，如果不是田東青大着自己二十幾，他的媳婦枝素嫂，也來培訓和自己一道住在七樓上，沒事了和田阿訇待在一塊要比和明正待在一塊好得多。

可待在一塊時，田阿訇又總是笑着說：

「來培訓學習，考試及格就行了。」

「我得對起師父呀，」雅慧認真道：「她在醫院裏，我考的分數都要登記在她的名下呢。」

田阿訇就給她開講試卷應該怎樣填寫了，重要段落還親自寫在紙上讓她抄在卷子上。昨晚交了卷，上午又聽一胸證章的無名氏來講「新中國是從哪兒走來的」，這下午，她就知道她的試卷得分為 98 分第一名，而田東青卻只有剛剛及格的 60 分。也就帶着第一的成績去看師父，從宗教樓裏走出來，天藍得如三歲孩子畫的畫。雅慧就立在校園裏，朝天上望了一會兒，除了看見雲，還看見雲上有馬群和一片蓮水池，也就仰頭看着白雲朝學校外面走。到學校大門口，剛巧碰到顧明正從天橋上迎面走下來。於是兩個人就豎在天橋下，雅慧看見明正臉上一臉都是燦紅色，胸前竟還別了一枚多為智障才會別的硬幣似的毛主席的像，那像是豔紅發亮的底，在紅底裏凸着一幀金黃色的頭剪照，剪照如佛神一樣發着光。雅慧很驚訝地盯着明正的臉，也盯着那枚紀念章，眼上疼一下，雙手在胸前合了一下掌，勾頭「阿彌陀佛」後，再次盯着明正問：

「天……這兩天你去哪兒了？」

明正朝胸前的章上兒戲一樣拍一拍——

「你不去嘛 —— 我自己偷跑去了長城和故宮，也去了八寶山和天安門！」

雅慧又盯他一會兒，似乎要說啥。沒有說出來，就雙唇動了動，撇着身子朝馬路邊上走。

顧明正這時轉身攔在她面前，把胸前的徽章摘下來 ——

「你要嗎 —— 一塊錢一個，天安門那兒有賣的。」

雅慧盯着他還是不說話，默一會兒把手舉在半空攔着出租車。

「送給你吧 ——」他把那像章摘下遞到雅慧面前後，臉上依舊微賴微賴掛着笑，把聲音突然抬高一截兒：「說不定哪天用上了。」

扭頭朝地上輕輕「呸！」一下，雅慧冷冷說：「顧明正，神在天上看着哪！你就不怕神會懲罰嗎？」問着他，有一輛出租在她面前停下來，開門、上車，把明正留在校門口，如扔往教室外的一團字紙樣，也就坐上出租走掉了。

留下來的顧明正，隔窗望着雅慧和那佛袍黃的出租車，臉上有了輕蔑和譏笑。

雅慧就這樣和明正分手了。半個小時後，她到了雍和宮，下車站在雍和宮的門口朝宮裏眯望一會兒，想師父若是這雍和宮的主持該多好，那樣自己就可以一輩子住在這北京最繁華古老的宮殿裏，一出門就是地鐵、商店、人流

和二環路。且香火也會旺到山山海海裏，功德箱裏的錢，怕每天都有幾百、幾千或幾萬。這樣很奇怪地想了一會兒，又有些傷感升上來，就沿着雍和宮的紅牆默默朝雍和醫院走。

醫院的門裏是個小花園，方方正正一畝多的地，質樸地種着楊樹、榆樹、松樹和柏樹，遇物而形的磚鋪路，在樹林裏彎來或繞去，如一根濕了水的條帶樣。雅慧快步走在這一繩條帶上，又一次看到奇跡了，如在天上看到了菩薩的身影樣，驚得張嘴半天沒有說出話，也沒有唸出阿彌陀佛經。她看見一個多月未曾下床的師父竟然坐在花園裏的石凳上，邊上放了輪椅、水杯、經書和一條用來擦汗的濕毛巾。太陽從兩棵樹的縫間透進來，落在師父的臉上和肩上，使她滿臉瘦弱的肌黃裏，有了被藥物大補過的潤紅色。她在活動她的手指頭，用這個手去掰那個手的爪狀指，又用那個手來握捏這個手的骨關節，還能聽到指關節的啪啪聲。「師父呀！」雅慧驚着突然立下來，愣一會又朝着師父跑過去，近了再又立下來，快極地行了佛禮唸了經，就上前在師父面前跪下抓住師父的雙手看着她的臉：

「——你怎麼出來啦？」

「——你怎麼就能出來啊！」

連連這樣問着話，一路上的麻亂和對顧明正的怨，一瞬間被師父的病癒趕得不在了。前邊不遠處，有兩個病

人和義工，正笑着朝着她們這邊看。這時的師父望着雅慧「呀呀、啊啊！」了幾下後，淚就掛在了眼瞼上。那個料理師父的義工王護士，未出家的女居士，這時也從前邊病人的身邊走過來，一臉暖春地對着雅慧説，自打上次雅慧來看了師父不知和師父説了啥，也許是雅慧把神給帶來了，走了又把神給留下了，從此師父的身體每天都如神在護佑着，先是能從床上坐起來，第二天還能坐起把飯碗端在手裏邊，把經書抓在手裏邊。到了第三天，雙手就能端碗捏筷了，可以下床扶牆走動幾步了。現在不僅能夠扶牆走，而且還可以人不扶她立站一會兒，自己慢慢走幾步，和神在醫着師父樣；和神在師父身上用力樣。説着還將雅慧從師父身邊拉到另外一棵柏樹那邊去，離開師父幾步遠，讓人看不見，聽不清，才又極認真地問：

「上次來給你師父説了啥？」

「我告訴師父學校不再進行拔河比賽了，別的好像什麼都沒説。」

「那就還沿着這個思路説，説錯了你師父的病就前功盡棄了。」

就這麼兩句話，年過五十的義工又朝她剛才走來的那個病號走過去。那個病號是基督徒，不僅胸前掛了十字架，連正輸液的針管吊瓶上，也掛着一個鮮紅亮亮的十字架。他的吊瓶快要更換了，王護士回到那邊就忙着把他朝

病房裏邊推，走了還又回目用力地朝雅慧點着頭，囑託讓雅慧照她説的那樣做。

雅慧又回到師父身邊去，沿着義工王護士的話，回來把師父從走來的太陽下面挪到樹蔭裏，給她倒杯水，突然想起了什麼樣，再次半跪到師父面前抓住她的手，孩子般嘻嘻哈哈道：

「啊呀呀……阿彌陀佛……這麼大的事我竟忘記啦——貢主任讓我問你好。上一周，他不僅取消了教與教間的拔河賽，還在培訓班的文體課上組織所有的學員同唱一首宗教歌。説這星期的文體課，五大宗教要同唱基督教的《耶穌聖歌》，下星期同唱天主教的《聖母頌》，下下星期唱伊斯蘭的《天上只有你》，再下下下的星期五，組織大家同唱《道宇宙》，或者我們梵樂中的《大悲咒》！」説着又如師父的女兒撒嬌般，拿手一下一下錘着師父的腿，「貢主任還問我，讓其他宗教的信徒都來學唱我們梵樂時，是先唱喜歌《我是菩薩身邊的一朵蓮》，還是先唱最慈悲的《大悲咒》？」問着盯着師父的臉，看那臉色不僅紅潤又重了一點兒，且原來渾濁的眼裏也變得白少黑多了。有一滴眼淚潤在她的眼眶上，由小到大，最後就流在臉上了。

「我覺得應該讓別的信徒先唱《我是菩薩身邊的一朵蓮》」，給師父擦着淚，雅慧真的和孩子一樣説，「讓他們

先看見菩薩的慈悲、端莊後，再唱哀歌《大悲咒》，他們就明白菩薩的善和寬界了，以世界為懷的慈悲了。」

雅慧問：「師父啊 —— 你說我說的對不對？」

雅慧說：「世界再大，也沒有菩薩的慈悲大；宇宙再寬，也沒有菩薩的胸襟寬。我們就是要讓其他教的信徒明白菩薩佛的胸境和本來。」

接着又問到：「是不是這樣呢？師父你說我說的是佛經之道嗎？要是了，我就這樣去對貢主任說。我就說是師父你建議先唱《我是菩薩身邊的一朵蓮》。」

師父就哭了，淚像雨樣落在雅慧的頭上和臉上。她把自己的手從雅慧的手裏抽出來，將雅慧攔在懷裏去，像忽然發現雅慧長大了，頓悟到了佛的精神了。而雅慧，也越發地知道自己該說什麼了，該做什麼了，就順着虛善的心願說這個，說那個，全是培訓班裏教教間的好事情，好神願。待把好話將要說盡時，太陽又一程的西偏了，有幾分爆野的熱氣淡下去，涼意落在醫院的門診和病房各處間。院內林裏邊，有細潤細潤一股風。日光很秩序地從玉慧師父的這邊移到那一邊，一團一圓的光亮從她的身上和肩上，戒律着落到她的頭頂上，使她那張原先枯棗似的臉，回返到了七、八月間的季節裏，臉上有了棗桂色的光，嘴角一牽一牽笑着想要說什麼，可又喉嚨嗚嗚沒能說出來，

就有喜悅的口水流了出來了。雅慧去給師父擦着嘴，還把師父的頭髮朝後捋了捋。這當兒，雍和宮的聖鐘又響了，悠揚悠揚傳過來，又悠揚悠揚傳過去，彷彿二環邊的天空流着一條河。雅慧就抬頭望着天空的河：「師父呀，你快病好吧。病好了你留在雍和宮裏當主持，我就可以一輩子都留在北京啦。」然而師父卻是仰着頭，聽着那鐘聲，扭頭朝聖鐘的方向看了看，回頭「呀呀、啊啊」出一串嗚嚨的音，目光落在了輪椅右邊掛的小袋上。

雅慧從那袋裏取出一支筆和一個小本兒，朝着師父遞過去。師父把本子放在她的膝頭上，用那筆戳着紙面歪歪扭扭寫了很多字，字大的大過指甲殼，小的又小過一粒豆，寫完了，她把那半頁字紙遞給雅慧看。雅慧看了臉就驚着了，驚出一層灰白色。

「真的嗎？你真要這樣嗎？！」

雅慧直直地盯着師父看一會，連續這樣問兩遍，直到師父朝她很重很重地點了頭，她才相信師父是真的那樣決定了，就像佛陀決定把他的聖物蓮墊送給一個異教害過他的人。

12 雅慧

　　　　　把靜庵寺 22 萬元的善 kuan（款）卷（捐）給培訓中
心 10 萬元，讓貢主任作為各教普唱教歌的 kuan（款）xiang
（項）用。

　　這是玉慧師父寫給雅慧那半頁紙上的字，現在那紙還
團在雅慧口袋裏。不知用了多少年，少有香火的靜庵寺，
才終於有了 22 萬元的香火錢，原是為修繕庵房準備的，
可現在，師父竟就決定捐出 10 萬元。然在平素裏，雅慧
想吃點好的都不行。「吃素是佛的最低教戒你忘了？」師
父總是這樣說。寧夏城裏有個素食館，能把素菜做得和肉
樣。每次和師父說她想去那素食館裏吃頓飯，師父都迅速
拉下臉，佛掌在胸前，不知是祈禱還是詛咒她，「阿彌陀
佛……心淨啊！心淨啊！」好像她有多大罪過樣，心池裏
裝了垃圾樣。

　　傍晚六點多，雅慧離開師父從醫院出來了。她捏着師
父寫在紙上亂舞舞的字，很想把那字紙揉揉丟在路邊的垃

坂箱，可真的到了那垃圾箱的邊旁時，她在那綠桶的箱邊看了看，人又默默走掉了。

太陽落下去。暮昏黃冉冉地升上來。雍和前街的胡同裏，人來人往地走着飯香、菜香味。不知為什麼，手裏捏着那個印有橫格的紙條兒，雅慧突然想要到哪兒大吃、大喝一頓去。想要一下花去很多很多錢，把字條上寫的錢數都花掉。而且想到吃，肚子裏果然隱隱有了咕嚕聲。把目光掃到胡同兩邊的商舖房子上，先見偶爾一家、兩家的餐館小飯店，可走着走着間，忽然一街兩岸都是了風味小吃和館子，飯香、菜香濃得如塔爾寺[1]在旅遊季節的香火般。腳步慢下來，目光一直盯着路兩邊，雅慧看到有一家醒目潔潔的蘭州拉麵館，麵館旁是專賣西寧肉夾饃的鐵棚子店 —— 竟然這也有大西北的小吃店。站下來，想了想，她果然把手裏的字紙一團一捏塞到袍兜裏，朝着饃店走過去，試着細聲問：

「 —— 豬肉嗎？」

「 —— 那還能人肉。」

「 —— 豬肉香。不是我吃是我帶給別人吃，你能在肉夾饃裏多夾一些豬肉嗎？」

1　塔爾寺：位於青海西寧郊區佛教聖地。是中國最古老的四大佛寺之一。

「——要素的還是要肥的？」

「——一個多點紅素肉，一個多點白肥肉。多出的肉錢我給你。」

剁肉的刀像梵樂中的歡快節奏般。轉眼間，方塊的素肉就成肉粒了，白肉就成肉漿了，香味濃到能看見絲絲線線纏在她眼前，撩得她鼻孔癢癢的，連鼻子自己都顧不上自己的漂亮了，要很醜很醜地揪揪吸吸了。鐵棚屋裏有遊客，他們邊吃邊盯着她的僧衣和寸發頭，眼睛都驚得大睜着。她一再地朝人家點頭佛禮解釋說：「是給別人買的哪，是給別人買的哪。」人家反倒不好意思了，反倒對她歉情敬意了。用兩個白色塑料袋，裝了那兩個還有幾分燙手的肉夾饃，遞上二十塊錢抱在懷裏就從饃店出來了。轉身到了隔壁的蘭州拉麵館，這邊的客人要比那邊少。櫃檯裏邊是廚師的勞作區，外面的簡易桌子是客人吃飯區。雖簡易，卻都是新的素潔的，黃色桌凳上，都還飄着家具油漆香。八張雙人和四人的飯桌子，有六張桌上坐了人，像等着她來樣，剛好在牆角光弱的地方留着一張雙人桌。又是十幾雙眼睛都在看着她。看着她的寸頭、僧袍和女娃娃的臉。她朝所有的人都相視笑一笑，朝所有的客人都佛手躬身一個禮，嘴裏說沒說出那句經言她也不知道，可她覺得自己說出了，然後才很大聲地對櫃檯裏一直盯着她的那個婦女道：「姐——給我一碗不放肉的拉麵好不好？我只吃

素湯，肉錢我給你，你多給我放一些青菜行不行？」那被稱為姐的婦女朝她點了頭，屋裏所有的客人放心了似的又都開始吃起來，收回去的目光閉合了的窗簾樣。

她就坐在最牆角的桌子前，不再想什麼經言、菩薩和戒律，背對他人，面對牆角和牆角上落的幾粒黑蒼蠅。為了預防有人突然進來坐在她對面，她還偷偷把餐桌朝牆角推了推，使那位置顯出再去坐人的逼仄來。大海碗的蘭州拉麵端來了，果然是清湯多菜的一盤細絲麵，蔥花、菜葉漂在湯麵上。屋裏是熱氣騰騰的霧光和混沌，如世界還在神未到來的蒙昧時期樣。身後吃拉麵的呼啦聲、吸溜聲，泉溪一般跌宕着。空調的嗡嗡和風聲，一時大過那些吸溜聲，一時又小過那聲音。身後有對男女吃過拉麵手拉手地離開了，他們好像還朝她望一眼，說了什麼話。說什麼都不重要了，重要的是她背後沒了人。沒有人再盯着她的後背和後腦勺兒了。不會有人發現這個玉尼小姑娘，是一邊吃着拉麵的素湯和素食，又偷偷從懷裏取出肉夾饃。味道天極一般好。肉夾饃的熱汽把塑料袋上熏出了一層厚霧白，讓人從外面，看不見那是肉夾饃，只多也就是看見兩個燒餅吧。為了防預別人因為味兒發現她有肉夾饃，雅慧先取出香味薄淡的瘦肉吃。可儘管是瘦肉，那香味還是從她打開的袋裏衝出來，嚇得她哆嗦一下子，慌忙又把袋口揪捏在一起，將濃香趕回袋子裏。本能地朝後扭下頭，見

所有的人都在自顧自地吃着或說着，也就想到了北京人的好，經見廣闊，遇怪不怪，正是穿教衣行頭的信徒應該待的地方呢。她慢慢把肉夾饃的袋兒首先打開一條縫，彎下腰，不是把饃肉送到嘴邊上，而是讓自己的嘴唇長長嘟出來，伸到袋裏去，貼到餅饃和要掉進袋裏的肉粒上。

咬了一口兒，慌忙閉上嘴，又把饃袋口兒捏在手裏藏在懷胸下。肉香的味兒旋即蹬着她的前牙跳到口腔裏，讓她的上顎顫顫嗦嗦，不得不用舌尖去齵上阻着香癢兒。可香味，順着她的牙床跑，翻山越嶺，像氣流要從一道深谷朝着谷外漫。她能感到那肉香一定是和瘦肉一樣的深紅色，彩霞溢穹般，漫在她的齵腔和喉管。捨不得一下就吞掉嘴裏的餅饃和肉粒，就讓那饃香、肉香在嘴裏溢聚一會兒，浸到她的頭皮和身上，像周身都有氣流流動樣。咬下一口時，肉夾饃上有了一彎牙月痕，現在那牙痕被舌頭頂着扣在牙床上，彷彿一個螺絲和它吻合的螺帽兒，一本經書和它的一個信徒樣。一切都是剛剛好，神聖的，默默莊重的，享受完了那素烈烈的味道後，她開始嚼那饃和肉，除了牙尖碰肉那一瞬間的抖，肚子裏突然有了咕嚕嚕地響，宛若先後有幾扇乾裂的木門都在打開迎接樣。擔心那響聲傳到別處去，她又快速地嚼着那肉和饃，如幾天沒有吃飯樣，不等她的牙和肉饃彼此過禮說句話，她就把那一口肉饃吞進肚裏了，讓它們去堵住腸胃的開門聲和呼嚕聲。

接着又有了第二口。

第三口。

彎腰又喝一口拉麵清寡順暢的湯，又扭頭朝後望一望，這才覺得世界妥穩下來了，天下靜平謐寧了。雖然黃昏裏一街都是人，但都在忙着各自的事，沒有人有閑心去管別人忙什麼。就這麼一口口地吃着拉麵和肉夾饃，用筷子在海碗裏攪着翻找着，然後把嘴伸進碗下的饃袋口，一下一下的，一嘴一嘴的，讓斯文柔雅如廟裏早課的腳步般，不慌不忙又回到她身上，喝湯、吃麵、咀嚼肉和饃，誦頌經書似的字是字，句是句，該頓了頓，該揚了揚，直到把瘦肉燒餅吃到一半想起該吃那個白肉燒餅後，才不急不慌地把這個袋兒封了口，把那個袋兒打開來。

一大碗的拉麵湯，兩個肉夾饃，竟全都吃進肚裏了。脹得很，可她又覺得如果再買一個肉夾饃，也許還能吃進去。這時她想起她是玉尼了，是已經出生並出家十八年的僧尼了，節持食慾最是基本的戒，於是便從飯館走出來，打了車，回到大學門口上，徒步在校園繞彎走了一圈路，覺得肚子鬆活了，才慢慢回到宗教樓。

13 顧明正

這天晚上發生了一件別的事。

雅慧回到自己佛舍裏，按部就班給菩薩點了香，作揖三拜後，開始洗臉和刷牙，準備睡覺時，走廊裏有吵鬧和腳步聲，像誰要從樓下衝到七樓來，又有人攔着不讓他上來。爭吵着，扯拽着，還有吼叫聲和祈願聲。然後腳步就近了，咚咚咚着息止在了她門前。正疑懷門外到底發生了什麼事，敲門聲便搖鼓一樣響在她門上。拉開門，看見顧明正一臉暴怒，嘴唇成了青顏色，立在門口像要衝進屋子樣，他對着雅慧大聲地吼着和喚着：

「夏雅慧——你穿一身尼服和天使樣，敬菩薩的慈悲也會這樣啊——我不就是在胸前戴了一會那個像章嗎，你犯得着說出去讓別人這樣污辱我們道教嗎？！」

大喚大叫着，明正堵住她的門，將滿嘴的唾星噴在她臉上。剛才攔着不讓他衝上七樓的水粵師父和兩個道姑及田阿訇的妻子阮枝素，眼下都在明正身後邊，直着身子盯着雅慧的臉。雅慧這時顧不上阿彌陀佛了，連連問着「怎麼了？怎麼了？」方在一片亂糟糟的聲音裏，知道剛才明

正飯後去校園散了步，回來發現他的門口上，竟然掛着一個塑料袋，袋裏裝了幾塊狗屎和一本《道德經》。他認定之所以會有這樁事，就是因為下午他在胸前掛了那像章。然而他，下午回校前，已經把那像章摘取下來了，除了雅慧沒有人看見他戴那像章，那麼不是雅慧傳話給別人，說他戴了神外神的像，又是誰說呢？是誰會聽了雅慧說的這樣去做呢？現在那狗屎和《道德經》，都還提在他手裏，他把那袋子朝前半伸着，似乎想要儘快扔出去，又像沒有找到最該扔的地方在哪兒，這樣就只能豎在雅慧的門口逼着問：

「你給誰說了？告訴我 —— 我他媽把這東西摔在他身上和他們教的神臉上！」

雅慧不說話，僵在門口木呆着，臉上是一臉的恍然和不解。走廊上有了越來越多的人，連「男信徒止步！」也沒戒用了。阿訇和基督的學員們，從樓下上來十幾個，都在走廊上看佛、道兩家的熱鬧和奇觀。這時候，人多反倒靜下來，彷彿走廊上除了明正和雅慧，壓根沒有別的信徒和學員了。雅慧就那麼木木僵在那，有一股竄鼻穿胃的狗屎的臭味鋪在門口上，想要搗鼻子，又覺得應該把手佛禮在胸前，結果就只是把手僵在胸下邊，即沒提上去，也沒放下來，愣了一會終於想起什麼了，將雙手往胸上送

了送，佛禮了阿彌陀佛後，她說了一句驚着所有神和人的話：

「我要是說出去，你就把這東西摔在我臉上。可誰要把這東西掛在你門上，那才是你要謝的人——他才是最愛你們教的人！」

說完朝後退一步，看看粵尼師父說不清表情意思的臉，和阮枝素嘴角掛的笑，雅慧猛地把屋門關上了。將熱鬧雜亂重又推着關到門外邊。燈光把屋子和桌上菩薩的瓷像照成半金色，她就那麼立在燈光下，如一段仲春正綠的柳柱般，不知是該發芽長出一樹的葉，還是該就那麼憤憤綠着豎在那，等着後邊日子的風吹和光照，直到隨後門外又有了腳步聲，嘰喳踢踏由大到小去，她才朝神、朝床走過去。

14 田東青和阮枝素

　　緊跟着，又有了一樁小事情。

　　田東青和阮枝素這對夫妻有些不和了。真主要求所有的穆斯林要親如一家着，信徒之間要像兄弟樣，夫妻要像兄妹、姐弟樣，一切的縫隙都要用信仰的倫理彌合着，可田阿訇卻違背真主之意願，和他媳婦爭吵隙裂了。

　　上課還坐在一塊兒，下課還一道走出教室門，可一道再去清真寺的餐廳吃飯時，兩個人不知路上說了啥，阮枝素臉上原是笑着的，仿若在悄聲說笑話，可是田阿訇，卻突然立下腳，臉上呈出紫青色，逼着媳婦看一下，阮枝素臉上的笑就成了黃色了。接着田阿訇用只有他媳婦才能聽到的聲音冷言問了一句什麼話，阮枝素很驚異地站在那，看着她男人，像看一個不相識的人。

　　田阿訇又逼着她說了一句啥。

　　阮枝素就是站在那兒不說話，本來人瘦小，臉上含有飢黃色，又總穿西北女人穿的帶花布衫兒，白底藍花襯着她飢黃色的臉，像一片枯葉落在了一叢春綠間。他們夫妻

就那麼默默冷站着，直到後邊有信徒同學走過來，田阿訇才獨自起腳朝前走去了。

吃飯時，夫妻倆是對臉坐着的，阮枝素把自己碗裏的羊肉夾到田東青的碗裏去，田東青又把那肉夾着還到媳婦的碗裏來。阮枝素這時生氣了，盯着男人看一會，閉着嘴，板着腰，又把那肉用力夾着丟在田東青的盤子裏。

田東青也又生氣了，啪的一下把筷子拍在碗上邊。

阮枝素也把自己的筷子更用力地甩在桌子上。

所有的阿訇學員們，這時都朝着他們這邊看。坐在窗口的任賢老阿訇，還看着厲聲咳一下，用目光傳遞着《古蘭經》的訓誡和真主之聲音，制止他們夫妻在廣眾面前鬧爭吵。餐廳裏忽然靜下來，原來說笑吃飯的，別教的信徒和要吃素的學生們，也都朝着這邊扭過頭；還有看熱鬧的人，端着剛買的飯菜走過來，把他們夫妻圍在正中間，期等着一場更烈更熱的鬥鬧和爭吵。正午十月的光，從東南窗裏泄進來，整個餐廳明亮得如真主身上的光芒樣，落在田東青和阮枝素身上、桌子上，就把他們那兒照成一場戲的舞台正央了。更多的人都朝着這邊望。更多的人端着菜盤朝這圍過來。老阿訇見看客越聚越多後，目光就成穆罕默德的聖言德訓了，他再次朝田東青厲眼看了看，把真主的意思從眼裏遞過去了。

田東青接了老阿訇的目意後，沒説話，斜刺媳婦一眼睛，起身離開飯桌走掉了。

　　看男人不在了，阮枝素又在那坐了幾秒鐘，也跟着男人快步離開了。

　　本來一椿事情過去了，像一對夫妻爭吵本是日常間的事。人走了，大家又開始吃飯了，吃着説些中心僅有的幾個講師、教授誰人好，誰的授課好，還有關於真主當年率眾按照上帝的旨意，到耶路撒冷趕走猶太人的故事和聖行。可到了吃罷午飯後，先從餐廳回到中心的，到了六樓上，就聽見班長田東青的屋裏一片吵鬧、哭喊和摔東西的劈啪聲，便都跑到田東青的屋前敲着門：

　　「田阿訇！田阿訇！」

　　屋裏又突然沒有一點聲音了，靜得如屋裏本來沒有人。然後間，同學信眾們，就在那門前立一會，各自回了自己的清真屋舍裏。

　　到下午，田東青一個人去了教室裏，儘管這堂課是中心的專家講「伊斯蘭教在中國最初的興起和發展」，所有他教的學員都在教室裏，可伊斯蘭的阿訇阮枝素，卻沒有去上課。然在課間休息時，大家都端着茶杯回屋續水和歇息，也順便祈禱和跪拜，田東青和顧明正，不知怎麼就走到了一塊兒，他們並着肩，沒説話，從樓梯一前一後往上走，到了三樓後，顧明正又發現自己門前掛有一個紅色塑

料袋，怔一下，小心地取下袋子打開來，看見裏邊是一兜兒蘋果、桔子和一本新買來的《道德經》。水果的味道和神明呼出來的氣息樣。《道德經》擺在那香味裏，彷彿老子睡在果木下。慌忙扭身朝着後邊看，顧明正看見田東青在樓梯口那兒莫名地朝他笑一下，就朝樓梯上邊走去了。

15 明正和主任

　　再往後的事，就不復正經了，像培訓班裏開的那門
「經書互讀課」，道士誦《聖經》，佛徒要唸《道德經》，基
督教的信徒要細讀《古蘭經》。說包容來自閱讀，要求每
個信徒最少要細讀本教外的一門經。而培訓中心的事，也
和這經書互讀樣，辦公室裏人不夠，就要從信徒中抽調一
個去辦公，這人選就是顧明正。據說他在培訓結束後，要
到國家宗教協會做秘書，現在到院辦去實習，也是一種事
宜和進階。

　　自然就去了，就成了中心的機關工作人員了。

　　從貢主任手裏接過一把門鑰匙，就在走廊那邊有了
辦公室。接電話、做記錄，給貢主任上班之前打瓶開水送
過去，把簽完字的各類發票送到財務處，將報銷的錢款還
給老師們。需要複印了，打開複印機。需要起草通知、文
件了，貢主任用鋼筆寫在 A4 白紙上，他幫着收錄、打印
出來後，將中心的公章蓋上去，這就成了有法規意義的文
件、報告和通知。

中心一共十八個人，沒有副主任，卻有五個宗教教研室和那既是教研室的五個主任又是五個老師的人，他們上課時，夾着講義來上課，到了下課時，收起講稿就走了。然到每月月底發放福利大米、食油或毛巾、床單了，會都到中心碰頭說笑一陣子，其餘時間就在家裏讀書和散步，接送孩子做股票，很少有人到培訓中心來，於是中心工作就人手不夠了，顧明正就成貢主任的助理了。

十月末，顧明正被正式調到中心裏。十一月，他就對中心的工作熟如道觀裏的法式了。有一天，貢主任正在辦公室寫着他的《體育拔河與各宗教間的矛盾融合論》，明正進到屋裏笑笑說：

「打擾了，貢主任。」主任抬頭看着他。

「玉慧師父病輕了。」明正道，「聽說現在都可以下床走路了。」

貢主任又有些奇怪地看着他的臉。

「她是聽說中心停止了拔河病輕的，要是中心真的停止拔河賽，以後也不進行各教間的其他體育賽⋯⋯」

主任就把目光冷起來，將手裏的鋼筆扔在桌子上：「顧道士⋯⋯顧助理，這事還沒輪到該你管的時候哪。」

明正就臉上僵了一層笑，彎腰打個道家躬，猶豫着站怔一會兒，從貢主任辦公室裏退着出來了。

16 雅慧

　　月經又來到雅慧身上了，疼得很，也有舒適感，又累又瞌睡。

　　時間如煙如水的，不急不慌到了十一月的十八號，月經悄悄靜靜就來了。雅慧還那麼一天一天守持着，上課、下課、吃飯和每周去雍和醫院看師父，回到屋裏上香、剪紙和琢磨那本《中國剪紙技法大全》的書，學會了陰剪、陽剪法，學會了流線剪、潑墨剪和刀刻法。剪紙的主題仍然以菩薩、老子為主軸，可因為剪刻結合的線條比先前細整了，見着層次了，手和剪子、刻刀就不想分開了，就又剪延出一段新的故事來：

1 哦，菩薩長成了大姑娘。

2 喲，老子也到成年了。

3 如此着，他們就有了彼此本該
有的成年禮。

4 樹和樹會一見鍾情嗎？不會世界上又哪有森林呢。

5 朝樹走過去，就是朝愛走過去。於是，樹就和樹相愛了，
就像老子和菩薩相愛了。

6 樹都相愛了，人怎麼會不一見鍾情呢。

7 該牽手時候就牽手，只有牽了手，愛才會生出光芒來。

8 相聚必然相分。鴻雁傳書，
　就是從這個時候出現的。

9 傳書多了，就該娶親了。迎親是人類最美好的一樁事。

10 人類因為有樹，也就有了房，
因為有了房，也就有了村莊和
世界。

11 遠古的洞房。

12 其實，所有的婚姻都是老葫蘆裏
裝新酒。新酒非常香。成長不都
是為了某一天的這杯新酒嗎？

13　交杯之飲，交歡之合。

14　交歡之合，洞房花燭。多麼美好的人生。誰不想？人人想。

15 幸福花兒開

17 雅慧、主任和明正

經後第二天，身子剛剛舒適一點兒，雅慧接到醫院來的電話了。電話是義工打來的，說師父玉慧不僅會下床走路了，還會自己去廁所；自己去鍋爐房裏打開水。且還會說一句半句話。在她會說的一句半句裏，說得最多的句子是：「貢、貢主任⋯⋯好、好人哪⋯⋯他、他、他到底還是、把⋯⋯拔河比賽給、給停下啦！」鑒於此，醫院建議貢主任到醫院去一趟，沿着玉慧師父的思路說些停止拔河、不讓教與教間進行體育賽的話。這樣兒，也許三日或五日，最多十天半月間，興許玉慧師父就能出院了，回到學校或青海湖的靜庵寺裏怡養了。

起床、刷牙和洗臉。在臉上塗了潤膚露，雅慧邊走邊搓着，快步到一樓，敲門、問人，又到中心會議室裏去，看到主任、講師和培訓中心的教授們，正在辦公室裏分發福利大米和花生油。且每個人還發了一個紅包兒，都在托着紅包稱重一樣晃着手，為貢主任豎着大拇指。這時候，雅慧出現了。她豎在會議室門口行着躬僧禮，合掌在胸把頭勾下去，老師們就都突然收了笑，目光都略帶警惕地掃

過來。於是雅慧知道她來的不是時候了，慌忙朝後退着叫了一聲貢主任，就又回到了一樓走廊裏。

等貢主任從會議室裏走出來，她不安地說了師父的病情和醫院建議後，沒料到貢主任立在會議室的門外邊，答應得如應時花開般。

「我去——不是忙我早就該去了。」主任說：「只要對玉慧師父身體好，需要組織上做什麼你儘管說。」然後他就夾着兩本書，朝走廊靠裏他的辦公室裏去，像準備準備就跟着雅慧走。開門、進屋，讓雅慧在門口等着他。可他進去一會兒，又朝雅慧擺擺手，將雅慧招進他的辦公室。這是雅慧第一次走進貢主任的辦公室，入門立在門口內，怯怯倒也好奇着，看那十幾平米的屋子裏，黑沙發、大書架，書架上有空格的地方擺了老師們的合影和集體什麼獎的獎盃和獎狀。貢主任坐在屋正央的桌那邊，看着雅慧忽然說了另外幾句話：

「我猛地想起來——要是你師父病好回來了，怕你就不能在這替她上課了。」

雅慧望着貢主任的臉。

「你想繼續留在北京、留在學校嗎？」

雅慧點點頭。

「你真的是玉尼，不到十八歲？」

雅慧說：

「過了十八了」。

主任說：

「我正正經經問你一句話 —— 你想入黨嗎？」

雅慧驚住了：

「什麼黨？」

貢主任想想笑了笑：

「還能有別的什麼黨？」

「我是信徒呀，」雅慧提高聲音重複着。「貢主任，我是信徒呀！」

然後屋裏靜下來，彷彿屋裏少了一些空氣着，什麼都半僵凝的不動了。好在這僵凝只片刻，貢主任就主動把這僵凝打破了。他張嘴笑一下，把身子朝後靠了靠：「我是隨便說 —— 覺得信徒經過培訓入了黨，那一定是個大新聞；是我們培訓中心最好最好的成績單。」然後他又接着莫名地誇了兩句道士明正的好，說他年輕又聰明，心眼活得和裝了軸承樣，繼而起身收拾着桌子上的書，把一本《社會主義體制下的宗教體系》放在書架上，將另一本《各宗教間融合貫通的可能》一書翻翻放在自己書包裏，讓雅慧先到學校東門等着他，說他很快收拾完了就去醫院看玉慧。

雅慧也就從貢主任的辦公室裏出來了，像從一個有圍欄的籠裏走了出來樣。

18 雅慧、明正和玉慧

在學校門口等着貢主任，等來的卻是顧明正。

他從一片綠地走過來，又過了兩座公教樓，很快就到了學校大門口。初秋的天氣透得很，站在學校門口朝西望，十里外的香山是種墨黛色。雅慧想，有空應該去香山爬爬山，看看北京的山脈和青海的山脈哪兒不一樣。長城去過了。故宮去過了。現在她想去一下香山上的佛地碧園寺，就在門口那兒盯着山頂上的樹，便看見顧明正從她對面走過來，黑皮鞋，灰褲子，暗月色低領中式裝，胸前的一排扣子亮得和鏡樣。

她問他：

「你幹啥？」

他就賴笑着：

「找你呀！」

雅慧警惕道：

「你道我佛 —— 咱倆可井水不犯河水啊。」

明正便在臉上涎着笑：

「你忘了我是主任助理了？助理相當於副主任。今天主任忙，他就派我代表培訓中心去看你師父了。」

愕愕然然立在那，雅慧盯着明正看了一會兒，又往學校裏邊路上瞅了瞅：

「貢主任真的不去了？」

「黃副教授要請貢主任吃頓道歉飯，他想調走又沒走，就想重新回到中心來工作，主任就派我來當主任了。」

不再說啥兒，雅慧最後看看校園、明正和身邊的人，臉上掠過一層蒙灰色，知道貢主任真的不來了。覺得主任不來怕是因為自己沒說願意入黨那句話，若說了，興許主任就來了。於是着，便用氣惱的目光看看顧明正，嘴角朝上翹一下：

「貢主任找你談過請你入黨的事情嗎？」

明正不說沒找過，也不說找過了，用「那又怎樣」的目光瞟着雅慧看。

「你答應了？」

「我說讓我想一想。」

這麼靜下來，誰也不說話，讓走水般的人流從他們身邊流過去。有男生摟住女生的腰肩走，也有忍不住的走着走着就在路中央抱吻的。天空高得很，連神的影子都沒有。白雲的白，寡陋到連任何物形都不是。就那麼呆呆木立着，彼此有冷有熱望一會，有輛出租開過來，停車和下

人，雅慧突然轉身獨自上了出租車，自顧自朝着雍和醫院走去了。

沒有什麼天崩地裂的事。什麼都在神的安排和掌握裏。半個小時後，雅慧在醫院門前下了車，朝着依然在醫院林裏鍛煉的師父走過去。義工、輪椅、師父都還在那兩棵柏樹下，師父的拐杖也還在輪椅後架上。雅慧已經想好見到師父怎麼解釋主任不來看她的事。她會謊説主任今天有會議，説改日主任一定來看她。説主任雖然不能來，但主任讓她轉告玉慧師父道，學校教教間的體育真的停下了，拔河千真萬確不再進行了。然她到了那兩棵柏樹下，正在想着怎樣把謊話説得如神的真言時，她身後又有了急快熟悉的腳步聲，循聲回過頭，竟然是顧明正快步跟在她身後，手裏還提了一兜香蕉和蘋果。她不知道他是怎樣趕了上來的，自己坐的出租車，在三環、二環都沒堵，在門口下車付了錢，一刻的功夫都沒停，想他明正無論如何不該趕上她，何況他還要在哪買手裏的蘋果和香蕉。

可他就是這麼趕了上來了。

立住腳，站在道邊上，看着顧明正額門上的汗。這次明正在她面前沒有笑，而是上前用很低的聲音對她説：「佛腳再快也沒有老冉的腳步快。」然後他把一兜香蕉遞到雅慧面前去，又把他的話往神俗裏邊伸了伸：「菩薩是用腳

走，老冉是用心走。」見雅慧不接他遞的禮兜時，他把雅慧的手給拉過來，將塑料袋兜兒硬生生地塞到她手裏：

「能報銷——現在我也能去報銷了。」

就這麼，事情像一個梯階又一個梯階樣，無論轉了多少彎，還都是朝着高處好處走去着。這樣明正在前邊，雅慧就跟在他身後，穿過樹林沿着石鋪甬路拐個彎，老柏樹就到眼前了。周義工正在那樹下攙着師父練走路，她們看見他倆停下來，抬頭朝這邊打量一眼睛，顧明正就提着另外一兜蘋果快步迎上去，且很假很誇張地說：

「師父呀，我就說菩薩再怎麼也不會讓你癱在床上的。」

玉慧和義工，就都盯着顧明正那張年輕輕的臉，像等着後邊雅慧上來釋說介紹樣。可明正，並不等雅慧上來就自己介紹自己了，說自己是道士，可也是培訓中心的主任助理呢。說貢主任有重要會議離不開，特意派他代表組織來看師父。說聽說師父病輕了，組織和班裏全體學員懸在心裏的石頭落下了。說着並神奇地從口袋摸出一個信封來，從信封中取出了蓋了章的一頁紙。以為是組織上的慰問信，卻是一份《關於取消各宗教間體育對抗賽的決定》通知書。

如此這樣兒，事情就成了舞台上的一場戲，一切都成了假的虛演的，可一切又都真着實在着。走上來的雅慧這

時是演員，也是戲中戲的觀眾了。她沒有想到顧明正會取出那麼一份文件似的通知書，更沒想到他會在師父面前朗誦樣把那通知唸一遍，使他那略帶啞沙的嗓音兒，猶如沒有化開的溏水河樣在這園裏流流涓涓的 ——

各教研室和五大宗教培訓班：

為了貫徹黨的宗教政策，最大限度地取得各宗教間的和諧與友誼，從即日起，培訓中心決定取消一切教與教間的體育賽和教與教間的宗教政策知識賽，以及黨的綜合知識搶答競賽等。此後中心將本着宗教培訓的一切工作，都是為了提高和尊重各個宗教自己的信仰、獨立與自由之原則，使他們在這一年間的培訓裏，每個信徒都更加虔誠、深重、自由的誠信自己信仰中的偉大的神和神是唯一的人與人類的創造者，更加能夠深入、細緻地了解本宗教在中國的誕生、發展和興盛史，以使各教信徒能以更為信服的力量在百姓中傳播和擴大他們本教的教旨和信義。

鑒於此，從即日起，培訓中心所有的體育活動，尤其諸如拔河賽類的高強度的對抗賽，除了本教在本教間自願為了鍛煉身體所組織的比賽外，院裏所組織的一切教教間的體育賽，都將全部停止业永久地從培訓教程去除和刪削。

國政大學宗教培訓中心

最後的落款日期是兩天前，像那打印的油墨的新鮮都還未乾樣。

　　通知正式文件樣印在 A4 白紙上，白紙的頂端是紅色宋體的「國政大學宗教培訓中心用紙」的正楷字，下方蓋了宗教中心晨日般的大紅印。一切都和真的樣，如神就站在玉慧、明正、醫生和義工護士的面前般，只有邊上的雅慧眼裏雖有不信神的光，臉上卻是虔誠忠信那樣兒。戲台的幕布拉開了，每個站在台上的，都不得不演下去了，假到蹩腳裏，卻也真到實在裏。顧明正就那麼陰陽頓頓唸着那通知，義工護士滿臉都是勝利了的笑；雅慧看看顧明正，臉上出演着意外的喜悅和緋紅。她從師父面前繞到師父的後邊去，用手去輕輕捶着師父的肩頭和後背，像一個滿身孝義的孩子一模樣。

　　就這麼，顧明正把那通知唸完了，公園裏除了秋鳥的飛鳴沒有別的聲音了。林外有其他的病人和醫生，站在日光下邊説着什麼話。天空高得很，猶如經卷裏幽深開闊的意境樣。就在這幽深奇靜裏，一直盯着明正看的玉慧師父眼裏有淚了，她用顫抖的聲音從嘴裏有音有節地蹦出了三個字：

　　「真、真……真的嗎？」

　　説着還朝明正走過來，步子大闊和沒有病一樣。

人都驚着了，義工笑着「啊！啊！」在邊上，想去扶她又想讓她自己走，於是手就僵在半空裏，跟着她的腳步晃動着。雅慧愕然在那兒，看着師父抬腳走路的腿，嘴張大圓説不出一句話，驚奇的臉上如果真見了菩薩又不敢相信樣。只有顧明正，這時大大喜喜拿着那通知，臉上閃着正晨間的光，像他就是老子真的到了俗世裏，來指點、導引世界和人的生命了。

19 雅慧和明正

1

「文件是你寫的？」

「我是主任助理呀！」

「公章呢？」

「我管着那公章，想怎麼蓋就能怎麼蓋。」

從雍和醫院走出來，進入下午日落時分裏，夕陽和北京滿街新塗了的紅牆樣。他們就趁着那紅色，如走在順水而下的河裏邊。玉慧師父就這麼可以走路了，可以說話了。醫生說讓她再在醫院靜養一月或半月，想出院師父就可以出院了。這讓雅慧對明正的蒂芥猛地除消了。他們並着肩，邊走邊說着，像一對信徒完課從經堂走出來，邊走邊討論經堂上大師講的經卷和神跡。穿過雍和醫院裏的院子和林地，到雍和大街上的那條胡同裏，見路兩邊的國槐上，有一片片黃葉經言金語一樣落下來。街是步行街，路上人不多，他們就那麼踩着金語一問一答地走。

雅慧說：「真的謝謝你。」

明正説：「你請我吃頓飯。」

雅慧立下來，看見面前正是她曾經偷偷吃過的肉夾饃的小店和蘭州拉麵館，也便猶豫一下問：

「你想吃什麼？」

「道不戒口嘴。」明正説，「想吃肉夾饃。」

雅慧就和明正走進了那家肉夾饃的燒餅店，很揮霍地要了一瓶冰啤酒，四個葷菜盤：豬頭肉、小炸魚、小河蝦和一份花生米。喝完酒，吃完了菜，明正還去櫃檯開了一張票，説回到學校能報銷。

2

這樣兒，雅慧和明正好上了，像她的剪紙使菩薩和老子成了一對樣。他們約好周一這天去逛動物園。周一上午培訓中心請了文學院的教授來講「紅樓學與中國宗教學」，可宗教樓裏的那兩個鴛鴦主人翁，卻從樓裏逃課了，宛若寶玉和黛玉——或者是和寶釵與襲人。離開了觀園去了野園了。

世界好得很。

天氣好得很。

觀音在雲上，人都在地上。校園還是昨日那校園，可雅慧卻不是昨日那個雅慧了。她脱了整季滿年都穿的僧尼

裝，和常人一樣穿了寬毛衣，燦黃色，大織針，脖領高到倒卷回來還頂在下顎上。佛在藍天裏，顧不上地下俗世雅慧的穿戴了，於是她把念珠也從脖上卸下來，口袋裏藏了一掛水晶鏈，等着離開宗教樓後戴在脖子上。褲是灰白色的直筒褲，鞋是半高跟的黑皮鞋。臉上還擦有在進口店買的潤膚霜，身上散着一股美甜美甜的薄荷味，若不是僧尼頭詔證着她的出家和身份，就沒有人能看出她是僧尼了。

明正在學校大門外邊等着她，二人見了笑一笑。「漂亮又好聞！」這麼輕輕說一句，明正就拉她鑽進了一輛出租車。

中關村大街很快被他們留在身後邊。街上的樓房、樹木和人流，從車窗朝後倒過去。廣告牌像撲克牌飛在半空中。天是湛藍色，雲白如薅毛季節牧人剪的一堆堆的羊毛堆在草原上。雅慧想到青海那兒的地廣人稀了，想到青海就越發覺得北京這兒好，車多人多，到處是商店、人流和高樓。她把目光投到車外面。明正把手搭在她的大腿上。他們就沒話找着話，像忽然想起一樁事。

雅慧說：「真奇怪，我昨晚夢見了菩薩感冒發高燒。」

明正便怔怔望着雅慧的臉，「天⋯⋯我也夢見老子生病發高燒。」

雅慧說：「我還夢見過如來走路摔斷了一條腿。」

明正就朝前邊開車的師傅望一眼，拿起手捂在雅慧的臉上和嘴上。雅慧便知道自己嘴過失了口，慌忙把目光又一次投到窗子上，看着外面的房子和物景，人流和汽車，想要在北京有套房子該多好。想着就又扭頭笑着看着顧明正：

　　「說好的啊，今天都是你們道家來請客。」

　　明正說：「那當然。」

　　雅慧說：「今天要給我買兩盒冰激凌。」

　　明正說：「三盒五盒都可以。」

　　雅慧說：「再買兩瓶起泡水。」

　　明正說：「只要你能喝下去。」雅慧就又想了一會兒：

　　「聽說動物園的門票很貴哪。」

　　「它能貴到哪裏呢？」

　　「就是呀，它能貴到哪兒呢？」雅慧這時就盯着顧明正的臉，「你說你的存款能在北京買套房？」

　　明正便把嘴對在她的耳朵上：

　　「咱倆在北京買房吧。」

　　雅慧想想又大聲說了另外意思的話：

　　「可以呀 —— 你把雍和宮幫我和師父買下來，讓師父一出院，我倆就搬進雍和宮裏住！」

　　明正就對雅慧咧咧嘴，偷偷去拉她的手。雅慧也就讓他拉了手。拉了手，二人身上的血就咕嘟嘟地流，都木呆

呆地望着車前邊。原來動物園竟離學校這麼近，剛拉手就到動物園的門前了。血剛熱沸車就停下了。動物園門票果然貴得很，一張八十元，可大門簡陋如西北牧人家的羊圈門。然而走進去，天地卻是另外一番呢。樹和林一樣。水和湖一樣。外地人和北京人，都是一家一家扯着、推着孩子來這看動物。雅慧和明正見到有對小夫妻，推了一叢三胞胎。這三胞胎把所有人的目光吸走了，人都不看動物都看三胞胎。他們看完三胞胎，明正壞賴賴地瞟着雅慧的肚子笑，雅慧就很生氣地在他腿上踢一腳。是真的生氣了，踢完還獨自跟着人流朝前走，獨自去看籠子裏的狼。看籠子裏禿頭紅嘴的大火雞。去看虎池中的東北虎。那虎正吃肉，血淋淋嚇得她瞟了一眼就走了。明正就一直跟在她後邊，為多瞟了她肚子一眼道着歉，纏軟軟地貼在她的身邊說：

「我給你講個故事吧。

「故事是這樣的——

「有隻漂亮可愛的小白兔，它想好好吃一頓胡蘿蔔，就去人來人往的商店找到老闆說：『老闆，老闆，你這有賣胡蘿蔔嗎？』老闆望望白兔道：『我這沒有胡蘿蔔，你到別處去買吧。』小白兔很沮喪地耷拉着耳朵就走了。可是第二天，小白兔又興沖沖地走來了，又找到商店的老闆說：『老闆老闆，你這有賣胡蘿蔔嗎？』老闆用很奇怪的目光望

望白兔說：『我這從來不賣胡蘿蔔，你到別處去買吧！』小白兔又很沮喪地走掉了。到了第三天，小白兔又來了：『老闆老闆，你這賣不賣胡蘿蔔？』這次老闆是真的生氣了，大吼道：『我這從來不賣胡蘿蔔，我這只賣刀！你要刀了我給你一刀好不好？！』小白兔嚇得渾身哆嗦着，再也沒有多說一句話，調頭趕急走掉了。

「第四天、第五天……小白兔不來這家商店了。商店的生意做得山是山，水是水，就在老闆以為小白兔再也不敢來搗亂他的生意時，他從排隊購物的人群中，又看到也在排隊購物的白兔了。待輪到白兔到他面前時，他厲眼盯在白兔身子上，想這個傢伙它又來搗亂了。可是小白兔，這時卻很禮貌地對商店老闆說：『親愛的老闆，我今天想買一把刀。』

「老闆這次高興了，笑隨顏開了。他很禮貌、友好地對那白兔道：『對不起，我這從來不賣刀。』

「小白兔聽了怔一下，想了一會兒：『你從來不賣刀？那就賣給我一捆胡蘿蔔好不好？』」

到這兒明正打住了，像在不該停車的地方剎了車，雅慧便立腳釘下來，看着顧明正，見他也立在那兒看着她，急巴巴地催他道：

「你說呀！」

明正說：「說完了。」

雅慧就不解地盯着明正的臉：

「就完了？」

「就完了。」

想了一會兒，雅慧突然蹲在地上笑起來：「這白兔。傻白兔！」她説着笑得腸子纏在肚裏疼，淚也掛在眼瞼上，使所有的路人都扭頭來看她，不知道她為什麼會笑成那樣兒。明正便一把將她從地上拉起來，扯着手又走進人流裏：

「這個故事可笑吧？」

雅慧點點頭：

「再給我講一個。」

明正沒有講，他把雅慧的手緊緊攥在自己手裏邊，到了一個人稀景衰的地方裏，極極認真地問雅慧：

「説真的，咱倆還俗結婚吧？」

雅慧便靜靜地盯着明正不説話。

「我們在北京買房安家過日子，」明正臉上閃着光，「你知道，我有北京身份證。就是到畢業找不到我父親，我也會留在國家宗教協會當秘書。那時候，我就算是國家幹部了，我們還俗結婚多好啊。」

雅慧又想了一會問：

「還俗真有那麼好？」

明正想了一會兒：

「不騙你，還俗就和天冷烤火差不多。」

「結婚呢？」

「一點不騙你，結婚一定就和身上着火救火樣。」

雅慧再想一會兒：

「這得問問佛，問問菩薩呢⋯⋯」

他們就又沉默不語着。不語着都把目光投到天空上。這時動物園的天空上，除了雲白和晃眼的光，天空曠如青海那兒的戈壁灘，於是明正就問雅慧説：

「你看見了啥？」

雅慧莊莊正正道：

「我看見菩薩了。」

明正又問她：

「菩薩長得啥樣兒？」

雅慧説：

「和你和我和菩薩一樣兒。」

明正也又拉長脖子把臉仰到天上去，像長頸鹿伸了脖頸要夠吃一葉綠枝兒。

雅慧問：「你看見了啥？」

明正説：「我看見老子了。」

又問他：「老子真有那麼多的白鬍子？」

明正説：「和你和我和老子的鬍子一樣多。」

　　兩個人就都把臉和脖子從天空收回來，對着笑了笑，彼此突然抱着在路邊樹下吻起來。瘋了樣，明正連舌頭都伸進了雅慧嘴裏邊。這一伸，讓他兩個人的身子抖得山崩地裂樣，就都體會到了還俗結婚和着火救火的那種滋味了。

20 水粵師父

　　有人説，日落時候看見明正和雅慧肩並肩地走回來，一塊上電梯，一塊到七樓，又一塊進了雅慧房間裏，很長時間他都沒從她的尼舍走出來。

　　有人説，走出雅慧的尼舍時，明正的扣子沒扣好，滿臉的興奮像烤了一場火。

　　玉慧不在水粵師父不能不管這事了，誰讓她是佛班裏的尼組組長呢；誰讓她和玉慧師父都出家從師洛陽白馬寺，為一門同佛呢。黃昏在學校如海邊的沙灘一模樣，放鬆得讓人隨時都想坐下來。宗教樓下路邊的大屏幕，放的是哪個國家總理到學校的演講錄像和新聞，那總理，在屏幕上身裝西服，胸佩花環，和校領導一一握着手。屏幕下的學生們，都從教室出來回宿舍；又從宿舍出來去食堂。水粵師父就在這屏幕下邊等雅慧。她知道她今天沒上課，但一定會在吃飯時候去食堂。初戀的男女都這樣，當真戀上了，一定會急急把自己露在人群裏，讓人從她臉上、身上嗅到愛戀的好，不然他們就覺得白白愛戀了。水粵師父經過這種事，她知道雅慧一定也這樣。結果事情被水粵師

父猜中了，信徒們都還未從樓裏走出來，雅慧就從樓裏出來了，米黃色的袈裟袍，殷紅色的佛念珠，在落日中臉紅得像有火燒在她臉上。看見水粵師父立在前面的影屏下，雅慧慌忙把腳收下來，似乎想要躲過去，可水粵師父卻遠遠朝她擺着手：

「過來 —— 雅慧你過來！」

不能不去了。

雅慧便硬着頭皮朝水粵師父走過去，臉上烤火樣的紅色沒有了，心跳得比她和明正在動物園吻着時候還驚狂。不過那時是熱跳，現在是驚冷寒顫了。然到了那兒後，水粵師父抬頭看看大屏幕，一把將她拉到路那邊的一棵楊樹後，待大屏幕的聲音小下了，有一群學生從那過去了，她翻開雅慧的眼皮看了看，又讓雅慧伸出舌頭讓她看了看，和醫生一樣很肯定地說：

「 —— 你慾火攻心了。」

雅慧看着水粵師父不說話，臉上是一層僵白色，人木在那兒像整個人都凍在雪地樣。

「 —— 男的是誰呢？」

閉着嘴，把頭勾下去，雅慧不敢看水粵。她覺得身上的衣服被水粵師父的目光脫掉了，把自己赤裸裸在了黃昏裏。

「真的是那顧明正？」水粵師父問着把目光冰在雅慧身子上，可過了一會兒，她卻又把聲音柔下來，「你實話告訴我，真是他了我倒覺得也不錯。他是這個宗教班裏最有前途的，都說他一畢業，會留在宗教協會工作哪。」然後水粵師父又把雅慧拉到路邊牆下的石條凳子上，坐下來，將雅慧的手握在自己手裏邊，說僧尼也是女人呢。說是女人都得經過這樣的事。經過了心就悟道成佛了，不經過怎麼會真的信佛成佛呢？說着問，問着說，最後把雅慧的手從她手裏放出去，又盯着雅慧囑託道：

「聽我的，有了那事千萬千萬別懷孕；懷孕佛就一輩子把你看低了。」

雅慧也便低着頭，紅了臉，把目光扭到別處去，雙手很親地去抓住水粵師父的手。這時候，水粵師父朝路邊看了看，嘴角掛了很親一層笑：

「你知道我為啥和你師父仇怨嗎？其實就是這事兒——我懷孕是你師父去總寺告的狀，是她去菩薩和佛前燒香說了這事兒。」

然後不說了，等着雅慧續接她的話。雅慧便驚愕地望着水粵師父的臉，像看見了一道祥和佛秘樣，看見水粵師父說着仇怨的話，臉上依然掛着笑。這讓雅慧釋然了，有些不知所措了，不明白水粵師父是想要她懷孕，還是怕她

和她當年一樣懷了孕。也就那麼呆坐着，想對她說自己和明正離懷孕還有幾千里，可又覺得說出來，話又沒有那麼真，也就看着她，恍惚默默低下頭，直到水粵師父又把一群去北區食堂吃飯的學生讓過去，將嘴湊到她的耳朵上：「既然有孽緣，那就孽緣吧 —— 只要你學會悄密就行了；知道女人走上死路了，回頭來到僧佛這邊就行了。」

然後收了話，拉上雅慧朝清真食堂那邊走去了。

21 田東青和王昌平

　　學校有清真食堂是宗教政策結的果，除了沒豬肉，牛羊肉和各種素食做得那個好，能把青菜、豆腐做出大肉、魚蝦和螃蟹的味道來。因此間，培訓中心的信徒們，吃飯多都到這邊。進門是拱圓頂的綠門廊，門廊裏畫了滿牆清真畫；下一步，到了能坐二百人的大餐廳，牆上又都是一色又一色的標語口號了，諸如「一切宗教都要為人民服務！」「教與教的關係，是一種社會主義新關係！」紅色楷體的印刷字，掛在或印在牆壁上，像餐廳也是北京這兒那兒的廣場樣。所有的炊事員，無論是不是回民族，全都戴有白色阿訇帽；所有的服務員，也就依序着回俗走路穿衣，隨遇而安了。

　　雅慧是和水粵師父一起走進食堂的，可她沒有和水粵一道坐在那條「佛性即黨性，佛光即國光」的標語下的佛區吃晚飯。她坐到了「宗教大團結，社會大和諧」的下邊和田東青及吳俊神父一塊了。「去那邊聽一聽，別讓人家議論你，議論我們菩薩佛。」打飯時候水粵師父這樣對她說，她就端了一碗素面、一盤青菜，朝「大團結、大和諧」

的飯桌走去了。一排長條桌，所有的同學都是對臉坐，她就和田東青的老婆枝素大姐並肩坐下來。阮枝素看了看她盤裏的香菇炒白菜，還笑着去她盤裏把一朵香菇夾走吃掉了。別的人，都正在聽着田東青說論今天課上講的「宗教與紅樓」。文學教授講了許多《紅樓夢》裏的儒、釋、道，卻一點沒談真主和穆斯林。於是田東青一直都在想，宋、明時候穆斯林都已在中國盛如仲春了，既然《紅樓夢》是中國明清時候的一本大百科，有佛有道有儒學，為什麼就沒有真主出現在那書裏？沒有真主的聖行在書裏，那怎麼又是百科全書呢？於是他就問大家：

「誰看過《紅樓夢》？你們誰看過他們漢族的《紅樓夢》？」

阿訇們沒有誰看過《紅樓夢》，大家就都掃興地低頭吃着米飯和蘿蔔大燉菜，臉上掛滿了歉疚和遺憾，如知道是誰偷了東西又無證據樣。就都低頭呼呼吃起來，一桌子都是嚼聲和吞吃北方麵的呼嚕聲。沒有人多看雅慧一眼睛，也沒人和她少說一句話，和什麼事情都沒發生樣。她也就和大家一塊吃起來，相安說些課上的事，問些將要考試的事，直到盤裏菜完了，說再去打買一份菜，就果然又去買了一份菜花炒雞蛋，端着菜花雞蛋到了西南角。西南那兒是基督和天主的信徒常在一塊的吃飯區，「一切信仰都是為了人和社會」的巨大標語掛在牆壁上，使那兒的光亮

似乎比別處更亮堂。雅慧過來朝着一個空位走過去：「我老遠就聽見王牧師在這講經了。」她說着將菜花雞蛋朝大夥面前擺了擺，示意大家都來吃，然後又有些不好意思地朝着一群年輕的神父、牧師望了望。

「不講經，都是閑扯話。」

王昌平這樣說了後，不知為何場子冷下來。幾個基督教的信徒都在看雅慧，如是她把場子冷了下來了。雅慧尷尬着，想是否重新端起飯菜朝着別處去，這時王牧師朝她擺下手，率先去她的菜盤裏夾了一筷子菜：「沒事沒事，雅慧玉尼是這個班裏最潔、最淨的學員了。」接着他就又講起他們停斷了的話，像接結了一根斷下來的繞繩般：

「為什麼有那麼多的西方國家和一部分的中國人，都希望這個國家垮掉和黨垮掉，可國家和黨又老是不垮呢？讓美國、英國、法國、德國、西班牙和意大利等資本主義國家失望呢？」王昌平問着看看大家道：「原因就在這個國家和黨，與《聖經》、耶穌有着從不為人知的聯繫和謀合——共產黨其實也是耶穌的門徒你們知道嗎？」說着看看周圍信眾們，再又接着交待說：「我說的你們千萬不要說出去，說出去共產黨和國家都會不高興。《聖經》中十二門徒大家都知道，不知道就不配是信徒。都回憶一下吧，在耶穌復活後的日子裏，他的門徒們不是都還在積極傳教嗎？由於十二門徒中的猶大賣主求榮，讓耶穌被釘在了十

字架，他作為門徒的名分已經不在了。於是在後來的一次門徒聚會上，剩下的十一個門徒都提議，再補選一個門徒接替猶大的名分和職位。這十一個門徒就推選了兩個候選人——都還記得吧，這兩個候選人，一個是巴撒巴，一個叫馬提亞。他們用搖籤的方法決定這兩個人中的一個誰為新門徒。最後馬提亞中籤了，成了這十二門徒中的一員新門徒。可那落選的巴撒巴，又名猶士都的人，他去了哪兒呢？他和十二門徒一樣也是耶穌最忠誠的弟子、最為虔誠的傳教人員啊！可現在，世界上的各個教堂裏，凡有十二門徒像的地方都沒有巴撒巴的像。可那次抽籤揀選的若不是馬提亞，而是巴撒巴，那情況不就完全調換了一個個兒嗎？

「你們想，這時落選的巴撒巴，他同樣作為耶穌虔誠的傳道員，能不傷心、能不有情緒嗎？馬提亞頂替猶大成了耶穌的十二大門徒了，巴撒巴就獨自在一天夜裏離開了以色列，離開了耶路撒冷到別的地方自行傳教了。他結婚、生子，把基督的精神一代一代傳下去，一地一地擴展着，如一粒種子離開它的家園順水漂流樣，這就到了中歐了——到了德國、英國了。你們都知道，馬克思他是猶太人，你們也知道巴撒巴也是猶太人，可是有誰知道馬克思和巴撒巴是有世代血緣關係呢？有誰知道馬克思他是巴撒巴的後人呢？

「我問大家一件事——你們都明白我們中國人説的桔生南方則為桔，桔生北方則為枳。可桔枳再不同，也曾同土同根呀！巴撒巴和他的後代子民也這樣——雖然那個德國的猶太偉人是巴撒巴的後人已經沒有記載、沒人知道了，可耶穌他是知道的——耶穌他知道，那時十一個門徒齊聲呼喚道：『主啊，你知道萬人的心，求你從這兩個人中，指明你所揀選的那個人。』主就在一念間揀選了馬提亞，可是主，永生都沒有忘記巴撒巴；永生都覺得愧對巴撒巴。

「這也就是我們這個國家和黨總不垮的原因啊——它怎麼會垮呢？它是巴撒巴，也是基督的一支血脈啊，更何況，主他總是覺得曾經虧待了巴撒巴，對這個和馬提亞一樣對他忠誠的人，感着永生的內疚和不安。

「如果主對巴撒巴不感到內疚就好啦。可主他知道這個國家和他十幾億的人，他們都是巴撒巴脱離了主後還替主傳教的結果啊——你們説，我主耶穌怎麼會讓它垮掉呢？十幾億的人，主怎麼會丟掉他們不管呢？有主的護佑，這個國家怎麼會垮呢？有我主的祖護和保護，那些想要這個國家垮掉的國家不是白費心思嗎？」

誰也不再説話吃飯了，全都愕默默地看着王昌平的臉。他對這個國家和《聖經》關係的註釋原來是這樣，隱含的經理像一條被密樹掩映的小徑甬道樣。那小徑甬道被

密林的厚葉整整遮掩了上百年，現在它被王昌平牧師豁然揭開了，竟然寬蕩筆直得能跑信仰的車，讓人一眼就能從這端望到路的那端根底裏。信徒們都睜着大眼盯着王昌平。王昌平也抬頭瞭着面前十幾個的信徒們，像老師講完了課，望着學生用目光問大家懂不懂，就都「哦……哦……」的點着頭，開始想着《聖經》中伏埋的經理道典慢慢吃飯了。

而雅慧，卻始終都把筷子放在嘴邊上，癡癡地望着王昌平，就像本是去找佛，卻看見了耶穌、聖母朝她走來樣。

22 信眾們

　　上課、吃飯；考試、約會。聽完王牧師講的國家和巴撒巴的故事下一周，周三考了一門「宗教政治學」，明正從培訓中心打印室，把考試卷子拿出來，給雅慧偷偷看了看，她輕輕鬆鬆考了班裏第三名。至晚上，又和明正去看了一場愛情電影後，回來睡覺她就做夢了。是春夢，在夢裏她竟手淫了。醒來雅慧嚇得渾身都是熱軟軟的汗。慌忙把雙手合在胸口上，連連地唸着阿彌陀佛經，摸黑在屋裏菩薩的像前燃了三炷香，跪拜以後就又睡着了。

　　醒來約了明正去雍和醫院看師父。扶着師父在醫院的林園走了整整兩圈兒，説了一堆教裏教外、班裏班外凡塵間的事，還有師父病癒出院後的盤算和安排。從醫院回來又去那家小店吃了肉夾饃，到紫竹公園的林裏和明正拉手散了半天步；到一片竹林深處後，還差一點和明正在孽緣裏做出慾樂歡極那事兒 —— 幸虧有個遊人從竹林外面走過來，才救了她沒有順着歡樂的罪淵跌下去，沒有讓明正看見、走進她身上的最後一個去處裏。

前些日子和水粤師父說起什麼話，水粤竟然又對雅慧說：「有孽緣你就趕快盡了吧，只要明正真的一畢業，能留在國家宗教協會裏。」

　　這就和明正開始一次次的繁秘約會了。有約會，日子快得如被水被風推催着。不知怎麼就過了一周了，過了一月了。這個月，發生了許多好事情，本來是每周一節的體育課，可主任一忙亂，就減掉了一節體育課；本來是該閉卷考試的兩門課，主任一高興，就決定開卷了。本來是讓明正以提高培訓班的物質、文化和體育生活為名譽，給往屆畢業的大師信徒們，各寫一封信，看他們能否給培訓中心捐些錢。信是統一制式的打印信，只是每個大師的名字、稱謂是明正模仿主任的手寫體，字雖寫得醜，可培訓中心卻意外收到了往屆信徒學員們捐的很多錢。先是幾萬元，後是十幾萬，半月後就是五十多萬元，且還有方丈、主持、道長和牧師們，繹繹絡絡往中心寄了匯款單。幾千或幾萬，都寫着「茲廟力薄，不能如社會商達樣，給母校捐款百萬或千萬，今寄二十萬元，以謝母校對我教和我寺的傳播、栽培和支持。」話兒好聽得如菩提香果般。貢主任為出版自己的專著準備了一筆款，把自己寫的論文提綱和部分章節給編輯人員看了看，本是想找專家提些意見的，可竟就有三家出版社，說只要再多些資助款，再在專著裏增加些具體事例——比如信徒們爭相拔河的事

例 —— 就出版；本來明正只是把捐款的統計給主任過過目，可貢主任看了各屆信徒們的捐款統計表，臉上閃出燦紅色的笑，突然從凳子上站起來，用拳頭朝桌上狠狠砸了一下子：

「下午你替我去組織班裏的拔河賽，我要去一下出版社！」

明正立在主任面前囁嚅着：

「還拔嗎？學員們並不真的想拔呀。」

「不想拔？」盯着明正看一會，貢主任把手裏的捐款統計朝桌上拍一下：「羊毛出在羊身上 —— 我們每一場拔河都發獎金，一千不行發兩千，兩千不行發五千。再不行，一場比賽獎金一萬元 —— 你看看還有哪個教的信徒不想拔？！」

事情就這樣確定了。下午的體育課，果然拔河熱鬧到山崩地裂般。雅慧中午在宿舍又剪了一會紙，打了一個盹，到大操場時大家都已在那兒集合齊畢着。待比賽開始時，好像貢主任在賽前講了什麼話，把一個放大到尺五寬、三尺長的銀行支票板，舉在頭頂晃了晃，待響出一片笑聲、掌聲後，再把那寫有「一萬元整」的支票牌子遞給明正說了幾句話，又把胸前的哨子摘下遞給他。這時不知為什麼，大家忽然吵起來，隱約聽見說明正是道教，而參賽的隊伍也是道教隊，這不是道教又是運動員，又是裁判

嗎？不是法官和被告同為一家嗎？接着就又爭說一陣子，貢主任把顧明正手裏的裁判哨子收回來，轉身交給了基督班的班長王昌平，這才讓爭吵很快息下去。

可那王昌平，笑着接過裁判的哨子後，把自己的上衣脫下來，將白襯衣朝褲裏紮了紮，還當眾把褲腰上的皮帶緊了緊，將銅哨咬在唇裏邊，從哪兒摸出一支大拇指粗的硬黑筆，讓明正把銀行支票的牌子舉在半空裏，他在「一萬元整」的後邊又一筆龍地寫了「+1 萬元」的幾個字，接着賽場那兒就掌聲四起了，連操場外四季常綠的冬青樹葉都被震得提前落下了。

因為是體育課，雅慧故意晚了一會兒，來時在路上摘了一朵野藤花，放在鼻下聞了聞，如聞到了菩薩身上的粉香一模樣，聞着花，慢慢悠悠來到操場前，在操場外面閑站一會兒，又從西邊繞到東北角的一個鐵門口。在那兒，她看見貢主任騎車過來大聲喚 ——「恭喜明正你倆啊！」不等她反應一句話，就笑着急急騎車過去了。待她到了拔河場，賽事已經開始了，正拔河的道教隊和伊斯蘭，各自五名隊員在賽場，他們都後仰蹬直腿，想要把對方拉過中線去，可又似乎並沒有使出全身力氣來。雙方隊員都還不時地扭頭望着在觀眾席中走來走去的明正和他手裏的支票板。而明正，這時如捧鉢化緣的僧人樣，在各教的觀眾席上穿來梭去着，不停地在那支票板上用黑筆寫着「基督

隊：淨款又 1 萬」、「伊斯蘭：淨款 5,000 元」，或者有時索性寫名字：

「海法大師：淨款 1,000 元！」

「永和方丈：淨款 2,000 元！」

且每寫上一行字，還要面對參賽的隊員和觀眾們，大聲地唸上一遍那教名、人名和錢數。事情很像電視上播的哪兒有了天災後，明星演員們，為募集辦的一場文演會，一邊是演出，一邊是捐贈，所有的災難都成歡樂了。都成了演出歡愉的土壤了。災越重，捐越多，引來的歡樂、掌聲和愉悅，就越發在人心裏激蕩和停留。明正也很樂意他今天的角色和挑逗，待基督隊的信徒集體捐了一萬八千時，他把數字寫在紙板上，對着大家高喚到：

「基督教又捐淨款一萬八千元，比天主教的一萬多八千 —— 現在各宗教捐款最多的是基督教 —— 而這次比賽的總獎金額從剛才的三萬漲到了三萬八千元。

「—— 還有人捐嗎？

「—— 還有哪門神聖要捐嗎？！」

就在看台的那邊又有信徒把手舉起來，明正就舉着紙牌朝着那人走過去，把手裏的黑筆遞給舉手的人。舉手的人就在紙牌的空處寫上自己的名，或者自己的教堂名再或寺院名，然後寫上一個阿拉伯數字的錢數來，明正便又舉着那牌子，大聲對賽場上的信徒觀眾再次大喚到：

「白雲觀又捐淨款一萬元，總獎金額漲到四萬
八千元。」

「少林寺又捐淨款二萬元，總獎金額漲到了六萬
八千元！」

十二月的太陽不熱也不冷，黃光和賽場的紅膠混出一
層南方鳳凰花的顏色來。空氣中的曖昧裏，水流一般淌着
秋植氣。雅慧走進賽場的東邊看台時，前邊的看客信徒把
她的視線擋住了，她只能從看客的縫間看見明正舉着那塊
已經沒有空白處的支票板，在繞着賽場兜圈兒，讓所有的
信徒都看那紙牌上的錢數兒，也讓賽場中間似拔未拔的道
教隊和伊斯蘭隊的拔河信徒們，看那已經漲到六萬八千元
的獎金額，以此證明這次期末拔河賽的神意和重要。「最
後誰還捐？最後誰還捐？！」從面前一片的人頭上，雅慧
看見明正舉着牌子大喚着，臉上的笑如午時的太陽圓在他
臉上，光光亮亮，白裏透紅，宛若神的孩子在凡間做着遊
戲般：

「──吳俊神父又捐淨款一萬元！

「──正道大和尚再捐淨款一萬元！

「──捐到十萬比賽就正式開始啊！十萬就正式開始
比賽啊！」從觀眾席的這邊繞到那邊去，明正的喚聲鴿哨
飛過頭頂樣。兩個拔河的教隊已經被不斷上漲的獎金鼓蕩
起來了。王昌平口裏銜着的裁判哨，跟在舉着存摺紙牌的

明正身後鼓動大家道：「誰再捐兩萬？！誰再捐兩萬？！」好像是聽到神的指令了，很快誰就又舉手捐了五千元，又有誰舉手捐了一萬五千元，捐款嘩嘩就過了十萬元，總共是十萬三千元。接着起來了掌聲和笑聲，還有哪個教的信徒和街人一樣吹的口哨聲。因了口哨畢竟不屬信徒應該發的音，就有很多信徒朝那口哨的聲音看過去，很快那口哨聲音又沒了。

最終響起了王昌平紅光滿面的開賽裁判哨。

賽場一下變得肅穆正嚴了，整個賽場上，穆到只還有信徒們盯着拔河賽的目光和呼吸聲。也就這節眼，雅慧在天主教和基督教的信眾這邊選了一鞋空地站下時，見賽場對面的入口處，那道紅鐵網織的賽場門框間，有一道人影閃一下，飄着就進了觀眾看台的哪，像一股掛有顏色的風，在那兒閃晃一下散開了，飄進賽場看客席的人群裏邊了。於是她就覺得那從門裏閃進來的風，影影形形似是菩薩走了進來樣。似是觀音進了賽場裏。也便抬頭朝天上的空曠望過去，看見了白雲後的白裏藏有迷蒙和神秘，有透明的浩瀚臥在北京城的上空間。遠處坐落的西山脈，起伏的黑線勾在天際邊。來時她曾盯望過天空中的那片觀音雲，現在再看那片雲，見那雲還團在原處呈着巨朵兒，只是它的蓮狀不在了，成了一潔素水似的湖。就這麼，她把目光從觀音雲上收回來，又將目光落到了賽場入口處，那

兒除了伊斯蘭信眾頭上的白，絲毫沒有帶顏色的風和觀音的人影或神影。於是也就想，當真觀音到來了，她也應該站在佛僧們的席位間，怎麼會站到別的教裏呢。雅慧又把目光挪到和伊斯蘭信眾友鄰一邊的佛徒身子上，見秋末冬初師父們上身的灰僧袍和黃僧袍，還有絳紅色的僧尼袍，都臃笨臃笨地擠在一塊兒，每一張的僧人臉，也都臃成紅色、絳色和黃色。所有的看客信眾都為比賽激蕩起來了。拔繩已經繃直在了離地米高的半空裏。南邊伊斯蘭的拔河手，和北邊道教隊的拔河手，都如真的運動員，把教帽和道衣脫掉了，全都單穿着襯衣和薄褲，還有人穿了褲衩和背心。這時候，也才看清道教的信徒養尊處優的樣，個個白胖，蟲蛹一般兒，而伊斯蘭的信眾們，很少在清真寺專業為阿訇，多都在廠礦、街區和大西北的塬梁上，要種地、收割和齋戒，他們不是黑，就是瘦，沒一個渾身細皮潤白色。而仍然做着拔河隊長的田阿訇，臉上不僅黑，還有一層黑出來的光，像是來自非洲的原始阿訇樣。雅慧知道道教隊要輸掉這場比賽了，伊斯蘭隊準能贏下這場拔河賽，就像一個種地的人，力氣一定大過一個坐辦公室的公員樣。可是雅慧又想到，明正曾經對她悄悄說：「為了這場拔河賽，道教全部選了練過功的道士和道長，還每天半夜起來偷吃牛肉哪。」

這麼說，倒是道教要贏下這場比賽了。

河繩先是趨東趨西晃了晃，隨後也就一根鋼管般地硬在半空裏。河繩上的垂纓始終都在地面河界上。太陽有一陣鑽到了一層雲後邊，讓賽場變得涼爽着，使那些拔河手們的汗，又都有了一層秋涼意。王昌平牧師站在拔河繩的中央間，和貢主任做裁判時一樣躬着身，一會看左邊，一會看右邊，不時地讓哨子裏響出撲撲撲的音，見垂纓被伊斯蘭隊拉走了，就到道教隊這邊大喚幾聲「加油啊！加油啊！」看垂繩又被道隊拉走了，就到伊斯蘭那邊鼓動大喚着：「為了安拉！為了安拉！」他像一個沒有立場的中立人，一會為了這個隊，一會為了那個隊，變節快得如是牆頭草。可也很生效，他為誰加油，那個垂繩就會慢慢朝着誰的那邊移過去。賽場上開始有了一門一派的喚叫聲。道教隊的道長、大師和胸懷前程的道士們，一律坐在道教拔河手的一側上，不停地為自己的拔手們鼓掌和喝彩；伊斯蘭的老少阿訇們，都在北側伊斯蘭隊的那邊上，作為道教的敵人一直在喚着：

「安拉！——安拉！」

佛教、基督、天主三教已經不在敵我輸贏的序列了，剩下的只有凡俗熱鬧心，加之宗教班所有的考試都已完畢至季末，人都完全放鬆得如剛剛做完祈禱、法式從教堂和寺觀走出那一刻。三天後，是宗教班的期末大會宴，喝茅台、吃鮮菜和用素菜做的各種魚和肉，然後幾天間，那些

急要離開北京、學校的，就要回到自己的家裏、教堂和寺觀。於是間，這時人就放鬆和自在，也為別人的輸贏專注和投入。拔河的隊員們，自然也都拿出了百分百的力氣來，一用力，贏下比賽就是十萬元，誰能不為這遊戲中的十萬獎金使出力氣呢。所有拔手的臉上都是汗，額上、脖間的青筋都露着。拉着繩子的道徒和阿訇，都是身子後傾腿斜直，臉上憋得血要流出來，整個人都如斜插在土地間的椿子般。那些原來能分清皮膚黑白的拔手們，現在誰的皮膚都不再黑白了，都被充血暴成了青色和紫絳。雅慧沒有看清道隊的五個拔徒中，誰是統領和指揮。她站在天主、基督信徒觀眾的混區裏，因為有十幾個信徒都立着身子朝着賽場裏邊喚着揮着手，讓她的視線一會清楚一會模糊着。再一説，在這賽場上，她的心思也非百分百，總覺得右眼皮不時地閃閃跳動着，好像有災難到來樣。她不停地朝對面佛徒觀眾席上看，似乎觀音悄悄進來藏在佛徒間的哪。心魂飄得很，看比賽，找菩薩，還不時地會想到，晚間約好要和明正去圓明園的一家餐館悄悄嘗吃一頓野豬肉，於是心就喜亂了，目光不停地搜尋顧明正，卻只看見那寫滿捐款額的支票牌子靠在賽場邊，他人卻又不在了拔河場。再把目光從人群移開去，雅慧又看見明正在賽場外的門口朝她招着手，手裏舉了兩瓶她最愛喝的易拉罐，招她出去如養蜂人舉着蜜糖招蜂樣。

她也就朝明正那兒走過去。

然而剛起腳，走到看台轉角處，她的眼角又被對面佛徒那兒的一個身影牽住了。分明看見菩薩就在佛徒人群裏，一道影閃晃一下，帶色的風樣化在佛徒信眾間，然後又有了什麼不安、不安的響動聲，景況如開學時那次拔河賽到正烈時，老阿訇任賢倒在人群裏邊樣，所有的信眾都朝老阿訇倒下的方向望過去，跑過去，正激烈的賽事不得不如繩斷一樣停下來。而這次，拔河比賽剛開始，好戲都還沒唱出來，就有人扭頭朝佛隊那邊望去了。沒有驚叫聲，也沒有河繩突斷那戛然的樣，先是有人朝着僧尼那邊望，後有更多的人朝着那邊望着站起來，接着似乎所有在賽場上的目光都朝那邊望去了，就都看見佛光了。

看見菩薩了。

黃燦裏含着豔紅色，紅色裏又飄着金顏色。那紅豔的金光就從高處朝着低處落，便有就近的尼僧去擁抱那道光。不能近前的，急忙合掌在胸前，嘴裏一默聲地唸着南無阿彌陀佛經，然後有人為了祈禱就合掌跪在賽場邊，也就相隨了十個、二十個的高僧大德全都合掌跪下祈禱着。道教的、天主教、伊斯蘭和基督教的信眾們，這時也都依着自家的教禮，把目光朝菩薩現身的地方望過去，全都跪下禱告和拜禮。而正在比賽場上拔着繩子的道徒和阿訇們，力氣還沒有盡全使出來，也就都同時驚着懈了力，僵

着身子朝菩薩現身的方向望過去。而最先發現情況的，倒是當了裁判的牧師王昌平：

「怎麼了？怎麼了？」

他連連問着丟下拔繩和拔手們，就朝僧眾那邊快步擠走着，對擋了他視線的人群大聲喚：

「快叫救護車！——快叫救護車！」

23 玉慧

　　玉慧師父圓寂了。

　　是因為拔河圓寂的，也不全是因為拔河圓寂的。

　　本來病是癒好的，已經可以說話、走路、唸經和祈禱，醫院說，再有幾日就可出院去，且也說好一出院，就從醫院直接回西寧靜庵寺裏怡養着，哪知就在三天前，她在醫院的林園鍛煉時，看見高天上有群白鴿飛過去，天宇湛藍，鴿群淨白，一片蓮花在頭上，忽然就想要回到學校和大師同學們說說話。換上了自己的來醫時的黃僧衣，把藍條紋的病服疊好放在床頭上，這就坐車回到了學校裏。到宗教樓裏不見信眾們，問了知道學校到了考試季，培訓中心的信眾考完試，都到操場鍛煉了，便雙手合在胸口祈禱着，慢慢到了操場邊，看見雲在天宇間，操場在地上，空闊的紅膠地面上，除了羽毛球場那兒全是人，其餘所有的籃球場、足球場和被網兜了的那個網球場，一皆閑置虛空着。那些球場圍着的中心草地上，草坪雖還一色兒綠，可畢竟透了秋黃了。

她朝羽毛球場那兒走過去，看見宗教班的各教信眾都在那，心裏要禱告什麼時，就見了明正不時地舉起捐錢的巨大存摺在空中晃着說着話，笑和掌聲一浪一浪飛到天空上，如專門給淨界的菩薩聽着樣。到了球場的鐵網路邊時，她聽到明正高喚的獎金數目了；再走幾步後，聽見是說拔河比賽了，心裏轟隆一下子，目光掃過去，隔着鐵網和網裏信眾一層層的人頭和肩頭，看見王昌平牧師氣軒軒地吹着裁判哨；再看紮好姿勢等待哨音就開始拔河賽的道教隊和伊斯蘭隊的信徒學員們，之後汗就出來了，心慌到人要倒下去，慌忙扶着鐵網朝前走幾步，到了球場靠西的小鐵門，扶着門框時，本想退回去哪躺下來，可這時，又從人縫看見原來和她一樣反對宗教拔河的任賢老阿訇，坐在伊斯蘭隊看客最前排的一張小凳上，看比賽就像看場大戲般，那張瘦臉竟然因此年輕十餘歲，潤紅豔豔散着快活的光。

　　要後撤，卻是晃了一下身子進了賽場鐵門裏。

　　比賽開始了。秋深處的光暖裏，有種很舒適的碳灰味。天上散着的白雲間，似乎每一朵的後邊都有一雙觀音的眼。雲邊的卷舒如千手觀音的蘭花指，秀美柔柔勾出彈水狀，呈出指環連結圖。人都在地下，菩薩在天上，在遠遠看着教教間的拔河賽。那參加拔河的，所幸不是佛教隊，而是道家和伊斯蘭。該來阻礙比賽的，不是釋迦牟尼和他的得道

佛，而該是老子和安拉。可是安拉不在這，老子也不在。於是兩教拔河也就開始了，誰贏了單單獎金就是十萬元。

這十萬不是學校或國家宗教協會出的錢，是信眾自己為一場爭鬥捐的款，就像信徒們自己要把自己的香灰和神前的蠟燭收起吃了樣。玉慧覺得喉嚨被灰燼、蠟燭堵住了，呼吸變得急促和塞滯。拔河的繩子在賽場中間晃晃繃直了，棍子樣硬梗梗地插在她的胸口上。汗珠從頭上、臉上落下來，砸在她胸前的祈禱合掌上。她用左手一下一下捶着塞滿啥兒的胸口處，祈求從胸裏裂開一條縫，能讓一絲呼吸透進去。信徒們都伸着脖子朝賽場裏邊瞅，沒有人注意到他們身後的空道裏，玉慧師父回來扶着鐵網走着時，身子越來越彎，腳步越來越輕飄，走過去像被風吹起來的一層蝦皮兒。

就到了佛教隊那一片信眾後邊了，一扭頭，看見水粵師父在盯着拔河咧嘴笑着時，操場裏又鼓噪起了「為了安拉！為了安拉」的加油聲，接着是飛砸在空中的喚叫和掌聲。這時候，她知道她的身子不行了，沒有定力撐着她渡過這段俗世了。她想伸手拉住誰，哪怕是一枝藤草也可以，就把手從胸前挪開朝前伸過去，待她拉住面前最近的那個峨眉主持時，她的耳朵裏轟轟鳴鳴響起了伊斯蘭隊的狂喚聲：

「道教兄弟們，你們不是在賽前又是吃肉又是喝酒嗎？！」

然後所有的聲音就都消失了，手在峨眉主持的肩上滑一下，看到菩薩突然出現在面前，裙袖舞舞，過來拉了她的手。待再次從菩薩的蓮場走回來，時間已經過了一天又一夜，重新躺回到雍和醫院她的病房裏，模糊中看見病房裏的燈光成了日光下的水顏色，黃黃亮亮，像秋天靜水庵前的湖光樣。屋裏的桌，桌上的碗筷和藥瓶，還有半空中的輸液管，吊在天花板上的日光燈和燈繩兒，都在她眼前晃動和飄忽。有幾個人影在屋子裏一閃到這兒，又一閃到了另一邊，然後那幾個人影聚到一塊兒，她就聽到有個醫生説：

「怕是不行了，今晚你們兩個都住在病房吧。」

接着是説話人推着急救車出門的腳步聲和醫療器械的碰撞聲，顯出遼遠的靜寂和透亮。後邊就是她熟悉的雅慧和明正的一問一答了。

「應該通知組織吧？」明正問雅慧。

「組織是學校？」雅慧説：「不用吧，這是我們教裏的事，讓組織插了手，師父還能佛葬落土嗎？」

明正默了一會重又問雅慧：

「難道你⋯⋯還想把師父運回西寧去？」

這就徹底靜下來，彷彿病房裏除了燈光和物雜，默寂和白牆，其餘什麼都沒了。空氣像死了一模樣。人像死了

一模樣。好像是明正歎了一口氣，坐了下來了。又好像是雅慧說了一句什麼話，又把坐下來的明正拉起來。接着是他們誰轉着半空的輸液袋子看了看，嘟囔了一句啥，兩個人開始把凳子拉到一邊去，從病床下邊拉出一架折疊鋼絲床。把鋼絲床打開鋪在屋中央，再在床上鋪着被褥什麼的。

接下來，床鋪鋪好了，先是兩人同時坐在床鋪上，把床鋪坐出了刺耳刺耳的咯吱聲，之後就聽到一個問：「幾點了？」另一個說：「十一點半。」然後明正說雅慧：「你睡吧，昨天你為師父熬了一通宵。」雅慧果真去把床頭櫃上的檯燈打開來，將屋裏的大燈關上後，回來便躺在了床鋪上。

病房裏立該成了一團泥黃色，像夜裏的深靜裂開了一條縫，透着的光亮有着馱不動的重量樣。從哪兒傳來了醫院外馬路上開過去的汽車聲。醫院的院裏不知什麼咚的一聲響，之後就徹底靜着了。時間如泥塊一樣兒，軟軟的，又是沉重得搬移不動的。靜了一會兒，如死了一會兒。本來是死了過去了，可卻又有什麼聲音響起來，彷彿是明正在屋裏站一會，過去坐在雅慧身邊床上了。這時候不知到底發生了什麼事，明正起身連床頭櫃卜的檯燈也關了，使屋裏成了一片黑，時間如掉進了沒有光的枯井一模樣。

玉慧師父知道明正和雅慧躺在一起了，像兄妹，又像夫妻那樣一對兒。窗口上有層模糊的月光在掛着，窗外對

面樓房一窗窗的燈光如貼在牆上一頁頁的紙。這時候，過了一會兒，也許是過了大半天，忽然雅慧小聲恨恨地說：

「明正你別動我！」

之後就是靜。靜後又不知他們中間發生了什麼事，鋼絲床就在屋裏咬牙撕裂着，彷彿床會立刻散架樣。好像明正想怎樣，雅慧偏偏不讓他怎樣，兩個人就在床上小小心心扯拽着，推推搡搡着。忽然的，似乎雅慧把明正從床上推到床下了，而明正從床上滾下時，又把雅慧的衣服扯開了，使得滿屋子都有了撕破衣服的扯拽聲和扣子落地的滾動聲，隨後一陣靜，又突然是誰朝誰的臉上輕輕摑了一耳光，病房就再次墜入死寂裏，如病房成了墓穴樣。就在這突然到來的墓穴裏，雅慧從床上跳下來，擰着嗓子說了一句話：

「阿彌陀佛 —— 你們教裏怎麼會有你這麼流氓的人！」

明正不說話，可好像又有些不死心，似乎是站在雅慧面前又動了一下手，於是雅慧就又一連恨恨着：

「顧明正 —— 你別碰我 —— 是你害了我師父 —— 是你告訴她說學校去掉了所有的宗教體育課，還弄個文件給她看，可你又替中心組織拔河賽，還集資那麼多的錢，讓他們拔河贏錢都和瘋了樣！」

「……」

雅慧説：

「顧明正——我沒有悟到佛，可我悟了你們教——你們教就是西寧人用草木發酵起來的一堆草木灰，説是來自天宇和自然，其實就是效發自然的一堆肥，和豬屎、狗屎差不多！」再接下，好像明正嘴裏説了一句啥，又好像什麼也沒説，就突然喘着粗氣朝着雅慧撲過去。他用猛的一撲去回答她的話，一下就把她撲倒在了床鋪上。那床鋪，像受不了他們重重的一砸樣，還在地上滑着走了一段兒。剩下的就是撕扯、推搡和喘息，還有兩個人又粗又重的呼吸聲，末了像雅慧同意了明正要她怎樣了，兩個人正在床上準備那個時，玉慧師父就在這時突然伸手把床邊的輸液架子拉倒在地上，用最後的氣息續續斷斷説：

「——阿彌陀佛，你們……不知道、觀音和老子、就在你們……頭頂嗎？竟然在他們眼皮底下……孽緣呀！」

到這兒，病房裏有了晴天霹靂的靜。屋子裏除了雅慧和明正躺在那兒壓了嗓子的呼吸外，其餘再也沒有一息別的聲音了。

玉慧師父也就這樣在這死靜裏邊圓寂了，眼白大得和雪白的蓮花一模樣。

24 菩薩和老子

1 我的天，原來過日子是過柴米油鹽呀！

2 我的天，原來雞鴨貓兔也是生活的
一部分。

3 原來人生的今天和昨天
是一樣，明天又和今天
一樣兒。於是，菩薩和
老子重新思考人生了。

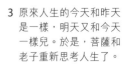

4 若能生個娃，生活也許就有
　新意了，可是呢，為什麼總
　是不能懷孕呢？

5 爭吵、摔碗 —— 這是生
　活的真相嗎？

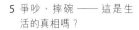

6「不能生娃能怪我？」
　菩薩一怒要上吊了。

7 菩薩上吊時，突然從繩圈裏
看到了一個新世界。

8 「難道不能生娃環還能怪我嗎？！死，
誰不敢！！」老子氣得上山跳崖了。

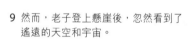

9 然而，老子登上懸崖後，忽然看到了
遙遠的天空和宇宙。

10 其實，老子和菩薩彼此的神騎一直都在天河等着他們哪。

11 現在它們要分開了，老牛在喝最後之神水。

12 神獸喝完水，就要和老牛分開了。

13 神牛坐騎朝着老子走來了：「恭喜你，你終於可以從塵世離開了。」

14 神獸坐騎朝着菩薩走來了：「恭喜你，你終於可以從塵世離開了。」

15 告別分手，各奔東西

16 菩薩走過春

17 走過夏

18 走過秋

19 走過冬

20 老子走過北

21 走過南

22 走過東

23 走過西

24 終於終於的，老子在西北的遠荒望見函谷關，
如函谷關在這等他了數千、數千年。

25 主任、雅慧和明正

　　後邊的事情和夢樣，直到過了許久雅慧都沒從那夢中走出來。醫院對師父的圓寂沒有半點的驚訝和不安，像他們早就知道師父這天會死樣，把人送到太平間，開始一項一項讓雅慧簽字填單子。到末了，寂離的手續辦完了，還通知她說學校裏的貢主任，讓她儘快回到學校那邊去，有極極重要的事情和她談。也就這樣在醫院樓下迷茫茫的站一會，在師父經常鍛煉的柏樹下面呆一會，到醫院門口打車回到學校那邊了。

　　見面地點不在主任辦公室，也不在學校的這個、那個咖啡館，而在學校對門巷子裏的一個名為「四季花園」的酒吧間。學校一帶的中關村、蘇州街、海淀高校區，雅慧隱隱約約都知道，但找四季花園酒吧時，她還是發現北京的巷子怪得很，繞繞彎彎，如一盤亂麻串聯在一起。她在那叫楊柳巷的胡同轉了三圈兒，問了六個人，結果發現一戶人家的門牌下，寫了拳頭大的「四季花園」四個字，如同為了讓人難找才寫那四個字。她不知道主任見她為何在這兒，可猶豫時候明正從那門裏出來了，看見她就大聲抱怨道：

「主任都等你半天了！這麼大的事，你還讓主任等你呀！」

雅慧冷惡明正一眼睛，也還是被他領着進了那所院子裏。這酒吧小院落，果然外面起牆隔着世，內裏卻點着煤氣取暖爐，種樹栽花如冬季裏的桃花園。石榴樹、蘋果樹，還有長有兩米高的月季花。雖然果樹錯季了，月季也只有最後幾朵寫着暗紅色，但那院園的機關和設置，還是讓人想到春天了。每一處的花樹空地間，都有大的雨傘撐在半空裏，有水珠沿着傘簷落在花樹上，像有人在沒完沒了唸誦一首詩。小酒桌和咖啡座，全都剛好擺在暖氣爐邊的大傘下，喝酒喝咖啡，像坐在雨天火邊聽詩樣。

水濛濛，吟朦朦，彷彿神仙的院子一模樣。

雅慧進來僵在一叢傘樹下，看着坐在傘下喝紅酒的人，酒杯大成海，酒卻幾滴兒，差一點蓋不住那海杯杯底兒。聞到有股咖啡香，像傳說中菩薩喝的茶香味。跟着明正從幾撐傘下進到屋子裏，又見全部是木條裝飾的廳室屋，到處都掛了她未見過的歐洲鬼臉和非洲黑木雕，且服務員身上穿的衣服和大花睡衣一模樣。雅慧就在大廳門口站住了，走錯屋子般，不明白這兒為什麼白天關窗子，靠燈才能認出人的臉。客人喝酒說話全都爬到對方臉上去，嘰嘰喳喳，像誰都在這兒密謀一場事。「這就是酒吧屋，比咖啡館高出一檔兒。」明正走着爬到雅慧臉上輕聲說。

雅慧把身子朝遠處躲了躲，走幾步，又見大廳中間的吧台上和吧台壁櫥裏，到處都是酒和酒瓶子，在燈光裏閃着各樣的霓虹和藍綠，正紅副紅晃着人的眼。屋裏有暖氣，膨脹出一股悶熱瀰漫着。雅慧就愣在那月牙吧台前，有種走錯路的感覺描在她臉上，只好又回頭等着明正和自己並肩走。明正就和什麼事情也沒發生樣，依然臉上涎着笑，上來拉着她的手，朝一個包間門口走過去。「馬上要過聖誕了，聖誕節主任說讓宗教班沒走的學員都來這兒開開眼。」說着把雅慧領進了邊角上的一個小包廂。包廂裏是軟包椅和老木舊桌子，頭頂上的吊燈是朽木整製的一個尖帽型，每個椅背上又都用英文寫了一句很浪漫的話。起簾走進去，見了貢主任，雅慧把手從明正手裏掙出來，主任便半立着把身子欠了欠，朝着雅慧點了頭，又指着對面的軟椅讓她坐下來，把一杯點好的咖啡朝她面前推過去。

「知道不該把你和明正叫到酒吧裏，」主任笑一下，「可佛若在心裏，人在哪兒都不怕。」

雅慧沒有立刻坐下來，她將雙手合掌在胸前，用目光問着貢主任。

主任也看着雅慧問：「明正說……你師父玉慧……不在了？」

「圓寂了，」雅慧似乎是為了糾正主任說的「不在」樣，「醫院剛剛把她送到太平間。」

「哦……是圓寂了。」主任很歉疚地重複了雅慧說的圓寂後，明正從外面端進來很多的魚肉、蝦蟹和青菜、水果等。原來這兒吃飯是自選，吃什麼葷素和甜點，全都由自己去挑選。明正就替雅慧選了沙拉、水果擺在她面前，把魚肉和紅酒擺到主任面前去，自己端了一盤冷蟹、竹筍和果汁，很自然地坐在了雅慧一邊上。帶有字母、條紋和聖誕帽的布簾垂下來，把外面的熱鬧隔絕了，連一直響着的音樂也淡成清白色的水，小得和溪流一樣兒。該吃午飯了，也該說將要說的正事了，主任把大酒杯子端起來，晃晃裏邊蓋着杯底的酒，又放下說了一句話：

「雅慧，今天不是我要約你到這兒，是組織要約你到這兒。」

雅慧重又把目光擱到主任臉上去。

「玉慧師父她死了……圓寂了，對培訓中心來說是樁大事情。如果讓上邊知道她是因為拔河誘發心臟病，可能會算培訓中心的一樁大事故。那樣兒……培訓中心這半年、一年裏，甚至我調來以後這幾年的努力全完了。所以說……我不想讓培訓中心別的人——信徒、大師和中心的任何講師、教授知道玉慧師父她死了。人死如燈滅——就是佛，就是神，死了也不能真的活過來。吠陀也不行！安拉也不行！基督教的復活節，純粹是耶穌死了沒神了，人才要弄出個復活弄出個神。所以說，再怎樣玉慧師父也

是活不過來了 …… 既然活不過來了，就請你替我保好這個密，將來就說玉慧師父是回到靜水庵以後圓寂的 —— 到了那時候，你成全了培訓中心工作上的事，我負責在靜水庵沒有主持後，組織上不派別的僧尼去那兒 —— 那時候，你就順理成章成了靜水庵的主持啦。」

雅慧一字一音聽着主任說的話，專心到耳朵有些疼，可盯着看着主任說話時，她的目光不知為何從主任臉上滑下來，又盯在了主任胸前的灰色夾衫上。夾衫是手工做製的民國時期教授都愛穿的中式服。在中式服的第二個扣眼邊，有個線頭脫開來，翹在扣眼的線角邊。包間沒有風，可那個線頭卻在風中一樣忽左忽右擺動着。

「靜水庵 …… 廟不大，可級別也是正科級，」主任想了一會兒，聲音比原來亮堂了，似乎聲音中還有一層光，「下一學期一開學，你就不用替你師父再來上課考試了。我向學員們宣佈玉慧師父在靜水庵裏養身體，你在陪着師父禪修佛，然後半年培訓也就結業了，沒人再關心玉慧師父了，你也就順理成章成了主持了 —— 在五大宗教中，你就是最最年輕的正科級的主持了。」

雅慧仍然沒說話，還在盯着主任胸前飄忽不定的那根線頭兒，她把上下嘴唇輪流用她的牙齒刮着和壓着，將她透紅的嘴唇咬成青白色。

「你已經過了十八要往十九歲上走了吧。」主任說，「如果十九歲你就成佛教中的主持了，工資在西寧一月一萬多，那真是宗教界的奇跡了。在中國，就是放到世界上，怕也是獨一無二宗教界的大事情。」

雅慧原來合掌着的手，這時變成了左手不停地去胸前摳着她的僧袍布，像要把她的僧衣摳出一個洞兒來。而右手，卻又不停地去老木桌上前後磨搓着。她的手上總有汗。她要把她的手汗擦在桌子上。這時候，一直拿着筷子沒有吃什麼的顧明正，看看雅慧又看看主任的臉，忽然很急切地說：

「你是說下學期不讓雅慧再來培訓了？」

主任也像吃驚樣：

「玉慧師父不在了，你說雅慧還替誰上課？」

然後明正就僵在那兒了，看着主任也看着雅慧的臉。而雅慧，這時也把目光從主任胸前的扣線上，慢慢移到主任的臉上去。「玉慧師父不在了，你說雅慧還替誰上課？」她努力想着這話到底啥意思，如同《心經》裏說的色就是空、空就是無，無就是存在、永恆的道理樣，讓人知道「色、空、無和存在」，都是什麼永恆的寓意和教理，可又無論如何說不清那教理和寓意。於是雅慧就緊緊盯着貢主任的臉，希望他傳教樣把「玉慧師父不在了，你說雅慧還替誰上課」的教理說明白，說得雲是雲，雨是雨，別雲

雨水霧混在一塊兒。然而說到這兒後，貢主任卻不再說話了，又端起酒杯晃着手，像傳道人已經把秘密、理道說盡了，再也無話可說了。

包間裏暖氣的悶熱和蒸籠一模樣，窗上、半空都霧着一層水珠兒。汗如篩水一般掛在明正的方臉上，有兩滴還落在面前桌子上。他要說啥兒，卻又因為弄懂了「玉慧師父不再了，你說雅慧還替誰上課」深奧的經言反而無話可說了，就只能去臉上擦了一把汗，看着貢主任，又看看雅慧的臉，希望他們這時誰問一句話，或誰說一句話，把他理解的經言寓意推翻掉。然而主任就是不說話，晃着手裏的酒，抿了一口後，用舌尖舔舔雙唇和唇外的空氣什麼的，又把舌尖退回到了嘴裏去。

主任不說話，雅慧就不能不說了。她必須把那句經言中色、空、無和有與存在的意思弄明白，於是就把雙手從胸前抽下來，把左手上的汗在自己的尼袍上面擦一下，將右手上的汗，在面前桌上擦一下，然後突然問：

「我師父必須火化吧？」

「這是北京呀。」主任抬高嗓音道，「不僅要火化，還不能在北京舉辦任何佛教儀式的安葬禮。」

彷彿全此誰都明白「玉慧不在了，雅慧還替誰上課」的至奧經言了，三個人再次靜下來，很長時間默木着。在這默木裏，主任像玉慧師父在病房說了最後一句話的那一

刻，神界就歸着神界了，人界歸着人界了。直到雅慧又把目光最後擱到主任臉上去，問了另外一句話：

「不讓人知道我師父她死了，對主任你有好處嗎？」

「那當然。」主任端着酒杯站起來：「培訓中心是副處，我現在也是副處級；我和中心的老師們，這麼努力就是希望學校把中心納編改為院，變成副廳以解決我的級別和所有老師們的職稱和住房……如果上邊知道培訓班裏死了一個人，中心改院的工作可能全完了。完了我的級別倒不說，可那些老師們，講師要晉級副教授，副教授要晉級正教授，這半生要晉級的希望就沒了，分福利住房的希望也都泡湯了。」

聽完主任的話，雅慧望着主任閉着嘴，像在回味深思他的話意樣。

主任這時又舉杯抿了一口酒，再把杯子放在桌子上，接着用很莊重神聖的聲音問雅慧：

「你來培訓中心學習半年了，你不會不懂信仰是為了他人越來越好才有價值的吧？如果信仰者不是為了別人好，單單是為了自己好，那世上也就沒有宗教信仰存在那層道理了。」

雅慧只是聽着閉着嘴，像是聽懂了，似乎又不懂，只是那麼靜靜坐着望着貢主任的臉。

26 雅慧和明正

　　雅慧從那酒吧間裏出來時，貢主任還在那兒有些事，只有明正出來送雅慧。在酒吧門前的街口上，明正很鄭重地求着雅慧説：

　　「咱倆還俗結婚吧，結了婚你就不用回去孤零零待在西寧那邊了。」

　　雅慧立在明正面前看着他的臉，又抬頭朝着天上望望説：

　　「明正啊，我師父還在太平間裏躺着哪，」説着默一會，重又接着道：「還俗不還俗，我得回到太平間裏問問我師父，看她讓不讓咱倆還俗結婚吧。」説到這兒重又停下來，雅慧朝路邊的行人瞅了瞅，再又回過頭來壓着嗓子用力道：

　　「只要師父點個頭，哪怕你是逆教徒、異教徒，一塊還俗我也就認了。」

　　明正立在那兒，臉上呈出一種寡白色。

　　雅慧説完就走了。轉過身，她不急不慌朝中關村大街那兒走，朝着學校的寒假走過去，雙手一直攔在脖子下的

念珠上，心裏數着念珠數，數着不快不慢的腳步樣，直到
走出很遠後，她才聽見明正在她的身後扯着嗓子喚：

「你不怕我找到父親嗎？你別等我找到了父親你又回
來找我啊！」

見雅慧聽着沒有淡腳也未回頭來，明正就又更大聲
地喚：

「你會後悔的——我會讓你後悔的！不還俗你就老死
在那鳥不拉屎的西寧那兒吧……」這次雅慧淡了腳。可是
淡了腳，卻也只是淡淡腳。

下　卷

前話一

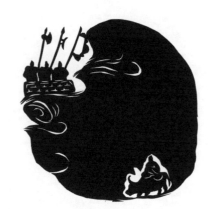

1 老子終於到了函谷關。

2 到了又怎樣？老子被函谷關的守將尹喜所「囚困」，求其著述解世留下著作來。

3 老子開始夜書《道德經》。

4 天書五千言。光照五千年。
留下《道德經》，他就別關西
去了。

5 老子朝西北遠行、再遠行。

6 面前是巨大的未知，也是巨大的可知。

7 哦！啊！哈哈……
　　──未來即逍遙！
　　哦，啊，哈哈哈……
　　──未來即逍遙！

前話二

1　有光就有暗，有喜就有憂。

　　老子承擔了那一面，菩薩就必然承擔這一面。在菩薩未知的路途中，充滿
　　着惡靈與苦難，而神獸因為是神獸，也才不得不別她而去了。

2 孤寂的菩薩，乞食而行在乾涸的河旁和荒野，飢腸轆轆中，她遇了比她更飢餓的虎。而這隻飢餓將死的雌虎，在死之前，還想最後奶餵她的三隻虎崽。然雌虎因為過度飢餓而無奶，當它被她的虎崽咬疼之後，又大叫着站起，望望天空，望望荒無他物的曠野，最後把目光落在了自己的小虎身上。

餓虎終於決定，它要活着，就只能吃掉自己所生的虎崽兒。

然在餓虎要吃自己生的幼虎那一刻，卻又終於不忍，最後又把小虎從自己的口中吐了出來。

於是，餓虎暈倒，而幼虎也餓暈在了母虎身邊。

3 菩薩走來了，她在那一母三幼的四個昏迷的老虎面前站定後，決定要以身飼虎。這樣兒，菩薩過去坐在老虎身邊，把自己的胳膊伸進了虎口。而這時的老虎，睜開眼睛，微微張嘴，可終於餓到連咬一下菩薩的力氣也沒了。

菩薩見此，就找來一根尖刺，把自己的胳膊紮出血來，讓她的鮮血滴入老虎的口中。老虎有血入口，便徹底醒來，有了力氣，癡癡地盯着菩薩。

菩薩閉着眼睛，躺在了虎口之下。老虎開始大口地吃着菩薩，並吐出一片菩薩的白骨⋯⋯

而菩薩從白骨中醒來，臉上閃出了日出般的光芒。她從虎口的白骨中獲得了一次新生。

前話三

1

假期裏，神不再收留道士明正了。人也不收留明正了。學校放假後的第一周，北京是一色霧霾天，十步之外就失了人和物。任誰的手指在空中撚一下，都能撚出空氣中的顆粒來。大街上，除了零星戴着口罩的人，再就是一蕩一飄的乾咳聲。

一個城市虛空了，像一個人好端端的沒了肺一樣。

明正沒有和別的學員們一道回家或回自己的寺裏、教堂過新年，他留在了學校的培訓樓，等着和父親見面去。無名氏反反覆覆對他說，你要找到你的父親了，這個父親雖然不是部長和省長，可卻是南方最富裕那個省的正廳長。是可能要當省長的廳長呢。事情是在雅慧抱着師父的骨灰離開北京後，無名氏連續三天的夜半都來找明正，要他在所有的信徒、同學都徹底離開學校那一天，到北京飯店去見那廳長。

整個學校的同學都走了，學校空寂了。宗教樓的七層樓，空得和一個什麼都沒裝的盒子樣。這個時間裏，北京的街上沒有人流了，原來隨便哪兒都像堆着鐵箱的停車場，空得像一場颶風從那掠過樣，偶或停在那兒的幾輛車，寂寞如孤兒蹲在墳場般。

　　臘月底末這一天，星期日，明正要去北京飯店見認那個廳長了。他們要破鏡重圓、父子相認了。為了見父親，他特意換上那件灰呢中山裝，和那條周正簇新的藍褲子，使自己和國家機關幹部樣。依時從宗教樓裏走出來，立足望望曠靜了的學校、天空和大門口，出門坐上出租車，徑直到長安街的主道上，才發現自己出門太早了。約的是上午十點在北京飯店的一個會客室裏見，可時至八點半，他就到了離北京飯店不遠處的天安門。

　　也就在天安門廣場西邊下了車，看看霧霾迫壓的廣場上的虛寂和空靜，朝金水河那兒走過去。見了天安門城樓上掛的神一樣的巨幅像，他想有一天這人會成為老子、菩薩、耶穌、佛陀和穆罕默德嗎？接着就又想，若倘有一天，城樓上掛的不再是那個人的像，而是自己父親的像，那事情又會怎樣呢？想今天將要見的那個人，雖然不是部長或省長，只是一個如宗教協會下面分會長樣的正廳長，可畢竟是中國首富省的正廳長，是要走往省長座椅的正廳

長，如果他今天認下我這個兒子了，我就回到道觀在觀裏為他升起一面國旗來，把老子的像從觀裏移到別處去，將他的像塑在老子像的位置上。想着就到了廣場上的英雄紀念碑，到了人民大會堂，又到了中國歷史博物館。

到了要見父親的時間了。

約下十點在北京飯店九樓最東的會客室裏見，明正知道自己應該在九點五十左右到，可結果，到了北京飯店時間還不到九點半。進入飯店時，他以為會有人攔着他，問盤一些啥，可結果，兩個保安立在門口看看他，不僅沒有問啥兒，還朝他鞠了一躬笑了笑，也就順勢進了旋轉玻璃門。他沒有想到北京飯店的大堂那麼大，他進去似還站在天安門廣場的空曠裏。大堂的挑空竟也那麼高，通往雲上的天井樣。穿過大堂時，碰到端着茶盤的服務員，服務員臉上露着紅蓮似的笑，這讓他又想到懷抱骨灰回到西寧的雅慧。「既然你能橫心離開我，那麼我今天找到父親了，父親確真又是南方那個省裏將要當省長的廳長了，那麼我還向你纏結求婚嗎？還有那個必要嗎？」明正想，「說到底，你也就是一個長得漂亮會剪紙、會背經書的尼姑嘛，我娶你還不如娶一個漂亮又有學歷的大學生。」想着慢走着，為了和人少說話，他朝裏邊的電梯走過去，這時從那電梯的門裏又閃出一個服務員，一樣都穿紅裙子，都戴紅船帽，臉上的笑也亦如一朵紅蓮般。

「你好，到幾層？」

他怔了一下子：「九層。」

竟然連按一下電梯鍵的事情也被替代了。這讓明正想到自己若是那要當省長的廳長的兒子了，會不會吃飯也有人一勺一筷餵自己？會不會咳嗽一聲就有醫生走過來？電梯裏沒有一個人，搖搖穩穩到了九層樓，又有服務員迎在電梯門口上，也是那長相，也是那樣的穿戴和紅佛蓮的笑。她殷殷問了他幾句話，他把要見人的紙條從他口袋取出來，給她看了看，她就踏着走廊上的紅地毯，把他領到了九層靠東的那個會客室，給他端了一杯水，請他坐下等一會。

然後她就出去了。

輕輕關上門，像慢慢合上看累了的一頁書，直到這時候，明正才敢扭頭正視這個會客室。會客室面積並不大，如宗教樓裏的三間宿舍樣，四圍的牆下都是錦黃色的厚沙發，沙發背上是針織套花的白靠巾，每兩個沙發前，有一個長條梨木花茶几。東牆角擺了純淨水的冷熱機，其餘三個角，都是在酷冬盛綠着的元寶樹。而會議室的中心位置上，是一塊厚逾手掌的起花藍地毯，地毯上織的是「五十六個民族五十六朵花」。明正在那地毯上站了站，拿腳去試了地毯的厚薄柔軟後，便朝對面牆下走過去。

在這並無異奇的會客室，明正發現它不一樣的地方了。那不一樣的地方是，會客室四面牆上掛的十幾個大

小一致的玻璃框，框裏都是放大至尺五寬、尺八高的一張張的人物攝影像。那像有坐的、站的，和外國人生風談笑的。從中間最醒目的像框看過去，第一張是掛在天安門城樓上的那個人，他坐在一張沙發上抽着煙，肚子微微凸起來，右腿翹在左腿上，掛在煙蒂上的白煙灰，少說一指長，面容上的笑，像一個婦人發現自己懷了一個男嬰樣。在那像下邊，寫着一行正楷字：「1951年，毛主席在這兒會客與小憩。」第二張是叫劉少奇的人，他在那像上，和一個同樣身高、戴着彩色圓帽的人握手說着話。像下的正楷字兒是：「1952年，劉副主席在這兒會見少數民族代表。」第三張像是叫周恩來的人，他坐在沙發上，和另外一個年長於他的老人說什麼，那個老人穿了一身中山裝，腳下是佛道大德才會穿的尖口布頭鞋。鞋的入口邊，有一線一線的套針滾在圍邊上。明正一眼就認出了，那只有出家人才肯穿的出家鞋。他用快極的把目光從像上移到像下的文字上，見那兒寫的果真如他想的樣：「1952年，周恩來總理在這兒和宗教大師商談國家宗教事務。」然後明正就盯着那短髮、圓頭、有七十幾歲的宗教大師想，他會是誰呢？是佛寺裏的方丈嗎？還是道觀裏的主持呢？想這是不是預示着我自己的這一生，也將如這方丈或主持樣，過些年成了大師了，經常被國家的領導叫到這兒或哪裏，握手與喝茶，論談一下這個國家的宗教事務和各教領袖該誰

是誰的事？想着想着間，臉上笑一下，明正又很快沿着掛像一路看下去，見後邊第四、第五張，直到第九張，分別是叫朱德的人，曾在這個會客室裏打盹睡過小午覺；叫葉劍英的人，曾在這個會客室抽過煙。還有他熟知的那個叫鄧小平的人，曾在這個會客室裏等人時，和服務員們和和藹藹聊過天；直到那被稱為賀龍元帥的，在這會客室裏因為什麼訓人發過火，都一一地寫在那掛像的下邊昭示着，直至今日的一年年、一屆屆，一個時代和一個時代的國家領導人，因為什麼到這飯店裏，又因為什麼到了這個會客室。明正對那照片上的人，每一個都似生似熟得如他在教室裏似熟不熟的大師教神們。他沒想到這個並不怎麼起眼的會客室，原來竟是幾乎所有的國家領袖都曾來過的會客室。明正篤信着父親要從廳長走向省長的話，他甚至不懷疑，父親還會從省長走到北京某個紅牆內的辦公室，不然他怎麼會在這兒見自己？怎麼可能來到這兒見自己？就這麼，望着牆上的那些照片明正有些恍惚了，手上出了一層汗。身上也無來由地熱得如發燒着火般。在腰間，他把雙手緊緊捏一下，彷彿有汗被他從指縫擠了出來了。彷彿腳下的地毯上，還有汗水落下去的滴答聲。本能地低頭看一下，見地毯上並沒有水滴上去的水痕兒。地毯外的黃色鋪磚上，也沒有什麼水痕兒。這讓他的心裏開始踏實一些了。把手伸開看一看，將手汗擦在褲腿上。解開脖子下的

衣扣兒，提着後領抖一抖，讓一絲涼氣從後腦那兒灌到後背上，這時他聽到門外有了腳步聲，慌忙扣着脖扣兒，朝前跨一步，重又坐回到自己原有的那個沙發上，把茶几上的茶杯端在手裏邊。

門開了，站在門口的還是送他進來的那個服務員。

他喝了一口水，放下杯子站起來。

「首長說，他有個急會立刻要到中南海，讓你下次再來和他見。」服務員有些歉意地對他說着話，臉上的笑不如先前那麼自然熱烈了。

明正聽着怔一下，覺得眼前有些花。窗外是黑布鋪開似的天，會客室裏明明燈光亮照着，可他就是覺得眼前的光亮晃得很，有很多很多的金星在晃動，像蚊飛樣一團一團的。

「你們這兒的暖氣太熱了。」他對服務員有些抱怨道。

服務員對他笑了笑，看了看他坐過的沙發和沙發後邊牆上的掛像說：

「你坐過的沙發是鄧小平在這坐過的。」

他又扭頭朝那沙發上看了看，也看了看上邊那叫鄧小平的人，像回頭尋找他丟掉在沙發上的什麼東西樣，因為沒找到，就很遺憾地問：

「首長……沒說下次讓我什麼時候來？」「沒有說。你就回去等他通知吧。」

就從那會議室裏出來了。走了幾步似乎頭暈得想要倒下去，他慌忙閉着眼，把手扶在了飯店走廊的牆壁上。

2

發現這個臘月是自己的地獄是那天晚間的事。從北京飯店出來後，明正在北京城裏晃了一整天，直到黃昏才回到學校裏。

緣於霧霾黃昏臨降得早，不到五點天就黑下來。到了七點鐘，整個校園黑成地獄裏的絞場了。這時明正才發現，整個大學二千畝的校園裏，所有的路燈都如鬼眼懸在半空間，你不到那管燈杆下，壓根看不到頭上還有泥黃色的光。偶而能聽到駛過大街的汽車聲，如一個屬鬼追着另一個屬鬼的嘶叫樣。所有院系的樓房都沉在黑暗裏。文學院、哲學院、新聞學院和法學院，都在這個霾夜消失了。學校的唐宋明清歷史研究所，在這夜裏就是歷史胡同中的幾個光點兒。就這天，明正給觀裏的師父打電話，師父鏗鏗鏘鏘對他說：「找不到父親你回觀裏幹什麼？道教以後就靠你和你的父親了！」今天明正也給雅慧打過電話的。雅慧電話的死音和玉慧師父躺在骨灰盒裏的呼吸樣。放下電話後，重有千斤的盧空朝向明正襲來了，表面看是緣於校

園人走樓空的死寂和霧霾，而在實際上，誰也不知這實重實重的虛空來自哪。

三樓他的房間內，原來燈光都是熾白色，可在這一夜，成了泥黃了。光被天霾薰染了，所有的明亮都如信仰的通道堵死了。空氣裏同樣有種沙苦味，把手臂在空中揮一下，胳膊和手沒有先前那樣的速度了，被無和虛空阻隔了。桌子、床鋪，沒有疊的被褥和床單，堆在盆裏忘了洗的衣服和襪子，掉在牆角的《道家和馬列主義哲學觀》的黃皮教材書，藏在牆上老子出關圖後邊的一張女明星的像，還有《道德經》和各種《註釋道德經》、《釋義道德經》，及混在一塊的流行雜誌和貢主任簽名送他的專著《新編中國宗教正能量故事大全》書。也還有，他在學校門口的天橋地攤上，買來的一本日本浮世繪圖文冊。屋子裏的亂，像人們因為不懂道教就隨意解註的一本一本經書樣；像佛教過多過雜成了一堆笑話的經冊樣。好在暖氣確是好，熱得人一進來就要脫衣服。他就把自己的衣服脫在椅背上，穿著襯衣、秋褲坐在椅子上。肩背靠向椅子時，被皮帶的鐵環頂住了。頂住他也懶得把褲從椅上挪開來。累得很，渾身都凝在了僵硬裏，不知是北京飯店會客室的父子相認讓他累，還是在北京的一天遊蕩讓他累。椅背上的皮帶扣，頂住他的右肩骨，像有根鐵刺在他的肩上戳住般。疼，卻又有一種舒適感。為了這舒適，他用力把背朝

那鐵扣壓過去，還左右晃着肩膀希望鐵扣能紮到他的肩肉裏。果真皮帶扣上那火柴似的扣釘穿過襯衣紮進肉裏了，有股鑽心的疼痛夾着轟入骨髓的舒適，一下電了他全身。哆嗦一下子，他把身子直了直，又試着向後用力使那扣釘再往他的肩肉裏邊走一點，也就果真越發疼痛了，也越發舒適了。

似乎有血從背上流出來，先是暖暖一股兒，越往下流那暖意就越淡越輕淺，直至最後成了冷涼冷涼一股水。再試着讓那扣釘朝皮肉裏面走得更深些，疼痛輕緩了，舒適越發大到劇烈裏。隨後他把身子坐直些，穩着肩，端直頸，讓皮帶上的扣釘一點一點往骨縫裏邊走，果真疼痛越來越少、舒適越來越多了。扣釘已經紮進他的肩肉有三分之一長，疼痛只有三分幾，而舒適好像佔有六七分。

「再進一點兒。」他對自己說着又把肩背朝後擠過去，並且一再嘟囔道：「再多進一點兒，再進一點兒！」舒適的淚，就隨着他的自語掛在眼瞼上，而當他更用力地向後靠去時，為了不讓扣釘歪斜滑出身子去，他盡力讓端平的上身不有半點搖晃和擺動。能感到扣釘和肩膀始終都在一個直角上，像一顆釘子直直被砸進桌面般。「再用力，再用力⋯⋯」血如泉湧了，在襯衣和後背上黏成一片兒，紅豆湯似的在他背上流淌着。到現在，痛感盡全消失了。舒適全盡取代了開始的顫疼和鑽心，渾身的輕鬆像他立馬會

如雲樣飄起來，也如他時常手淫哆嗦那一刻。正如那種快感樣，他渾身的骨肉都在這一刻裏快活着。燈光昏花，地轉天旋，眼前有一個飛輪似的黑洞在高速運轉着，彷彿他的魂靈在他眼前舞蹈樣。就這時，屋門好像響了一下子，有道人影閃了進來了。他盯着進來的那個人影兒，沒有問他是怎麼進來的，也沒有讓來人坐下或者斥責他怎麼不敲門，就突然進了屋子裏，只是在腦裏一遍一遍地問自己，「我沒鎖門嗎？我沒鎖門嗎？」可是鎖與不鎖已經不再重要了，那人進來立在他面前，看着他滿臉是汗，額門上的黃亮如剛從水裏打撈出來的玻璃樣，水粒滾滾滑滑一層兒。

「你在幹什麼？」

明正知道進門來的是多次見過他的無名氏。他不看那無名氏，專心讓肩膀朝後擠過去。從後背流出來的血，順着椅子淌到地面上，又流到了椅子前邊去，似乎還流到了無名氏的腳前面。明正低頭看看椅前邊，好像不是血，而是更為昏花的燈光樣，於是他不無遺憾地又把肩背更為用力地朝後壓一壓，以使血水能更為歡愉汩汩地流出來。

「我來通知你，明天有個副廳長想要見見你，他説你可能是他的兒子呢。」

抬起頭，把目光盯在無名氏的臉上去，看着他的瘦臉和潔淨質樸的衣身子，像盯着不同教中的耶穌樣：「北京飯店……那個父親呢？」「他已經留在中南海裏工作了，怕

他真是你的父親他也不會再認了。」無名氏說着嘴角露出
一絲奇怪的笑，不知是在笑自己，還是笑今天他們沒有認
上父親這樁事。就那麼笑着立在明正面前一步遠，讓明正
清清楚楚看着他，如聖徒看着面前救人於難的摩西般；哀
求着，猶豫着，不知是該從此繼續跟着摩西走下去，還是
從此了斷，再也不跟着他去那所謂奶與蜜卻一路苦難的荒
涼地。屋裏的光亮越發渾濁了，連泥黃的顏色也不再泥黃
了，而是一池黑泥漿的污顏色。他盯着無名氏，無名氏也
在盯着他，屋裏便沉沉靜到深夜裏邊去。

　　「你怎麼不說話？」無名氏很溫和地問明正：「如果
副廳不想去見了，還有一個老教授，學問家，他年輕時候
把他的兒子扔掉了，現在也在找兒子，我們去見見這個教
授吧。」

　　不知道要不要去見那教授。說到學問家，明正第一個
就想到了貢主任，根骨裏便沒了要去見認那意願，就像人
說道教、佛教為一家，其實道家哪知佛家的事，佛家又哪
懂道家的古奧和玄虛。於是就只能那麼盯着面前的人，似
乎要讓他替自己拿主意。「還有兩個處長就排在後邊吧。
處長或科長，若兒子年過二十幾，他也必定到了五十左右
了。五十左右還是處長和科長，人生都到收場時候了──
我擔心找來找去，到末了你父親也是這樣的人。」無名氏
一直站在那兒喃喃着，屋裏的昏熱對他沒有反應樣。他沒

脫衣服，也沒解扣子，不覺熱，也未覺得冷，臉上一直都是蠟黃的慈祥和安靜，如耶穌被釘在十字架上的不急不慌樣；如老子出關後，滿目荒蒼，餓腸轆轆，也還是始終自由自在、自言自語地朝前走。

「我覺得那個副廳長，那個學問家，你可以挑選一個去見認。」說着無名氏朝後退了退，聲音不大不小接着道：「副廳長也是廳局級。學問家畢竟是知識分子呢。知識分子是最懂老子、莊子、孔子的，想一想，你有這樣一個父親也不錯。」

血流到無名氏的面前了。這次是真的流到他的面前了，一世界都是他顧明正的血腥味，都是暗紅和黏稠。明正又用力勾了一會頭，看見自己的血從椅子的前腿拐個彎，終於繞道從右邊流到了無名氏的腳邊上。無名氏看見明正的血流到自己的腳邊後，在他的皮底布鞋前，鞋像水壩一樣把血攔下來，使那血越積越多，有大過手絹一灘兒，烙餅一樣厚，積積聚聚成了黑顏色，如一瓶紅墨水中又倒進了一瓶黑墨汁；且那血灘上，還凝出一層硬皮兒，宛若學校門口商攤賣的煎餅了，把無名氏的半個腳給湮下了。直到這時候，無名氏低頭看一看，朝後退半步，提起淫洇的左腳在地上跺幾下，又抬頭盯着明正有些急地問：

「是先見副廳長還是那個學問家？」

不等有回答，他又替明正選擇選擇說：

「如果這個副廳和教授都不是你的父親了，我建議，處長、科長也不妨見一見——說到底，有父親總比沒有父親好。」

還又說：「至少得知道你為啥一出生，就被他們扔掉了。」

「就權當去聽了一個故事吧。」無名氏揶着血腳繼續道：「你們所有的信仰不是都靠故事才有神的嗎？說白了，信仰就是信故事。世界是靠故事統治的。人都是為了故事才活在世界上。」說着還朝左後看了看，像厭倦凌亂一樣把目光收回來，眨眨眼，下了決心般：「我覺得，明天那個副廳長，或者學問家，只要他們認你是他們的兒子了，你也認下來，千萬別鬧到最後你父親連個副廳也不是，連個處長也不是。」

明正的目光始終沒有離開面前那布衣瘦臉的無名氏，如老子出關一直正西走着樣，他看見無名氏對自己說着時，嘴角又有一絲笑，彷彿笑自己學道走入世界後，又絲毫沒有得到道的正見般。背上的血還在漫洇洇地流。這一陣，為了專注無名氏的話，明正停了肩背朝後靠壓了，寸長的扣釘朝肉裏進了一半歇下了，那種煩解的舒泰也跟着淡薄了。為了留住那種舒泰感，明正再一次用力朝後擠身子，使那稀了的舒泰重又濃起來。可在這股濃舒裏，似乎又夾了一絲撕疼感，讓明正臉上的肌肉扭一下，吸了一口

氣，又用一下力，閉了一會眼，睜開來他問了無名氏一句很早就想問的話：

「商人呢？能幫我在商人中間找找嗎？」無名氏搖了一下頭，像他早在商人中間找過一遍樣。

「我並不要父親有多少錢，幾億、幾十億，有千萬、百萬也好呀。」說着臉上的肌肉緊揪一下子，因為疼痛連說話的嘴都跟着歪了歪。可這次，從後背傳到臉上的巨疼讓他想到什麼了，於是又咬牙閉了一下眼，睜開來就又糾正着自己道：

「不是為了錢，我就是為了找到我父親。」

無名氏把目光瞟到顧明正的嘴角上：

「如果是商人，可他生意折斷了，身上家裏沒錢呢？」

明正不說話。

「一分也沒有。不光沒有一分錢，還欠着別人幾十萬，你認了他他讓你幫他還錢怎麼辦？」

這次明正把目光盯死在無名氏的臉上去，一動不動着，像自己的目光是兩束乾硬的枯枝從自己的眼上架到無名氏的臉上了。就在這一刻，明正又讓自己的上身朝後擠了擠，讓那扣釘最後穿過牆磚一樣穿過他的肩胛縫，鑽到肩胛骨的最裏邊，直至重新回來的疼痛又大過舒適感，他也沒讓自己盯看無名氏的目光動一下。

「真會那樣嗎？」

「有可能。」

「你其實早就知道我的父親是誰吧？」

「⋯⋯」

「他是誰？」

「你最好別問這。」

死靜一會兒，讓屋裏的熱氣和燈光，都如地上的一片血結般，彷彿是為了弄破這血結，明正把說話的聲音提高了：

「你說吧。」

「絕對不能說──說了不是你死就是他死了。」

明正果然不再問，像不再關心了。又眽看眽看面前立的無名氏，突然再次把身子朝後狠命擠一下，直到最後那一擠，覺得肩胛縫裏最密實的地方猶如筷子穿過般，來自骨縫的尖叫聲如牽連兩扇肩胛的筋韌斷開着，他便被那叫聲從椅上拉起來，回身抓起掉下去的皮帶和皮帶扣，讓那一寸多長的扣釘從他的中指和食指穿過去，如手持一枚釬釘樣，轉身就朝無名氏的臉上刺過去。

而這時，無名氏也如早就料到樣，閃一下，旋即拉開屋門出去了。

輕輕巧巧風樣走掉了，還把明正的屋門重又關起來，從容得腳下連個滑兒都沒有。而明正，因為撲了空，腳下又踩了他流在地上的血，滑一下，老古的道塔一樣倒下

去，轟隆聲把整個宗教樓的空寂都給填滿了，使虛無變得古磚石頭一樣堅硬着。

3

第二天，明正醒來時，霧霾依然罩在窗子上。世界沒了光，神也不在人世了。屋門口的那地方，還有雙腳滑過去的擦痕兒。門口的白牆下，扔着他的褲子和皮帶。明正把目光盯在皮帶上，看見誰從門縫塞進來的一張紙條壓在皮帶下。

他下床去把那紙條和皮帶撿起來，盯着紙條把皮帶扔到床上去。讀完了紙條上的字，不驚也不喜，不作也不默，如要想什麼就有了什麼樣，可得到了什麼後，才知道他並不想要那什麼了，於是垂着手，坐在床沿上，目光茫然地望着窗外的天空和世界。

那紙條上的字樣是：

你的生父顧生寶：朝陽區東四十三條倒柳巷133號院。

一眼就認出那是無名氏的字，黑筆團蓬，每個字都如秋日後的草。筆劃多的為一蓬，筆劃少的為一株，無論株蓬都是被暴日掠過的，又被秋霜掠瀘一夜着，蔫蔫着，收了枝葉的舒展和尖翹，縮在一塊兒，卻又分着架構和撇

捺。看着那紙條，默沉一陣子，明正把紙條扔在床頭上，開始洗臉、刷牙，草草把屋子收拾一遍後，出門上街早飯了。

　　神在天，人在地，中間遙遙什麼都沒有。學校如昨日一樣很少有人了，只有那些寫不出論文還被稱為莘莘學子的一些博士、碩士們，還和他一樣留在校園裏。從宗教樓裏走出來，和守門兼收發的那個白髮中年點頭過了禮，到門口站一站，到校外胡同吃了一張天津煎餅後，明正立在中關村的過街天橋上，見橋下車少人稀，如乾涸了的一條河。又望着頭頂塵粒的黑黑和虛實，樣子如思考，心裏卻荒白如從來沒有禾苗的地。手頭的時間太多了，多得讓人生受不起，使人想到哪個觀裏的香火太旺了，旺到每天上香的煙薰使神的眼睛睜不開。

　　就那麼立呆一會兒，他開始朝着天橋下面走。

　　有輛出租車，似乎是專門在橋下等着他。招手、開門，把那張紙條遞給司機看，四十三元就把他送往東二環的十三條胡同裏邊了。倒柳巷在十三條的西端口。端口上果然有一棵三人抱不住的老柳樹。柳樹上釘着一個黃底紅字的標牌兒，「倒柳巷」三個紅字在那牌上被霾塵蓋了一層兒。明正順順暢暢到了倒柳巷。巷子僅有六尺寬，約在當年是只走祥子們拉的人力車，所以才那麼任性和曲彎。臨巷的街牆都是幾年前刷上去的瓦灰色，牆帽瓦都是琉璃

黃。每一家的門牌都還籍在門口的青磚柱上或門樓下的門框上。左邊為單號，右邊為雙號，可走着走着間，明正發現有幾戶人家門牌沒有了，或牌子掉下來，被一個釘子繫在牆上倒掛着。這讓明正的執念有些冷下來，像一鍋煮沸的湯水漸着成了涼水樣。胡同裏沒有一個人，只有一隻貓和一些從哪飛來的冬葉及從誰家牆縫孕出又枯乾了的草。

荒涼得和這兒不是北京樣。

荒涼得和這兒如人走屋空的一巷老城樣。

就那麼一直慢慢朝前走，明正被一種寂落鎮住了，覺得呼吸裏有了急促和不安。這時候，從半空傳來了汽車喇叭聲，和什麼機械的轟轟隆隆聲。這聲音讓他抬起了頭，就看到「133」號的門牌了。院牆也是瓦灰漆，帽瓦也還一樣硫瓦黃。唯一不同的，是老木門上貼着一個篩子大的白封紙。封紙上用刷筆寫着一個赫威威的字 ——「拆」！「拆」字被主人開門時從中撕開了，使那虛掩着的門，昭寫着這年月裏的爭執和對抗。

過去豎在門口思忖一會兒，敲敲門，明正進去了。

原來在這倒柳巷單門牌的這邊上，所有院牆裏的房子坍塌着，一片廢墟的瓦礫和椽木，骨鱗鱗地裸在北二環內的肺臟上，如死壞了細胞的廣場般。在十幾米外的不遠處，有一根房樑從空中斷後紮在地心裏，豎起的斷茬顯着黑顏色，這告訴明正這兒的拆遷已經不是半月、幾個月，

而是過了一年、二年甚或三幾年。就在那豎着的老樑邊，有一間房子沒有拆，一看就知那間老房的平房屋，是這座133號院的廂房屋，青磚牆、刻花窗和一扇關着的門。門前還有被清理出來的磚鋪地，以及門口搭着棚子的臨時灶房和鍋碗。明正朝着那間屋子走過去。他看見靠這屋子旁的另外一個拆遷院落裏，和這兒一樣也還癱着一間房，門口站着一個五、六十歲的胖男人，端着一個醬菜玻璃杯，喝着茶葉水，用很大的北京音腔朝着這邊喚：

「喂──是拆遷幹部嗎？」

那人端着水杯朝這走過來：

「拿錢來──別他媽的來思想覺悟那一套！」

可他喚罵着，又忽然立在一堆廢墟裏，舉起茶杯咕咕喝了幾口水，用更大聲的音量警告道：

「我可對你說，老頭他渾身都是病，今天你要讓他死在那間屋子了，我們倒柳巷的拆遷戶，會抬着他的屍體到天安門廣場去示威！」

然後那走到半途的男人又折身回去了。明正看見他的老伴在他身後叫着他。腳步聲踢着墟地像獅子在荒野的無力狂怒樣。之後闊寬的墟地又歸寧靜着，連不遠處的汽車輪聲和施工的汽錘聲，也都一併不在了。朝着四周望了望，拿手在一壁斷牆上摸一摸，明正忽然覺得自己像立在一片墳場樣，即便剛才聽到那人說面前屋裏還有人，他

也不想再朝那屋子進去了。他要找一個勢運當頭可為父親的人，不是要找個渾身是病的老頭兒。他要找的是獨棟別墅，門口有哨的父親的家，不是一戶被拆遷了的百姓拆遷戶。他甚至，都已經站在倒塌下來的牆柱邊，手扶磚柱要返身回去了，可有個聲音老在他的耳邊說：

「既然來了就進去看看嘛。」

遲疑着，最終還是朝那門口走過去，撩開了掛在門上的棉簾子，一抬腳，人就被屋裏的景況攝住了，無法再轉身走掉了。屋子裏，二十幾平米，竟還通電有燈光。一切的佈設都和拆遷前是一模樣，和明正見過的北京人家一樣兒，舊到發黑的棕板床，堆滿家具的灰磚地，掛滿了衣服、器具的一面側牆像民俗博物館的展板樣。就在那展板旁的迎門正牆上，貼着一張半鋪席大的豔粉畫。畫空是漂浮的白雲和藍天，畫底白雲下的大地上，畫着刺目到死的一口黑棺材。棺材的端口上，在黑白之間的半空裏，又端端坐着一個吉祥嬉笑的胖娃娃。娃娃戴了紅兜肚，臉上的吉祥似有笑聲落在棺材上和地屋間。

這是北方民間正盛行的邪教「生死教」。教主告訴信徒只要相信生死教，生命最少能延續二十年，應該六十為終你能活到八十歲。應該活到八十你能活到一百歲。當然了，若信徒遇到教主時，你肯把你的財富捐給教主一部分，也許你能活到一百二十歲。在明正的道觀山下邊，村

裏的老人多都信這邪教，會把屬兒女的財產，偷偷送給教主以求多活二十年。政府打擊邪教像打擊叛了國的人，可是沒想到，北京竟也有人信這邪教生死教；沒想到，信這邪教的老人正是顧生寶。

屋子裏的空氣有很濃一股煙火味。床頭蜂窩煤的旺火上，有將要燒開的一壺水，吱吱的聲音和熱氣，都在屋裏漫着圍轉着。而就在那生死教的掛像東，靠着牆角和窗口的棕床上，在明正立在屋裏盯着生死教的教畫時，那床鋪發出了吱呀呀的一聲響，像舊家具要掙着身子回到春日樹林樣，隨後是枯乾裂木般的聲音傳過來：

「——又來送菜了？」

明正把頭扭過去。

「——放那吧，我過會兒就起床。」

明正朝着那聲音走過去。他的腳步讓那聲音在床上翻了一個身。那老人出現在了他的眼裏了，臉上的骨骼如一棚木架般，灰白色的眉毛和高挑着的老鼻樑，還有滿是折皺卻蓋不住的四方臉的枯黃色，也許七十歲，也許八十歲，他躺在那床上，如躺在墳墓裏邊樣，一蓬枯亂的頭髮似若墳頭上的草。看見那張臉，明正心裏驚一下。他從那臉上他看到自己的老年影子了。看見自己的魂魄飛出來，藉着那老人，要和他說些什麼話。身子晃了晃，目光旋即移開來，像躲開一個長相總是讓他想到自己的鬼。然而躲

開來，卻又忍不住重又扭回頭，明明自己沒張嘴，卻有一個聲音從他嘴裏傳出去：

「哎——你是……姓顧嗎？」

床上的老人把目光扭了過來了，看見床前的人，不是給他送菜的，微微怔一下，彷彿什麼使他驚着了。他盯着明正的臉，只片刻的懵怔就年輕人樣突然從床上坐起來，目光着火般的急切和燒燙，為了說什麼，他先把嘴裏的一口痰氣吞進肚子裏。明正看見他吞痰時，掛在他肩上的被子落下去，裸在外面他的上半身，如污髒的紗布包裹着的骷髏一樣直在床頭上。窗光、燈光和蜂窩煤的旺火光，把這的屋子照得地上落下一根筷子都有亮顏色，使得老人因為異驚連臉上皮肉的哆嗦都被照亮了。

「你不會名字是叫顧生寶的吧？」

盯着顧明正，老人用力點了一下頭：

「我是顧生寶！」

然後明正覺得自己的身子和這房屋遇到地震了，搖一搖，穩下來，屋裏如地震後的廢墟般，靜到連火苗的撲撲聲和水壺將要燒開的吱吱聲，都猶如餘震一樣晃着和響着。有一隻冬暖的老蒼蠅，從床頭飛起來，在蜂窩爐那兒掠走一點暖氣又飛落到了老人被頭上。明正嘴唇乾得很，很想去哪喝口水。壺水燒開了，從壺嘴和壺蓋下面撲出來的水珠濺在爐上和屋裏。過去把那燒開的老壺提起來，看

見爐火把屋子照得更亮了，連老人裸着如窯洞般的肩窩都能看出深淺來。這時候，明正知道他不光看清老人了，老人也借光把他看清了。且老人似乎認出了他是誰。似乎是為了等着有一天他的到來，老人才一年一年僵屍在這拆遷老屋裏。現在終於他來了。終於認出來的是誰了。他臉上原來那土塵似的枯色這時泛着一層紅，像死過的柳樹又枯木逢春着，泛着暗紅色，要把新的枝芽生出來。他忽然把胳膊抬高些，在空中伸手抓一下，彷彿要將明正朝床前拉一把。

可是明正朝後退着了。他把那燒開的壺水放在爐角邊，又趕腳朝後退了一步兒。

「我沒事⋯⋯我是遊客好奇才拐到了你家屋子裏。」

這是明正走前說的一句話。他為說出這話感到鬆快和脫解，終於打開了一條捆着他的繩子樣，連腳下的腳步也緊急鬆活了。可在他急腳走到門口要重新撩簾出去時，那老人忽然從床上下來了，單穿個又髒又大的褲衩暨在床邊上，一句話又把明正釘在了門口上。

「你是明正吧？我一眼就認出你是我的兒子明正了！」

顧明正重又立下來，半轉着身子朝後望過去。

「沒有錯，你就是我兒子顧明正——」說着老人又朝前挪一步，身子趔趄一下慌忙扶在床頭上，低頭嘟嚷出明正的生日後，又抬頭問着說：「對不對？你的生日就是這個

日期吧？」見明正只是立着不答話，使他不得不拿出最後的證據樣，乾咳一下子，接着又用急快急快的聲音道：「我已經七十八歲了，沒有羞恥了，我就直說吧——你找個沒人的地方脫下褲子看一看，你的那個東西的下邊有塊青胎記。小時候，那胎記像隻死蚊子，現在如果胎記還在它應該長得和指甲殼兒一樣大小了。」

說完他就那麼扶着床頭豎在那，用滾熱的目光盯着明正看，如遞過證據讓明正簽字樣。而明正，只是想走開。他感到了襯衣的後背上，因為出汗已經貼在脊肩了；額上、臉上都有汗水擠出來，粒粒麻麻一片兒。想要走，可又覺得來自床頭的目光繩樣死死牽着他，要走開就必須做些什麼事，把那纏繩砍斷解開來。不知怎麼就想到了錢。想到了錢，如拆遷和賠款連着般，也就想到了身上貼胸口袋裏的那張銀行卡。然而又有些捨不得。這時身後的床頭又響了，好像老人要扶着床頭朝他走過來。要一把死死抓住他一樣。明正想，他若真來抓你了，你就一把推開他，快步跑到屋外邊。他若一下撲來捕你了，你就一下閃開身，讓他撲空倒在屋子裏。反正是他撲來的，不是你將他一把推倒的。可他要一下撲來你沒有躲及被他捕住了，那時你會推着、掙着和他撕扯嗎？會因為撕扯不開就一把卡在他的脖子上，徹底一了百了、乾淨利索嗎？

明正想起了昨晚無名氏離開他時說的那句話：「我不能告訴你他是誰。告訴你了你會殺了他！」明正又一次聽到無名氏的聲音了。「你會殺了他！」的話，棒子一樣打在他的身上、頭殼上。雙手抖得很，急於抓住什麼般，為了不讓自己的手上出汗和發抖，為了證明他不是無名氏說的殺人犯，明正很快把手汗在衣服上擦了擦，將右手伸進貼胸的上衣口袋裏，摸出一個黑皮錢包來，從中取出那張綠顏色的銀行卡，朝窗口那兒瞟一下，把那帶有温熱的綠卡從中用力正反各折一下子，看那卡的中央有斷折白痕了，回身將卡放在生死教下的桌子角，對依然扶着床頭的老人道：

　　「你不是我父親——我也沒有什麼欠你了，該還的都在這卡裏。只要你能把錢取出來——卡號就是我的生日你知道！」

　　然後他就瞟了一眼老人臉上的青黃色，疾步捷快地從屋裏衝出去，到了塌屋外的一片廢墟站下來。

　　外面的霾天忽然白起來，天空中透着暖黃色的光。不知是霾霧褪開了，還是他的心裏闊開了。立在那，他看見東邊近中的天空裏，厚的雲內果真有着白茫茫的光。因為雲的成形和遊移，那白光活脫脫如老子一樣立在雲端上，壯頭圓臉，銀髮童顏，鬍鬚濃如灌叢般，在他那稍顯蒜狀的鼻孔下，每次呼吸都因力道把他的鬍鬚吹得拂動着。明

正驚在那兒了，乃至聽到身後屋裏有了咚的一聲響，如老人倒在了地上樣——聽見那聲音，明正沒有回過身，甚至連頭都沒有扭回去。這是他作為道徒第一次在天空中遇到神祖來。他師父和師父的師父們，都一生虔誠，沒事總朝天空望，可他們一整輩子都沒有遇到神祖這一刻。而明正，似乎從未信過神祖卻在這一刻找到父親時，在天上看到神祖了。他不能在這個時候裏，扭頭去看那倒在屋裏的父親或老人；不能因為他就讓神祖從眼前走離開。明正的臉色從驚怔轉為了滾燙紅，心裏有轟隆隆的震響和顫動，又一次像地震在他身上晃動樣，在這一片墟廢的空曠裏，在他想要朝着神祖下跪那一刻，可卻如老人倒下的聲音這時又從屋裏傳了出來了。沒回頭，沒轉身，但明正的身子僵了一下子。就在這僵的一瞬一念間，分了神的飄忽裏，再次抬頭朝着頭頂仰望時，神祖不在了，原來那道光影又被雲給吞沒了，只留下一攤橢圓的湖光白在頭頂上。

沒來及聽到神祖對他說句話，也沒來及向神祖唸叨一句啥，神祖就被身後的響動替代了，像一道光後的黑暗樣，俗世又鋪展在了明正的面前和周圍，及至還未及咒罵一句俗世間的事，身後跟着又傳來了爬起、走來的吱喳聲，像瘸腿的魔鬼追着他。

聽到那聲音，明正終於在心裏詛咒了一句什麼話，沒有扭頭和靜耳，就快步地從133號院的門裏逃着出去了。

4

　　快極地跑到一家銀行裏，可人家偏偏不上班。又半天跑到下一家，取號、排隊，從窗口遞進去了身份證，說丟卡要掛失，營業員在窗裏操作一陣子，抬頭說你卡上的錢被人取走了，就像說你的碗裏沒飯了，不用筷子、勺子的忙乎了。站在銀行的櫃窗前，明正的腦裏倒了山一般，嗡嗡轟轟，塵土飛揚，兩腿忽然軟得想要癱下去。

　　「全都取走了？」

　　「還有幾十元。」

　　然後人就徹底僵住了，死一般地豎在那，直到下一個銀客拍着他的肩，請他讓開位，他才像被人鞭屍一樣醒過來。走出去站在長安大街上，看看天，天上的烏罩連一絲神光都沒有。看看長安街，寬敞空蕩，路人稀寥，過去的汽車瘋子跑着喚着樣。這時候，他想起什麼了，忽然轉過身，又朝銀行跑過去，見了門口的保安急急問：「五十幾萬元，沒有身份證怎麼就能取走呢？！」保安盯着他的臉，很神秘地笑一下：「你給我一張卡，再給我百分之十的辛苦費，上邊有多少錢我都替你取出來。」天就這麼塌陷了。地就這麼荒落了。世界就這麼在明正面前消失了。沒有世界了，人又重新回到混沌裏，走在人流也如走在洪荒大漠的空寂間。回到學校宿舍栽倒在床上就睡了，神奇

的事情是，發生了如此大的事，明正也竟睡着了。乏累在他身上漫滿得連頭髮都要伸懶腰，睡着的舒適如他見了神一樣。竟還在夢中做了夢，夢見的不是丟錢和找到父親的事，而是和雅慧在床上雲雲霧霧男女着。因為姻緣那雲霧着的事，使他想到父親說的他腿間物上的那顆黑痣了。茫迷着，困惑着，夢遊一樣又從床上走下來，在屋裏略站片刻後，到衛生間的門口上，把開關按一下，衛生間裏燈亮了，凌亂的毛巾、肥皂、牙膏和昨夜浸血、至今未洗的襯衣、襪子堆在盆裏邊，還有不知什麼緣由滾在地上的一卷衛生紙。有兩本蹲便時看的經書和時尚雜誌扔在淋浴旁。其中一本雜誌上，有個女人的裸體畫，在挺着胸乳睜着大眼看着他。他用腳踢一下，將雜誌的裸頁合上了，讓那渾身都是誘容的女人走掉了。就那麼立在廁所小屋的正央裏，忘了想要幹什麼。又猛然想起欲要幹什麼。隨手把廁所門給關起來，還把鎖給鎖上了，並且又用手拉拉那白漆新塗過的門。相信門已鎖死了。相信屋裏沒了別的人。也相信整個宗教樓和整個國政大學的校園裏，不會再有人朝他的屋子走過來。然後就讓自己敞敞蕩蕩在燈光下，把鏡前燈也都打開來，使這幾平米的雜亂亮如朝陽下的垃圾場。就在那垃圾場的最中間，把自己的皮帶解開來，將褲子、褲衩全都褪在腳脖上，不慌不忙拿起襠間的那個俗物半轉着看。把俗物的下面翻到上面來，果然看見龜頭下有

一塊指甲大小的紫顏色，半青半紅，如被水稀釋過的藍墨汁。忽然奇怪起這塊胎記來，竟可以在他天天扶撫的地方躲隱二十三年半。不能讓人信，二十三來年來，這胎記都在他的這個俗物上，每天他都扶用那俗物，竟不知道那俗物朝下的地方有胎記。試着想從那俗物的頭上把那紫色揭下來，拇指和食指的指甲對掐在一起，猛地用力提一下，結果沒有把那胎記揭下來，只是把那俗物下的包皮提了一寸高，直到刺辣辣的疼痛出現在他的包皮上。他把他的俗物放下了，讓那胎記重又回到看不見的地方去，然後癡癡立在那，望着牆上的一道黑影兒，像要問那黑影什麼話，覺得腿間有一股力量衝到俗物那兒了。低下頭，他看見他的俗物勃翹起來了。臉上恥熱一下子，慌忙朝門口望一望，又聽聽屋裏屋外的寧靜和死寂，想起了玉慧師父在雍和醫院病床上死前躺着時，這俗物讓他朝雅慧撲將過去的事。想到了是俗物和讓他來到這個世界上的那個人，便一動不動地站在那兒盯着他自己的醜俗看。他聽見燈光照在他的醜俗上，有吱吱吱的聲音跳在那上邊。朝着那個聲音猛地摑一掌，俗物彈一下，帶回來的麻痛使他一下蹲在了地面上。待那麻痛消失後，他如揪住一個仇家的頭髮、卡住那仇家的脖子樣，雙手撲上去，抓住俗物塵根的全部和卵兒，咬着牙往死裏圍捏着，也咬牙忍着圍捏掙扎着。困痛電流一樣擊打在了他身上。汗像冰粒一樣凝在他的額

上、臉上和後背上，直到眼睛發花時，他又看見無名氏立在他的眼前了。

「你不去倒柳胡同找他就好了。」

他盯住無名氏的那張臉。

「你可以用刀把那塊胎記割下來，割下你就和他沒有瓜葛了。」

把揪住俗醜的雙手鬆開來，從地上站起盯着對面看，並索性把褲子、鞋子全都退下去。將褲子扔到洗臉池邊上。把鞋子踢到牆角裏。他果然從廁所出來到房裏拿了一把水果刀，二指寬，幾寸長，背厚刃利，掂起來和菜刀一樣重。原先買它時，就是讓它既能削水果，又能兼具切菜用。現在這刀排上用場了。從屋裏再次回到廁所時，他把那刀在水上洗了洗，擦乾後用火機的苗火燒着鋒刃烤了烤，消了一遍毒，朝着廁所的寂空冷笑笑，像對着無名氏冷笑了一下樣。可在他的冷笑裏，他的眼前出現的不是無名氏，而是今天在廢墟的上空顯現出來的神祖老子了。老子一襲白衣，近在咫尺，鬚髯銀光，額門兒又高又大，飽滿得如平原上凸鼓起來山包般。明正看見神祖就在眼前時，身子震顫一下子，驚着要朝老子跪下時，老子用他的目光止住明正說：

「孩子⋯⋯你跟我走。」

且在説話時，老子的雙唇碰一下，輕清得如雲從眼前飄過去。可那輕清卻使屋裏一下塞滿了悶重和靜謐。再也沒有一絲一隙的虛空在這屋裏和明正內心了。他從來沒有像現在這樣鎮靜、充實過。魂靈在眼前如一樹蘋果、一季糧食、一張桌子、一把凳子一樣實在和具體。就那麼把刀子放在一邊上，跪着仰望着神祖紅撲撲的臉。「跟我走吧——」又聽到神祖這樣説一句，上前把他扶起來，將地上的刀子重又撿起遞給他：「你已經得道了，在你剛剛抓到這把刀的那一刻，你已經是我們道家最忠實的一個得道信徒了。」

　　從老子手裏接過那把刀子細看着，在目光和刀鋒相遇那一刻，明正頓悟了。轟隆一下頓悟了！眼前的光明和從霾天露出來的霞光樣，又紅又亮，美到目光觸碰上去就再也分不開。額門上又一次掛滿了珠子樣的汗。他拿起毛巾草草在額上擦一下，如關閉城門般，鄭鄭重重朝神祖老子點了頭。將承諾供禮一樣擺在神面前。後邊的事情就如擺完供品上香了，點燃、躬拜和儀式，然後把那信香插在供品前，開始跪在那兒捧着經書吟誦或默念。過程就是這樣兒，按部就班，不慌不忙，出門把手機取出來，撥了一個「999」，用急促不安的聲音大喚到：

　　「快些吧——這兒有人自殺啦！！」

等電話裏也有緊張、不安的聲音傳過來，他回答了對方急問的地址、方位和宗教樓的樓房號，就把手機掛下了。然後在屋裏呆一會，到門口將門鎖打開來，回來把一張凳子擺在廁所正中間，半蹲着比了比他的俗物塵根和凳子的高低後，把刀擺在凳子上，再到屋裏把入院必須帶的衣物用品放在一個袋子裏，最後把擺在床頭很少看過的《舊註道德經》和《新註道德經》，及一本字典也都裝進袋裏後，他就那麼立在虛掩着的門後邊，直到聽到宗教樓外救護車旋轉着紅燈的喇叭聲、剎車聲和衝進宗教樓的一片腳步聲，他才轉身又進到廁所裏，抓起擺在凳面上的刀，舉起來，砍下去，隨着一聲血紅的叫，就像所有的信徒都看見了神的歡呼樣，暴裂的聲音一下就把宗教樓給脹滿了。

前話四

1 菩薩出現在一座繁華的小城後，見小城的街市上，有老婦在一家妓院門口接客，而她身邊躺着的，是她的病之將死的女兒們。老婦人喚：「幫幫我吧，幫幫我吧！」可那些富賈男人，到她面前看看就冷冷笑着過去了。這時候，菩薩走來了，她看着那年過色衰的女人上前問：「你這麼大年紀了，為何還要從事這營生？」婦人答：「我家孩子病之將死，我急需一筆錢為我女兒看病啊。」於是，菩薩過去蹲到那病懨懨的孩子面前，拉着孩子良久默默。這時孩子問菩薩：「你能救我嗎？」菩薩答：「能。」如此着，菩薩又過去站到那女人站過的位置上，開始招客引男。她端莊而雍容，很快面前圍了一群達官貴人們。

就這樣，菩薩和其中一商賈男人拉手進了妓院去⋯⋯

2 菩薩在妓院接客中，有很多男人在門外排着隊，這時她想到她少年時曾想要「嫁給天下所有的男人」了，便在臉上顯出平靜的笑。這一笑，天空中出現了一片祥雲。那些男人和老婦人，都仰頭望着天空的祥雲光。之後菩薩從妓院走出來。把幾塊銀圓放在老婦手裏邊。這時有男人拉着菩薩道：「陪陪我，我給你雙倍的錢。」菩薩說：「不用了，這已經夠她們母子看病了。」

菩薩離開妓院朝前走，而後邊的人，都跪下敬拜大喚道：「神啊！神啊！」……

菩薩就這樣在這個小城救出了九個生病的孩子和九個在妓院營生的母親，同時在後面的路上，還攔截搭救了九個為了活着正被父母送往妓院的姑娘。而她自己，每救一個孩子、老婦和姑娘，都要往紅燈籠下的妓院去一次……

3 終於的，菩薩從妓院獲得了第二次重生。

4 之後鋪天蓋地的死神朝着菩薩壓來了。古朝鮮的傷寒、日本的霍亂、菲律賓的鼠疫……菩薩所到之處,死亡就像蝗災一樣迎着她。於是,她在霍亂、鼠疫中給人熬藥煮湯,在死神裏走着奔跑着……

5 人們把得了瘟疫的孩子投入烈火，而菩薩又從烈火中把哭喊的孩子抱出來。生命是一束束的光，死亡是撲滅光的黑暗；而菩薩，總是朝着黑暗走進去，又從黑暗走出來……

6 一國國，一域域，一地地，一回回，菩薩反覆朝死神走過去，又反覆從死神那兒走回來。而最終，菩薩獲得了第三次重生。

7 三次重生後，菩薩成了芸芸眾生的萬人之神。

8 菩薩中的觀世音。

前話五

千年千年前，承繼了釋迦牟尼佛的菩提薩埵，從悲苦的人世過來了。

千年千年前，老子離開中原，在函谷關留下五千言，出關向西而去了。

他們終於再次相遇在甘肅鳴沙山下的月牙湖，隔水相望，老子大聲對着菩薩説：

「道非道呀。」

菩薩回應説：

「悲亦悲啊。」

老子説：「道滿天下。」

菩薩説：「悲滿天下！」

老子説：「道可治天下。」

菩薩説：「慈愛治天下。」

於是着，他們二人就在鳴沙山下的月湖兩岸，拋開俗念，浴水沐月，談佛論道，解説東人西世和困苦人間，發現佛道之間，有許多相通之處，也有相異之説。談到相通

時，老子的笑聲爽朗灑脫，無羈無絆，完全如天真無邪之孩童，説話聲大如明透人世智慧後的徹悟之音；而觀音之笑，則微微淡淡，臉上透着人世悲苦的難言之色。談到相異時，老子會因為爭執而手拍沙地，仰天而長嘯；而菩薩則無論發生什麼事，都慢聲細語，微傷微愁。他們就這樣談論爭吵，辯論不一，最後老子從甲地抓起一把沙，到乙地讓沙粒從自己的手縫慢慢流下問：

「——觀世音，你説人世悲苦，生命飄零，可你看現在這沙離開它的原鄉從我的手縫流走後，為何連一點苦痛都沒有？」

菩薩道：

「在你手裏流的是天地沙漠，可在我心裏流的是人間血脈啊！」

老子説：

「它是從我手裏流走的，和你有什麼關係呢？」

菩薩道：

「——流自你手，也流自我心。因為我在看，所以它最終就是從我的心裏流走的。」

老子點頭以後笑一笑：

「——既然是從你的心裏流走的，為什麼它流時，我的手上會有酥酥之癢呢？」

菩薩説：

「——我在看，你也在看；可你看不是你手上有知覺，而是你內心生知覺了」。

於是間，老子望着菩薩感歎道：

「我看的是天地，你看的是人間。菩薩啊——你已經不再是那個俗世菩薩了！」

菩薩也望着老子回喚道：

「李冉啊——你也不再是原來那個李冉了。」

這樣兒，他們彼此神唸着，知道他們都已趟過了俗世的河，可以重新共處天地之間、一室之內了，便都繞着湖邊朝着對方走過去，準備再次人間煙火，相擁牽手。可當老子到了月牙湖的對岸菩薩坐過的那個地方時，才發現菩薩因為愛老子，也在同一時間朝自己的那邊走過去。因為雙方是同向而行，所以當老子到了這邊時，菩薩卻到了那邊去。如此間，二人就再次隔沙隔水，彼此頓悟到人之心同而不能腳同，相向才可相遇的最簡樸的真理。

如此菩薩就只好站在老子站過的地方問老子：

「道對做過妓女的女人怎麼看？」

老子答：

「難道佛家能不讓人吃飯而長生？」

菩薩問：

「你能和我同行去人世傳遞慈悲嗎？」

老子說：

「除非你轉身反向我們才能同行啊。」

菩薩說：

「我們有異，我們亦有相通、相同啊。」

老子就隔水隔岸思忖一會兒，突然哈哈笑着喊：

「我知道了，地球是圓的——我們誰也不用轉身朝着相反的方向走，你向東，我向西，有一天我們一定會相遇。到了那一天，我們就能人間煙火、兒女情長了。」

也就這樣兒，二人向東向西，約定徑不斜寸，心不二念，彼此佈道傳教，到了那特殊的一日，在耶路撒冷的聖墓前相遇成婚。所以菩薩就足遍中國、日本、越南、泰國、緬甸、孟加拉、菲律賓、尼泊爾及深落海中的印尼和蘇門答臘和阿拉伯半島等國家；而老子，則穿過北美的蠻荒世界，到古希臘、古羅馬，然後是西班牙、葡萄牙、法國、英國、德國和阿爾卑斯山脈的一個叫布達的古老小鎮，最後從土耳其到達阿拉伯的約旦和敘利亞，而最終，到了他們特定那一日，彼此都到耶路撒冷後，老子並沒有找到菩薩在那兒。於是他在那兒等啊等，沒有等到菩薩卻等到了對世界的一個大認識——啊，原來地球並非真的是圓的，而是橢圓形，即便二人向東向西，腳不斜寸，也是不能真正相遇的，更是不能成為婚人的。於是老子明白他為什麼沒有在這一日見到菩

薩了，就在那兒的石牆上，刻寫了「道非道，亦可道」六個字，離開那兒去重新認識世界了。

而菩薩，之所以沒有在這約定的一天趕到耶路撒冷這兒來，是因為那時候，人類有了傷寒和瘟疫，天下的苦難絆延住了菩薩的腳。

01 貢主任

正月十五開學前幾日，就有學生斷斷續續回到學校裏。清冷了一個假期的校園醒來了。枯乾了枝葉的樹，和各院系門口的燈籠及寫着「為了安全和藍天，禁放鞭炮與煙花」的標語們，都又有了機趣和熱鬧。有學生專門在寫着「禁放」的下面放個二腳踢，看見走來的校長和教授，還會對他們笑一笑。

而校長和教授，也對他們笑一笑。

北京又回到原有的熱鬧裏邊了。

離城回家的人流走水一樣重又湧往大街上。閉門了一個年假的酒店和商舖，再又開門營業着，連校園的餐廳、商店也都開始人進人出、絡繹不絕了。一滿假期裏，貢主任都在家裏寫論文，大年初一還湧寫幾千字。專著的秋收就在時間前邊等着他，《體育拔河與各宗教間的矛盾融合論》的最後一章節，近尾收筆，功大告成。寫完這一章，附上一筆來自信仰捐贈的淨款後，專著就可印刷出版了。到了那時候，因為這專著的出版並獲得全國理論著作科研最高獎，培訓中心也許就果真被納編成為大學的一個院，

那麼大家的正處或副廳、專家和權威、教授與地位，這一切一整的矛盾也都套解了。現在終要寫完這最後一章書，心裏愜意他就擱筆從家裏到了學校裏。

宗教中心有錢主任也就有了錢。年前他買了一輛寶馬車，來學校他是開車到來的。因着宗教中心的特殊性，信徒要比學生多放幾天假，開學日是正月十五過後第一周的星期一。正月十五這一天，天還冷實着，零下三、四度，貢主任把車停在宗教樓的門前邊，穿着羽絨服，圍了長圍巾，推開宗教樓的大門時，一股暖氣衝過來，使他渾身立馬燥暖起來了。看見大廳裏除了灰塵和不知從哪飛進來的鞭炮紙，整棟樓連個影人都沒有，他就在大堂站一站，脫下羽絨衣，解了長圍巾，自己動手聖徒一樣掃起大堂來。掃地時，他還哼着歌。掃完地，將掃把戲台上的武生一樣揮了幾圈兒，打個體育旋兒才將掃把靠至牆角上。到了辦公室，正哼歌擦桌時，門被推開了。站在門口的，竟是回到西寧青海湖的尼徒柳雅慧。她像被趕走又自己回來的孩子一樣豎在那，懷裏抱着一個很大很大的娃娃玩具盒，臉上僵着一層乾巴巴的笑，上身穿一件寬鬆紅毛衣，下身穿了一件淨灰色的褲，褲紋繃得和剛剛熨過般。在她那僵着一層笑的圓臉上，鼓着幾粒凍瘡和塗了一片的黃瘡膏，使她整全一張臉，都如貼了一層黃紙般；手和腳，因為凍瘡包了白紗布，腳趾露在拖鞋外，腳面紗布上滿是浸出來的瘡膏油。

貢主任豎在桌邊上，擦桌子的抹布僵在半空裏，驚驚地打量一番雅慧忽然問：

「你，怎麼回來了？西寧能有……這麼冷？」

雅慧說：「青海湖一冬都是二尺厚的雪，連靜庵寺都被大雪壓塌了。我不回來老天會把我凍死、餓死在那兒。」

主任就那麼僵僵站一會，重又坐在凳子上，臉上堆着一薄青白色，將目光從雅慧身邊朝門外望了望：

「我們說好你不再回的呀！」

雅慧說：「庵塌了，我沒處去了呢。」

貢主任就想了一會兒：

「你師父的後事……安置好了嗎？」

「佛葬了——我給師父和她師父一樣在靜庵寺裏為她立了塔。」

然後貢主任把手裏的抹布扔在桌子上，有些無奈地起身到門口，朝走廊望一望，關上門，臉上有了放下心的平和色，回身拉一下雅慧的紅毛衣，指指沙發讓她坐到裏邊沙發上，自己把辦公室的屋門關上後，回來將椅子朝離雅慧遠些的地方拉一把，又坐下沉默一會兒，才又肅嚴地盯着雅慧的臉：

「你是想明正了才要回的吧？」

雅慧的眼睛瞪大了，她看着主任過去把手裏的娃娃放在主任面前桌子上，站在那兒盯着主任說：

「我回來是為了佛，為了我師父 —— 佛和我師父都讓我回到北京來，有一天也把她們從西寧那兒接到北京來。」

主任就把目光一絲不留地還到雅慧臉上去：

「你知道明正住院的事情嗎？」

雅慧滿眼滿臉都是空茫和問疑。

「他大腿那兒長了瘤。」主任很奇怪的笑一下，「偏偏是那兒，不得不在那兒做了手術啦。」

又是一陣靜，像雅慧遇到了一場弄不明白的意外樣。她一直盯着主任看，一直想着「大腿那兒」是哪兒，直到主任又想到了一樁別的事，用慎重、慎重的語氣對她說：

「回來別人問你師父的事，你知道怎麼回答嗎？」

雅慧把思緒從「大腿那兒」拽回來：

「我就説她在靜庵寺裏養着哪。」

主任點了頭，也跟着靜了一會兒：

「既然回來了…… 如果我需要，回來你能配合中心為我做些事情嗎？」

雅慧默默地看着貢主任的臉。

主任説：

「比如説…… 要你做一個模範學員啥兒的……」

雅慧臉上有了一層紅。

「不讓你做脫教入黨那事兒。」說着主任把身子晃了晃：「是想讓你好好聽課記筆記，上邊有人來了解教學談話了，需要什麼話你就說些什麼話。」

雅慧很放心地點了頭。

然後他們沒話了。好像該問的主任都問了，該說的雅慧都說了。樓道裏有什麼聲音響了響，接着又被靜謐給遮蓋了。窗外邊，返校回來的大學生，每個人從窗前那兒過去時，都會朝這屋裏瞅一眼。這一瞅，雅慧覺得自己該走了，就起身謝着主任朝着門口走過去，然到主任身邊時，主任突然站起抬手在雅慧的頭上摸了摸，像一個父親去摸他長高了的女兒樣：「你的頭髮長長了。」這樣說着話，主任又把身子朝辦公桌邊挪了挪，離雅慧遠一點，拿起雅慧送給他女兒的金髮娃娃盒，翻着看看道：

「哎——我說你們靜庵寺如果真塌了……真塌了你不妨在北京買個房，徹徹底底就住在北京不回了。」

雅慧便立在門口聽着貢主任的話，心裏熱一下，把手合在胸前向主任深深鞠了躬，主任便看見她頭上的髮旋兒，又大又圓，像一枚硬幣一樣亮在她的頭中間，緣此他也就想到另外一些關於錢的事情了，猛地在頭腦中有了一個集資湊錢的計劃了。

02 信眾們

開學了。

愉悅熱鬧的事情一樁接一樁。首先是雅慧臉上的凍瘡好多了，不再那麼鮮明奇癢了。接着是信眾返校報到那一天，很多信徒見面都不再行施教禮了。佛教徒不撚佛珠行施合掌禮，見了同學就上前擁抱和握手；道教的，也不注意先邁左腿合掌在胸口，無論是面對基督教還是伊斯蘭，都大笑着上前緊緊抱住拍肩膀。

「——想你啦！」

「——我也想你啦。今天晚上到我房裏喝一杯？」

然後左右看一看，像怕被人窺着聽到樣，見周圍沒有人，就又大聲嚷嚷道：「到我房裏吧，我們教比你們教的金主多。」

景況很像同事、兄弟多年不見樣，問好、敍舊，接着還喚着「共產主義啦——共產主義啦！」就把帶來的各教當地的特產拿出來，手大腳大地分給教友同學們。從西北來的伊斯蘭，多都帶了枸杞和紅棗。新疆和西藏的佛徒們，帶的是葡萄乾、藏紅花和冬蟲夏草的貴重物。江浙那

邊的，天主教、基督教，帶的都是龍井、糕點和他們教堂囤積下的普洱餅。一個宗教樓，就像了中國地方物產的博覽會，來自貴州信徒的茅台酒，來自蒙古信徒的酥油糕，來自中原少林的「好想你」棗片和產自開封、洛陽胡辣湯的佐料和酸漿麵的真空包裝粉，還有泰山和尚帶來的太原醋和武當道士帶來的湖北熱乾麵的芝麻醬。

雅慧得了許多好東西。田東青阿訇給了她一盒枸杞子；王昌平牧師給了她一盒來自福建武夷山的烏龍茶；水粵師父給了她一盒據說是從香港買回去的比利時的巧克力。更為新奇的，是雲南少數民族的一個神父帶了很多包裝好的雲南米線包，當場從他屋裏拉出一張桌子來，擺了十幾個一次性的白塑碗，每個碗裏放一包米線和一包米線的佐料粉，燒水並泡粉，讓同樓所有的同學信徒們，都到走廊上品嚐一碗米線粉，把整個宗教樓的七層都串成雲南少數民族的辣味了。

那一天，每個信徒都給老師送禮品，使得宗教中心的教授、講師們，每個人回家都大包小包的，用箱裝，用繩捆，開車的裝滿了車的後備箱，騎車的後架上和搬家遷徙樣。黃副教授有許多吃不完也拿不回去的，就讓外院、外系的老師、同學過來拿走了。

外院、外系的老師和同學們，就都分外羨慕宗教中心的和諧富有了。

然而顧明正，這一天沒有出現在返校報到的學員裏。雅慧樓上樓下去找他，也還是沒有看見他一絲一寸的身影兒。

03 田東青

上課了。

新學期的第一課，是「黨中央關於各民族、地區宗教之間團結、融合、穩定的重大意義」講。課堂還是一樓的階梯老教室。老教室裏的座位、窗簾、講台、牆壁和牆壁上的宣傳畫 —— 各屆中國領導人的畫像和他們關於宗教的指示和語錄，還有教室水泥地上的裂紋兒 —— 南邊過道上的裂紋呈着蛇行線，北邊過道上的裂紋橫七或豎八，像倒在地上的一片十字架。而講台兩側的牆面上，誰畫上去的清真寺和寺內一片聖徒跪着的白帽子，也都還是原來那樣兒，似乎落上去的灰，也還是上學期的灰。

空氣也還似上學期的空氣留在教室裏。

窗外的物物景景們，天上的光和雲下人們看不見的神，還有半空的枝丫和枝丫上飛來飛去的鳥，也都還是上學期常落那兒的那些鳥，和常凝在那兒的那些雲。什麼都沒變，連教室門口台階上的磚，去年它是黃顏色，今年它也還是黃顏色。也還許，明後年它還是這種黃顏色。然可信徒學員們，歇過一個多月的假期後，從各個教堂、寺廟、道觀、

清真寺和家庭的兒女身邊重返學校後，就是覺得什麼都變了，任甚都不再一樣了。空氣是新純的，日光也是新純的，彷彿樹木也都和新栽上去的樣。連各自宿舍裏的床，似乎都有誰在假期裏把它從一個地方搬到另外一個地方了。

新鮮總是蕩激人的喜悅心，就有信徒去上課時候哼着歌，唱着各種曲兒如晨時的百鳥放聲樣。有人唱着讚美詩，有人聽着手機裏的梵樂《大悲咒》，還有人唱着她最拿手的流行歌曲《同桌的你》和《外婆的澎湖灣》，大家就都提前到了教室裏。九點鐘的課，八點半教室坐了一大片。見大家都提前來上課，貢主任就親自來給大家發放上學期的考試成績單。每人一張紙條兒，紙條上打印着各個信徒的姓名、法號、職稱和教別。在這些目欄下，是上學期各門課程的期末考試分。有「中國宗教的社會主義特色」、「馬列主義宗教教程」的必修課和各個信徒學員的一些自選課。這些課目後，是他們考試的單課分和幾門課的總分和平均分。成績單發到大家手裏後，眾信徒們看一眼，都迅速在臉上放出一層光，連那幾個年過七十、八十的大師也喜得和孩子一模樣。

「——貢主任，你真好！」有信徒舉着成績單兒大喚到。

「——貢主任，你才是我們最該敬的一尊神！」又有更大的聲音喚叫着。

隨後教室裏起了一波鼓掌聲，劈里啪啦，久經不息，把整個的宗教大樓都掌得搖搖欲墜了。

原來每個學員的每門成績都不低於 90 分；原來每個學員的平均分數都在 92 分至 95 分間。還有個別學員的個別選修課，比如你選修了「本教與共產黨的領導關係論」，在那答卷裏，是要明確回答：「黨領導一切 —— 也包括領導宗教信仰嗎？」倘若回答「是」，必得回答為什麼；倘若回答「否」，更是要答為什麼。這問題，尖銳到碰到牆壁都能穿出一個洞。為了避開這銳利，許多信徒不修這門課。或者選修了，在 A、B 卷的考試裏，也有意不去回答這問題。然在事情末，卻還是有信徒修了這門課，還明確在試卷中答了是黨應該領導宗教這問題。於是間，貢主任就給所有回答這問題的信徒都是滿分一百分。

一百分，掌聲怎麼能不雷動呢。怎麼能不掌到讓教室裏的塵灰起舞呢。可就這時候，一直坐在教室西側的阿訇田東青，鬱鬱地站了起來了。他臉上僵着一層青，受了羞辱樣，盯着他手裏的成績單兒看一會，朝向台前的主任走過去。他把主任拉到教室一角上，看有信徒在盯着他們倆，又把主任從側門拉到教室外，站到門口放有那個硫酸瓶的竹池旁。

「貢主任」，輕聲叫一下，田東青停頓一會兒，「這個班裏沒有人比我學習好，沒有人比我學習更認真，每門考

試的試卷上，每道題我都能答上來。可每張試卷上，有的題我有意空着不回答，有的有意答錯它，有的問答我又把它答的百分百的準 —— 我知道我每張卷子最高分數不會超過65，最低分也剛好能及格，可你為什麼要每張卷子都給我90分或90多分呢？」

「怕考高分你就不要來這培訓呀！」貢主任的臉上僵有白色了，他生氣地閉了一會嘴，將目光朝遠處看看收回來。「來這上課的，必須是平均分數都是90分。如果有一個平均分數不到90分，整個班在國家宗教協會和統戰部，就不能被評為優秀宗教培訓大師班。不能被評為優秀宗教班，全班這上百個學員晉升宗教大師的名額就會降下來。降下來 —— 大家的工資、醫療和住房 —— 也許你們伊斯蘭教沒有這問題，可人家那些有社會職務的神父、牧師和佛道、居士們，你怎麼知道人家不在乎這些分數呢？你忍心因為你一個誤了人家一群嗎？」

主任說：「大家是信徒，也是社會人。是社會人就得考慮這晉職、稱號和待遇。要不考慮他就不是人，而是了神。可是神不就更要替人着想嗎？神不替人着想人還要神幹什麼？」

又朝邊上看了看，朝天上看了看，像要從身邊或天空拉神過來當面問問樣，可因為身邊沒有神，天空連一絲白雲都沒有，於是主任就有些失望地把目光收回來。「你說

呢？」問着田東青，把聲音小下去，見田阿訇只是把嘴閉着不説話，貢主任便拿手在他肩上拍了拍。「上課吧——我知道你是真信徒。真信徒就要為不是真信徒的別人去着想。不為別人着想了，世上就真的沒有信徒沒神了；有神也沒有真的信徒了。」

　　説完主任又朝教室走過去，看見今天從國家宗教研究院請來的教授已經從另外一個門裏進了教室裏。而留在原地的阿訇田東青，豎在那兒望着主任的背影和教室裏的同學們，腦子像被人挖空帶走了，腦殼裏亂得彷彿關了千年的城門般，然當他過了幾秒想到應該怎樣辯解並回答主任關於人和神的理論時，上課鈴響了。鈴聲和清真寺的鐘聲樣，鐘之後，一切的雜念、疑問都應該從阿訇們的腦裏清除去，讓頭腦潔淨明聖到如佈道者手裏托的白布般。於是就將手裏的成績單，折疊一下撕開來，再疊在一起撕開來，最後將一把紙屑扔到那蓬竹後的硫酸瓶兒上，才又回了教室上課了。

04 主任、雅慧和明正

開學一周雅慧都未見到顧明正。直到新的一周過去了，又一個周五到來後，班裏已經上了三節課，明正還沒有返校出現在宗教樓。

雅慧有些忍耐不住了，周五下午上課前，她又去敲了顧明正的門，回她話的是屋裏的死寂和臨舍幾個道長的笑鬧聲。從那得道悟世的笑鬧裏，雅慧覺得道教就是面對世界的鬧鬧鬧，鬧着吃，鬧着笑，鬧着看天看地看人合。她在那笑鬧裏邊站一會，下樓剛到大廳樓梯口，碰到了朝外走的貢主任。貢主任夾了他打印好的專著稿，拿了數萬元需要預付給出版社的出版金，到她面前忽然立下來：

「雅慧啊，中心決定從下周，由你接替明正去中心幫助工作做助理。」

雅慧就豎在樓梯角兒上：

「我……怎麼行？明正哪？」

「明正那病的要命你比誰都清楚，他要求不幹也就不幹吧。」說着主任撤着身子外走着，像要急急趕進考場樣。

雅慧就追着主任大聲喚：「貢主任……」

「你不想進步啦？！」貢主任在路邊停車場上立在他的白色寶馬旁，手拿着車鑰匙，很親切地問着呵斥着，然後一開車門就打火走掉了，留下雅慧像是一個去收秋的人，面對着被摘走果子空留下的一樹秋天樣，立在那想這麼大的一樁事，竟就這麼順路捎腳的一言九鼎了，沒有規規正正的談話和說明，也沒有徵詢她的意見問一問。也就立在中心大門口，看着貢主任的轎車轉眼融在校園人群裏，迷惘迷惘的回身朝着教室走過去。

沒想到，顧明正竟獨自呆在教室裏。

幾節課後大家都對上課沒有新鮮急力了，一切又都恢復到了常正教學的一日一日間。鈴聲響了都從宿舍端着茶杯走出來；鈴聲不響就在宿舍祈禱、誦經、打坐或者看電視、嗑瓜子，再或下象棋。上課已經不是一樁神聖的事，只是一件培訓的營生和應酬。已經很少有學員再提前端着泡有枸杞、紅花和冬蟲草的茶杯早早坐在教室了。已經有學員去找中心說：

「怎麼不拔河了呢？發現所有的宗教課程最好的還是體育課。」

雅慧走進教室裏，看見最前排中間坐着一個人，頭埋在胸前看着什麼書，道士還是和尚的袍肩像兩個秋萎的南瓜擱在半空裏。望着那兩個灰黑的肩頭看一會，雅慧快步走到最前排，大聲訓斥一樣叫：

「顧明正！」

明正抬起頭，臉上掠過一層驚黃色。他人瘦了一圈兒，連顴骨都有些凸跳凸跳了，且眼角那兒還有了很深兩道紋。他猛然看見雅慧豎在他面前，要欠身立起時，腿間疼一下，臉上顯出一層白，像身上的那兒牽拉着不讓他站起樣，於是又慌忙把屁股沉下去，瞟着雅慧身上的毛衣看一會，沒説話，苦笑一下子，把頭朝懷裏的書上低了低。

雅慧驚着問：

「你什麼病？瘦成這樣兒！」

明正再次抬頭把眼睜得大一些：

「沒啥病，好好的。」

「你不説我也知道你是啥病兒」。雅慧就在明正身邊坐下來，很正經又很玩笑道，「我師父活着時候跟我説過這種病 —— 佛叫『報應症』；道叫『神罰症』。」

然後他們誰也不再説話了，彼此就看着，目光在半空碰得叮叮噹噹響。教室外邊是昏花色的日光天，如太陽想要出來又不想出來樣。窗前樹稍落上去的鳥，宛若不是鳥，而是一團窩兒擎在枝頭上，若不是那鳥突然飛起來，你會以為鳥兒本來就是窩，窩兒又本來就是鳥，它們原是一家一樁兒事。好在那鳥飛走了，枝頭又光光禿禿了，鳥又成了鳥，枝就成了枝。雅慧不知是什麼時候把目光從窗口望了出去的，待那鳥兒飛走後，她收回目光聲音變得柔和了。

「給你説個事 ── 我説了你誰都不要説。」

明正有些驚地望着她。

雅慧説：

「我想還俗了 ── 想在北京這兒買房了。」明正瞪大了眼，一動不動盯着雅慧的臉。他看見她臉上最後一個有些模糊的凍瘡豆，像陷在她臉上的一粒豌豆般。雅慧拿手去那豆上摸一下，又接着笑笑嘟嚷道：「沒想到今年西寧那麼冷，靜庵寺的正堂都被大雪壓塌了。」然後她在那瘡豆結上撓了撓，把手指拿到鼻前聞一下，又有意無意把目光在明正的袍襠那兒落下去。這一落，明正的臉色僵白了，還有一層薄薄的辱怨在裏邊。他沒有對雅慧説什麼話，只是嘴角很奇怪地咧一咧，異異靜靜一會兒，待教室門口有了腳步聲，便合上手裏那本《新解道德經》，扶了桌子站起來，不急不慌地朝教室外邊走。

雅慧在他身後望着他，見他走路把身子弓起來，蝦米着腰，偶爾還拿手去牆上扶一下，也便有些當真愕錯了，看着在他身上大了許多的黃道袍，人像架子舉着道袍樣，慌忙起身跟着明正走出去。

明正乘電梯上到三樓上，雅慧乘下班電梯到了三樓上。在二樓的走廊裏，他們沒有碰到別的道徒或信眾。進了三〇九的房，像走錯了門一樣，雅慧立在門口上，不敢相信這個就是明正原來住的那個三〇九。一個春假一個

月，加之開學後的這兩周，前後也就四十幾天吧，這個三
〇九的屋子已不是原來那間屋子了。那個明正似乎也不是
現在這個明正了。雅慧被三〇九屋裏的齊整驚着了，原來
堆在牆下的水盆、水桶、拖把不在了。總吊在牆上晃悠的
衣勾兒，也又回到牆上規整着。屋子裏變得和死愛淨潔的
女徒屋子樣。老子的像，掛在床頭上，焚香爐擺在像下牆
上的嵌板裏。床前的黃漆寫字桌，擦得能照出天上的神們
在哪兒。而那桌角上，除了道教的經書和經解，就是研修
班所有的教材和書籍。一個筆記本，兩枝圓珠筆，還有一
本字典都在桌中間。看看那齊整，再看看立在床邊桌角的
顧明正，又瞟瞟屋裏清水擦過的地板後，雅慧把目光壓着
攔在明正的身上和臉上：

「你真的⋯⋯那兒手術了？」

明正看着她，好像點了頭，又好像沒點頭。

「是貢主任跟我說的呢。」停頓一會兒，雅慧又把目
光在屋裏掃一下，再次落在明正的臉上、身上問：「真的是
貢主任說的那病嗎？」問完似乎是等着明正回答她，可看
見明正動動嘴，又把嘴唇閉上了，只是在嘴角留着一絲淺
黃色的笑，她就把自己的雙手拉到胸前合了掌：

「阿彌陀佛 —— 你真心皈依了，我雅慧對你也算有了
功德了。」

這時候，走廊上有了腳步聲，他們都隔着半開的屋門朝外看，等那腳步由近至遠後，明正直起的肩膀又微微塌一點，把目光擱在雅慧的身上和臉上，蕭蕭嚴嚴問：

「你真要還俗了？」

雅慧用力在臉上擠出一層笑：

「沒想到我離開北京會想北京。今年青海湖那兒特別冷，三間正廳的庵堂被大雪壓塌了兩間半，所有的冬鳥都凍死在湖面上。你說我不回來怎麼辦？」

明正又閉了一會嘴：

「別的呢？」

雅慧問：

「什麼別的呢？是我師父還是我買房的事？」

明正不在說啥了，如後悔剛才問的話。沉悶像神在牆的那邊就是不願過來樣，而這邊的信徒們，知道神在牆那邊，卻又無力穿牆走過去，就只能在牆的這邊呆立着。一秒鐘，兩秒鐘，三秒五秒後，雅慧把目光在屋裏瞅了瞅，忽然笑一下：

「顧明正 —— 我要在北京買房你能借給我錢嗎？」

明正怔一下：

「借多少？」

「越多越好啊 —— 能借多少是多少！」

明正想一會：

「要沒有多少呢？」

「有多少？」

「只有幾千塊。不是原先我和你說的幾十萬。」

雅慧在臉上怔一下。她不再說啥兒，嘴角朝上翹了翹，又把雙手在胸前合了掌，將目光從明正臉上收回來，默默立一會，異常規整地朝着明正鞠個佛家躬，行了告退禮，不言不語地朝着門口走。可到門口出門時，她又立下轉回身，將聲音抬高一點盯着明正問：

「說實話——我要和你結婚你會把你的存款給我嗎？」

明正猶豫一下沒說話，只是動動嘴唇又把雙唇閉起來。這時候，兩個人就都盯着對方看，一秒兩秒的，十天半月的，或一年二年的，待彼此的目光盯得都累了，明正扭頭看着牆上的老子像，又看着老子像下的那把高椅子，再把目光從椅子上扭到對面床上去。床上的被子疊成條狀順在牆下邊，被子的中間放着他從醫院帶回來一打病歷、照片和醫檢資料書。他似乎是想拿那病歷資料給雅慧看一看，可又見雅慧也在看着那病歷，就等着雅慧自己去拿那病歷看，等着雅慧再問他一句病的什麼事。可雅慧，看着那病歷，臉上掛了一層經過許多世事那種黃燦譏嘲的笑，將目光從那床上收回來，喃喃說了一句話：

「我還以為你們道家心裏真的除了天地和自然，就沒有錢和東西哪。」

說完走掉了，如掀過去了一頁唸完了的書。

05 雅慧、房姐和主任

1

雅慧就這麼到中心辦公室裏上班了，接替明正成為貢主任的助理了。一天一天的，半月一月的，接電話，送報紙，給貢主任的辦公室裏擦桌和打水，給別的很少見面的教授、講師將信從辦公室的門縫塞進去，然後學學打字也就學會了。替中心到財務室裏送送簽字的發票也就報銷了。宗教培訓班的課，想聽就去聽，不想聽了就不聽。學員們，先還對她閑議幾句啥，末了未等議論傳到雅慧耳朵裏，也就風吹雲散不再說啥了。

終歸閑議沒有上課、禱告、進香和禮拜更重要。

時間過去着，彷彿雲在一日一日飄移着，到了初春時，雅慧把辦公室的業務弄熟到如她合掌在胸的阿彌陀佛後，心就開始移往她要在北京的買房上邊了，有事沒事都往校外跑，去叫「麥田」和「安居」的房介所，跟着人家去看二手房，也到偏遠的地方看新房。到這時，她才明白北京為什麼才是北京了。原來在西寧，一大套的公寓房，到北京只能換人家一間廚房或廁所。原來有十萬塊錢以為

是天大一筆款，在西寧的郊區差不多能蓋兩層樓，捐給廟裏可以單獨給賜主立塊碑，可到北京後，這錢只能買半鋪席或一鋪席的睡地或是安放壽材的一棺地。可就這樣兒，雅慧還是決計要買房。師父和靜水庵，給她留有二十幾萬元，她自己也月存日積有幾萬，這樣就有三十萬。她買房不是看上了房，而是看上了學校對面那條叫玉建街的街。步行道，一里、二里長，一街兩岸都是老瓦房。老瓦房的每間鋪房都是門簾和小市，賣吃的、賣穿的，理髮館、化妝屋，賣冰淇淋的小店和電子遊戲室，一門一超市，一店一商家。家家的超市、門店玻璃上，又都畫着卡通彩圖寫着英文字。每天那街上的行人、遊客都如西寧戈壁灘上的鵝卵石，住在那街旁，就像天堂的鄰居樣。

因為心儀這條街，也才看上了街東玉建小區塔樓二十二層的一套公寓房。一室一廳戶，五十平方米，千説萬説也要二百來萬元，合為一平就是四萬元。本來是被這二百萬元嚇着的，可那售樓的房姐比她大幾歲，高肥一些兒，臉上的韻味也野得多，像經歷為她存儲了許多風月經驗樣。她拉着雅慧的手，姐姐樣給雅慧算了一筆賬，説雅慧只要先交四十萬，她就能給她貸款一百六十萬。然後她就問雅慧：「你一月收入有多少？」雅慧説了市宗教協會每月能給她下發多少錢，説如若碰到信佛的，化緣也能化來一些錢，然後那售房的姑娘聲音亮起來：

「太好了！你每月的工資正好能還這利息。」

「還了吃什麼？」

「在北京隨便做些什麼就能養活自己了，何況你們的緣錢還和流水樣。」她替雅慧想着道：「守在北京就是掃大街，撿垃圾，一月也能掙萬兒八千塊，何況你漂亮得和仙樣，去化緣誰忍心不給你一筆佛緣錢？」之後她們又說了很多話，還請雅慧在玉建街上吃了一頓飯。吃飯時，她很神秘地告訴雅慧說，你別信別人說的玉建街就是從前的獄監街，玉建小區就說從前獄監區，是專門關死刑犯人那樣的話。現在是新社會，是房子一天一個價格的瘋漲期，今天你把這房買下來，過半年這房準能一平方漲上一萬元，你一轉手就能掙出五十萬；過一年或兩年，一平米就是六萬元，不知不覺你就掙了一百萬。

雅慧被她說動了，不去想那「玉建」、「獄監」的事，只是跟着大起來的錢膽走，算計師父圓寂了，上邊的宗教協會不知道，每月的工資也都下發在她名下，貸款還息不是難事情，也就在三月中旬周一上午十點鐘，隨了房姐到玉建小區去看了那套房。那房裏有窗子、客廳和廚房，廁所裏的馬桶還是新換的。說不上房好房不好，可從樓上的窗口正能看見那條步行街，這就覺得房好了。而窗子對面的陽台上，人往那兒一站抬起頭，能摸到天上的雲和雲上的光，仿若陽台是通向天的台階般。這就讓那房好到不能

再好了。接着從雲上走下來，身披祥雲帶着光，幾分鐘就入世到了大街上，想看什麼有什麼，想吃什麼有什麼，如一轉眼到了天堂邊的超市樣。

雅慧從那房的窗口望望大街把目光收回來，落到房姐的臉上自語着：

「我想買⋯⋯」

「那我等你三天吧，」房姐說：「到時候你不交訂金我就賣給別人了。」

雅慧臉上又有了一層暗淡色的雲。

「其實你買也不一定真的你花錢，」房姐說着在雅慧的臉上看了看：「我見過一個姑娘遠遠沒有你好看，她想買房身上沒有一分錢。可從讓我領她看了房，三天不到人家就領着一個男人來替她交了首付款。」

雅慧不明白地再次把目光落到房姐臉上去。「這就是北京、上海大城市的好，」房姐說，「只要年輕又漂亮，再真的沒有談過男朋友，有很多男人都願意為她買房和買車，每月還給她幾萬塊的零花錢。」

雅慧明白房姐說的一番言意了，她雙手合掌在胸前，虛閉一會眼，抿了一會嘴，心裏唸了阿彌陀佛經，默過一會朗聲道：

「房姐啊——你忘了我是玉尼了！」

房姐就把聲音亮起來：

「那要是有人專門喜歡玉尼呢？」

雅慧就把合掌從胸前提到下頜上，真的閉着眼，真的從嘴裏唸叨出了阿彌陀佛經，然後睜開眼，責怪地看着房姐的臉，又看看屋門口，抬腳朝門口哪兒走。這時房姐愣一下，慌忙追上兩步連連說了幾句「對不起」。說了幾句「我該死」。還又慌忙拉着雅慧的手：「我也是為你買房付款急人急法兒。你要真心買這房，手急湊不出來錢，我可以自己替你先交預付款。」而且還說着把雅慧的手掌拉來摁在自己胸口上，摁在自己粉肉柔柔的臉蛋上。於是雅慧不計前嫌了，心裏闊開了，從房姐的臉上抽回自己的手，目光裏顯着剛剛斂起就又走回來買房的感念和熱願。

「那就等我一周吧，」雅慧說，「三天時間真的太短了。」

「我可以墊錢押房等十天。」房姐說，「嘴上有了惡，我就該為這業惡墊錢贖業惡。」

一切都好了，又雲開日出了。她們從那樓上乘着電梯走下來，穿過天堂鄰居的大街後，分手時雅慧又給房姐一個合掌禮，房姐把雅慧攔在懷裏抱了抱，趴在她耳朵上對她說：「我媽也信佛。」然後分手了。雅慧就走了一段路，踏卜過街天橋回到學校裏，買房的事情便月經將至樣興奮煩躁着，心裏空空蕩蕩又癢癢撓撓的。學校的景光還是那樣兒，宗教樓也還那樣兒，可雅慧，從那房街回來後，就

不是先前那個雅慧了。她心裏慌得很，好像那房馬上會被人買走樣。心也喜得很，好像那房已是了她的房。走進宗教樓的大門時，不知為何走路腳步抬得特別高，看見每天在門口收發室裏守着的中年人，隔着窗子她對人家大聲喚：

「天這麼好，你不出去曬曬太陽呀！」

那中年不知她和誰說話，透過玻璃朝着外邊瞅。而雅慧，就笑笑又往前邊走去了。見了在走廊上拖地擦牆的保潔員，她又忽然立在人家背後道：

「我還有一件很好的衣服給你吧。」

那保潔員四處瞅着不見有別人，只有她們倆，就莫名地愣在那兒望着她，尷尷尬尬笑一下：「你看我胖的，哪能穿上你的衣服呀！」雅慧這才發現對方的胖，腰的徑直如肩寬，而自己，是巧圓巧圓那一種，也就跟着笑一笑，說了句地上並不髒，你可以休息休息再拖地的話，便沿着走廊前去了。

2

回到辦公室裏坐下來，跟着環扣環地發生了一樁事。

貢主任從辦公室裏出來找她了。他把一封起草在白紙上的書信遞給她，讓她越快越好打出來。說完朝她笑一下，又兄長樣拿手在她頭上拍了拍：

「──這事不要給班裏的任何信徒説。」

主任説完就走了，雅慧忙把目光落到主任寫得有些醜的字紙上。這一落，事情也就發生了。

原來這是一封號召全國各宗教人士的捐款召募書──

尊敬的全國各屆宗教中心的校友們、大師們、信眾們：

你們好！

在春日來臨、萬物復蘇的日子裏，我僅代表國政大學宗教培訓中心的全體教工和所有相關人員，向你們問候並致安。無論你是在城市的鬧區，還是山區的偏野，我們一日同窗，萬載情緣。無論你是天主教、基督教、伊斯蘭還是道教或佛教，在我們祖國這個大家庭，我們都是人民的一員，都是黨的兒女和神們的子民。而我們宗教中心，無論你何年何月在這兒學習、培訓了多少時間，它都是你們除了教堂、清真寺和廟觀之外的另一個故鄉和靈魂的家。所以説，為了把我們大家的另一個靈魂之家建設得更好更美滿，並可使今後在校培訓的每位大師和信眾的生活、學習都更為舒適和愜意，我們中心衷心倡議進行一次全國性募款籌資活動，並將根據這次募款的數目和結果，首先改善和推進學員、信眾的文化、體育生活；第二，要建立一個神聖的宗教圖書館和資料收集中心，以研究我國宗教的起源、發展和未來；第三，待捐款籌資到一定數目後，將其宗教樓的每個房間都更換空

調、配置電腦、重新裝修,是國政大學的宗教中心,真正成為中國各宗教大師、信眾的高等學府和精神家園,成為大家的人生加油站,靈魂棲息所。因此,我中心黨委經研究決定,號召大家,有錢出錢,有力出力,開始一場為建設一座宗教人士的高等學府、靈魂家園的百分百的自願募捐活動。也因此,希望大家 —— 尊敬的每一位曾在國政大學宗教中心學習、培訓過的學員大師們,或是將來要到這兒來學習和深造、可能由信眾走向大師的信徒們,無論你現在是一方教主,還是一山主持,再或僅僅是一位普通的僧尼、信徒、道士和阿訇,都請你們自覺自願,慷慨解囊,傾力相助,一元不少,百萬不多,為我們大家未來共同的精神加油站和靈魂棲息所的軟、硬件建設添磚加瓦、籌款集資。而我和我們中心所有的教授、專家和工作人員,都將對你們充滿着期盼和敬意,並等待你們回到這個靈魂的棲所來視察、再造、講學和佈道。

後邊是培訓中心的落款、日期和捐款的賬號及有三個感歎號的感謝詞。雅慧看完這信先是怔了一會兒,後來想到哪,就有一股喜樂湧上來,像那捐款號召已經把錢募了過來了,且募來的錢不僅是培訓中心的,也是中心的助理玉尼雅慧的。雅慧旋急旋急地打開電腦,準備把這號召書立馬收錄打印在紙上。不到一頁紙,共有八百字,為了盡

速打出來，她反而每一行都會打出一、二錯字來，結果敲鍵盤的手，哆嗦得彷彿見了真神點不着了香，於是吸了一口氣，又吸一口氣，這才平靜下來把號召書錄入電腦印在一張白紙上。

她拿着號召書去給主任送，到主任門口時，又在門口立下做了一次深呼吸，這才敲門走進去，把號召書遞給貢主任。

主任正坐在辦公桌前最後校對他的《體育拔河與各宗教間的矛盾融合論》，雅慧就立在辦公桌的一角上。辦公室的窗戶正對東南方，光線足得要從屋裏溢出去，使得滿屋都生着神光樣。在這足滿亮堂的神光裏，雅慧看着貢主任，不知為何手心出了汗，濕得如剛從水裏打撈出來般。她把手汗在身上擦一把，等主任把信又看了一遍後，拿起筆在上邊改了幾個字，遞還給她時，他又兄長、父親樣瞟了她一下，雅慧就也在嘴角露出一絲寬慰的笑：

「能募上來嗎？」雅慧問。

「沒多有少吧，」主任笑着說：「組織需要，他們不會沒有這份大慈大悲心。」說着把組織兩個字咬得又重又清晰。可在說完後，好像又想到了什麼事，他拿目光在雅慧臉上掃着疑問着，雅慧便遲疑一下子，把自己要買房的事情兜底倒說了。說自己聽了主任的話，想想還是不回青海好。還是在北京這兒買房好。說自己去樓市、房介打聽

了，看上了很小一套房，首付還差十萬塊。說完她就立在原地兒，又把手心的汗在胸前衣上抹了抹。屋子裏突然靜下來，能聽到陽光中的飛塵響動聲，還能看見貢主任打量她的那目光，像老師看學生做得很奇怪的一道作業題。就這麼過了一會兒，主任把身子在椅子上擰一下，看懂了題樣再次笑着道：

「多大一個事 —— 不就是要借十萬塊錢嘛。」接着他抖抖肩膀直起腰，把剛才那一瞬的沉默從肩上抖下來：「買！—— 一定買！北京的房子你看上哪兒買哪兒，能買多大買多大。如果這次募捐上來的錢不夠，我貢主任的私錢也可以借給你。」說着站起來，爽利地問雅慧哪天用這錢，着急了他現在就可以去銀行替她取出他的私錢十萬元。

雅慧便臉上飛着緋紅問：

「真的嗎？」

主任更大聲：

「真的呀！」

雅慧說：

「要是我一年、二年沒錢還你呢？」

「不還又怎樣？」主任反問她：「沒這十萬塊錢還能把我主任餓死嗎？我作為中心主任給學員、信徒借上十萬元，難道還會每天唸着學員、信徒會不會還我錢？！」

到這兒，屋裏有了一股燥意和熱暖，似乎光裏飛的聲音更響了。在那聲響裏，貢主任用很奇怪的目光盯着雅慧看。雅慧就呼吸急促地立在那兒讓他看，臉色脹紅掛着一層微細的汗。就這樣靜靜過了一會兒，雅慧如明瞭了什麼樣，慌忙把雙手在胸前合掌行佛禮，説了一句「謝謝貢主任」，就拿着那封召募信，退着從辦公室裏往外走。可走到門口時，她又突然頓悟到了什麼樣，猶豫着慢慢轉過身，重新直直地瞟着也在望着她的那個人：

　　「貢主任，你這麼爽快借我錢……不會是想讓我……以後退教、入黨吧？」

　　貢主任搖了一下頭：

　　「和那沒關係。」

　　雅慧紅了一會臉：

　　「那你是想……？」

　　主任就盯着她看了一會問：

　　「你以為我借錢給你……一定要有目的嗎？」

　　雅慧的目光依然瞟着貢主任：

　　「就是自願給佛廟捐錢的人，也都一定有他們自己的一個目的呀。」

　　主任冷笑笑：

　　「那我要不借錢給你呢？」

雅慧不知該要怎樣回答了。她把目光從主任臉上收回來，又想一會突然紅着臉，説出了另外一句驚人的話：

「那麼説，啥也不圖⋯⋯ 你是想着我是⋯⋯ 玉尼嗎？」

主任就盯着雅慧脹紅了的臉：

「玉尼怎麼了？」

雅慧道：

「我算着⋯⋯ 從這學期開學到現在，你已經五次摸了我的頭。」

輪到貢主任臉紅了。他忽然把頭扭到一邊去，過一會又扭回來用很奇怪的目光去雅慧臉上再次看了看，似乎想要從那臉上搜出一種明明確確的意思來。可結果，他沒有從她臉上搜出什麼意思來，就又朝別處看了看，再次回過頭來很正經地輕聲問：

「我要和你好⋯⋯ 你會同意嗎？」

雅慧不説話，將手佛禮合掌在胸前邊，把頭勾在胸口上。屋裏這時又一次靜了下來了，靜得他們誰都能聽到誰的呼吸聲。就在這靜裏，主任首先破靜笑了笑，把身子從那靜裏抽出來，再次把目光落到雅慧的身上和臉上：

「是不是我和你好了，你就不用還錢了？」

「還 ——」雅慧抬起頭，臉上結着板硬和正經：「菩薩説：『還恩無淫慾。』我不是高德、主持和大師，只是一個

從青海來的小僧尼，你肯憑空借我錢，我不知該拿什麼恩報你。」

到這兒，屋子裏這時不僅靜，還在靜中有了要裂炸的味道和聲響。雅慧就立在門後邊，貢主任默過一會朝她走了過來了，一步步，到她面前停住腳，額門上有了一層細汗兒：

「你不在乎我比你年齡大出二十多歲嗎？」

「你是組織呀，」雅慧說，「這和年齡沒關係。」

貢主任就最終僵在那兒了，臉上掠過一層淺青色，又默一會孩子樣咬咬下嘴唇，用很奇怪很莫名的語調對她說：「知道嗎？我也是孤兒——我也是被別人拾走養大的。我要不是和你一樣是孤兒，是我養父的親兒子，我就從此和你好上了。」說着又上前一步攔着雅慧的頭，把她朝懷裏輕輕抱一下，鬆開手，把屋門打開來，讓雅慧回去把募捐信至少打印一百份。

06 水粵師父

「你要在北京買房了？」水粵師父攔着雅慧的去路道：「聽說你訂金都交了。」

「……」

「你師父玉慧她到底是死了還是活着哪？！她還活着你會在北京買房嗎？」

「……」

「不用說了，我全都知道了 —— 阿彌陀佛 —— 你師父她把你當成女兒養，可你把她的屍身當成累贅扔在青海了。」

這樣說的時候是在一個周二正午裏，仲春的草木綠成水顏色，一校園都是花草植木的味道和氣象。天氣好得很，光在雲下面，雲在光中間。吃完飯的學生從食堂和光裏走出來，一身都是飽滿和力氣，有人走着走着把路上的石子踢一下，有人會莫名的走着走着跑起來。雅慧也吃過午飯了，剛從食堂出來就看見水粵師父立在門口的樹下等着她，一把將她攔在路央裏，問話便如一串石樣砸在她頭上。

「 —— 明正和你還有往來嗎？」

「——你可以還俗，但你別給佛丟臉；別讓別的教門議論佛菩薩。」

「——雅慧呀，你給師父我說句實話吧，好壞我和你師父玉慧在白馬寺的庵裏待過十餘年，不是姐妹也是同門呢。現在她圓寂不在了，我就是你的師父了。你給師父我實在說，玉慧她是真的在青海那邊圓寂的嗎？」

有一群學生走過來，瞟幾眼水粵和雅慧，就從他們身邊過去了。等到他們過去後，雅慧把目光從那些學生的身上抽回來，望着水粵師父的臉，嗯一下，點點頭，說師父她是真的回到青海病故的，不是在這北京學習期間圓寂的。

水粵師父也就立在那，把目光朝着頭上的白雲望一會，好像從白雲上邊看見啥兒了，末了也把目光收回來，用輕柔的聲音問雅慧：「什麼葬？」

雅慧說：

「我花錢請了人，是立塔大佛葬。」

然後她倆就立在路央誰也不說話，默沉一陣子，水粵把她的僧袍朝上提了提，讓藏青色的僧衣在身上垂得舒服些，雙手又本能的把胸前的念珠一個一個撚轉着。就這麼過了一會兒，她把念珠一連數撚十幾個，輕輕歎了一口氣，讀經樣將低着頭的雅慧的下巴端起看了看，不知從雅慧臉上讀到了什麼字句和經文，又輕輕歎口氣，說了一句把經言密句放入日光塵灰裏的話：

「真要還俗你還吧，你在北京做留屋居士了，我再來北京也有一個落腳吃飯的地方了。」

　說完水粵師父就走了，拖着過了季的夾衣藏青裟，數着佛珠像數着從她身邊走過去的樹。

07 田東青

「——玉慧師父真的不在了？」

雅慧點了頭。

「真是因為拔河誘發的心臟病？」

盯着東青阿訇看一會，雅慧又點了一下頭。

「要這樣，可以去告到學校或宗教協會和統戰部。告了培訓中心就不僅得把有的宗教課程停下來，説不定，他貢主任也會受處分，還會從此把各個宗教混在一塊的培訓停下來。」

雅慧便求求地望着田東青的臉，目光如一個妹妹求着哥哥樣，就這麼過了一會兒，又過一會兒，直到田東青的語氣軟下來：

「你真要離開西寧那兒嗎？」

雅慧「嗯」一下。

「到我們這邊吧 —— 」説着看着雅慧的臉，田阿訇接着重又糾正自己説：「我不是為了讓你改教信仰伊斯蘭，我是讓你到了我們這邊有人和你在一起，安拉會對你格外好。」

雅慧就很感激地朝東青阿訇搖搖頭：

「我要在北京買房了，我會把師父、菩薩一塊從青海湖那兒請到北京住下來。」

田東青：

「還信佛？」

雅慧道：

「做居士。」

然後彼此沉默一會兒，田東青和水粵師父説了一樣樣的話：

「那也好，你在北京有房了，我再來北京也有個落腳吃飯的地方了。」

08 王昌平

　　哲學院辦公樓的南邊是一道路彎兒，拐過去，王昌平牧師就立在那彎邊，笑一下，和雅慧並肩朝前走去了，像耶穌等着一個信徒邊走邊說樣。

　　「你真的借了貢主任十萬塊錢嗎？」牧師問雅慧，「為什麼不找我借錢？為什麼不找我們基督教？」

　　「不是借的貢主任，」雅慧說，「是借中心組織上的錢。」

　　「你真傻——主任和組織是一家呀。主任就是組織、組織就是主任你不知道嗎？」說着淡下腳，王昌平望着雅慧的臉，「找個理由還給他，還給組織上——我給你十萬塊，你就當這錢是耶穌和上帝給你的，以後這錢還與不還都由你。」

　　立下來，雅慧也一樣盯着王昌平的臉。午時四月的日光裏，到處都是暖陽色，空氣裏漫着一種想要人蹦跳的衝動在裏邊。仲春了，人都精神想要做些事，就都變得衝動和有力。王牧師說着硬硬盯着雅慧看，想要用自己的目光把雅慧的目光擋回到她的眼睛裏，這使他的目光變得粗

糯而溫暖，如一個父親用大手去摸撫女兒的頭一樣。「在佛教，和尚、僧侶借了廟裏的錢，那是農人去自家地裏提前收割了；在基督和天主這一邊，信徒借了教堂裏的錢，那是信徒對主的信任才借錢，是主對信徒們恩惠才要你借一百元，主給你一千元；你借一千元，主給你一萬元。可你作為僧尼去借貢主任的錢，去借組織上的錢，這叫什麼呢？叫信徒對教和神的不信嗎？叫信仰不能眷顧他的信眾、神不能眷顧他的兒女呀。」

「也不是那個意思吧。」雅慧把目光收回來偏頭看着哪。

「那是什麼意思呢？這種事你還能有我更明白？」

雅慧無話了，又扭頭看見路邊國槐上，春芽在光裏透着金黃色，有汁液在葉裏的聚匯和湧流。有兩隻麻雀在那槐枝上，把一樹碎葉都搖成經曲了。

「今天周末是體育課。明天銀行一上班，我去取錢你還給貢主任。」王昌平說着開始朝前走，樹上的那兩隻麻雀看他走了也走了，留下的搖晃還在枝頭上。而待麻雀飛走後，王昌平又把腳步收回來，

扭頭再問雅慧說：

「十萬夠不夠？不夠了索性給你二十萬。」

雅慧望着王牧師的臉，滿眼都是信徒對神的感激了。

「十萬、二十萬，需要了你隨時問我要。千萬記住我一句話，我們信徒自己才是自己的功德箱，不是信徒以外不信神的人。」

說着他又起步走，到了前邊大操場的邊角上。大操場在仲春的光色裏，紅暖亮堂竟如汪着一湖血。在大操場做各種運動的學生裏，有兩個和學生們一塊打籃球的年輕和尚和阿訇，彷彿守了一冬的兔，看見春天就從窩裏跑了出來了。王昌平朝那操場走過去，走了幾步他又走回來，到雅慧面前囑託道：「你回宗教樓裏吧 —— 我得多活動活動了，再不活動怕就沒有機會啦。」然後笑一下，又很神秘地說：「我知道你為在北京買房貸了多少款，過些日子看一看，說不定會有神來一把將你的貸款全都還掉呢。」

說完不等愣着的雅慧再問一句啥，他就朝着大操場的裏邊碎步跑過去，如中年的冬鹿朝着四月跑去樣。而雅慧，莫名地立在操場邊，想到今天是貢主任親自組織的體育課，就回中心去搬運體育器材了。

09 雅慧、信眾和主任

又一次周末的拔河比賽開始了。

其餘賽事也都隆隆開始了，貢主任的專著裏，需要一個五大宗教除了拔河以外的各種體育賽事為例子，就在仲春組織了這場各種賽事的綜合體育課。周五下午兩點的大操場，雅慧和中心裏的清潔工，將河繩、跳繩和羽毛球拍運到操場上，信眾們就已多半到了大操場，待她回來把紙杯和一壺開水提過去，那操場上的學員們，已經烏烏泱泱一片着。天氣醒得很，不冷也不熱，這時候，大家不動動身子是真的對不起天氣呢，於是一説體育課，就都朝墨一樣湧到操場上。

大操場還是那個大操場，鐵網還是那鐵網，地上的塑膠也還是那種顆粒和平整，唯一不再一樣的，是擺在操場乒乓球桌上的拔河繩，比去年的細了一圈兒，多了好幾根。羽毛球拍去年用的是國產「雙喜」牌，今年用的是馬來西亞的進口貨。

中心的事情就是這樣兒。

雅慧的事情也就這樣兒，先訂金，後預付，立馬就可以通過中介和房東簽下購房合約了。事情來得比雅慧想的快得多，燒了十八年的香，不知在菩薩面前磕了多少頭，單是菩薩面前的願蓮墊子就跪壞了十幾個，可雅慧，向未聽到過菩薩和她說過一句話，連夢裏也沒有見過真菩薩。然這買房的事，竟是說買就買了，錢一交，實在就像一手遞錢、一手接過賣主遞過來的物貨樣。

　　把貢主任的募捐信從郵局寄走三天後，就有高德和尚把電話打到中心辦公室，打到貢主任的手機上，然後幾萬元就到貢主任的賬上了。又一天，貢主任說雅慧你查查，看有沒有一個叫天明的神父將十萬塊錢匯到你卡上。她慌忙跑到學校對面的工商銀行裏，抽號、排隊一查問，果然她貼胸口袋的卡上不是三十二萬元，而是四十二萬元。這就順勢向房東預付轉款了四十萬。錢一到，再跟着中介和房主去銀行的貸款合約上簽了字，過幾天把貢主任從國家宗教中心開來的特殊人才證明交出去，那房子就可以移到雅慧名下了。

　　這就要成北京居民了，再也不是那個西寧青海湖邊靜庵寺裏的尼姑了。誰能相信呢，原來世上的事情並不是神說的暗黑和雜亂，也有一想一碰命運就開門的事。房子買得順，和正月初一香客燒了頭炷香一樣，雅慧那心緒，

好到走路都想蹦起來，何況王昌平牧師還說明天就給她十萬或者二十萬，讓她把從組織上的借款還回去，而借他王昌平的錢，就和上帝的惠賜一模樣，可以還，也可以永遠都不還；而且以後還需要，還可以把他王昌平當作她雅慧和靜庵寺的功德箱。真是神在天上對她顧眷了，這麼好的事，如走在沙地看見了滿地珠子般；多麼好的天，白雲、日光如菩薩的滿臉笑容樣。就這麼朝操場上送着下午比賽用的器材和雜物，到把喝水的幾打紙杯送到操場邊上時，雅慧聽見貢主任在操場對信眾大聲動員着喚：

「——總算從上級組織那兒申請到了一大筆的錢。這筆錢足夠我們這學期的文體費和大家各種比賽的開支和獎金——為了感謝組織對我們宗教團體的關心和愛護，為了迎接校領導今天來視察、參加我們宗教中心的春季運動會，我決定——無論你們是教教間的拔河賽，還是自由結合的乒乓球、羽毛球的自由賽，無論教別、男女、老人組還是中年組再或青年組，一律是每局勝者獎勵一千元，輸的只有二百元。」說到這，貢主任很興奮地朝前面的信眾看了看，又撕着嗓子看着大家喊，「你們說這樣行不行？！」

便有了一片笑聲和掌聲。笑聲沒有落下去，就有人開始去搶乒乓拍子和羽毛球拍子。王昌平、田東青和水粵師父等，就都圍着貢主任，爭論這種獎勵不合理，為什麼二人賽的乒乓球和羽毛球，一局獎金一千元，而六人、八

人、十人組的拔河賽，一局獎金也是一千元。就要求將拔河賽的獎金漲到兩千元，漲到五千元；而水粵師父就拉着貢主任的手，說僧尼、道姑和女信徒的獎金應該再高些，這樣才能體現黨和國家對女性信眾的關愛和支持。就都嚷嚷爭執着，嘻嘻哈哈說笑着，大操場的一角就成戲場、會場了。發現操場上的體育器材不夠用，貢主任讓雅慧回到中心把所有的河繩都拿來，將所有的羽毛球拍和羽毛球，全都搬到操場上。這麼着，大半個操場就成了宗教中心的運動場，乒乓球、羽毛球、拔河賽，還有女阿訇和女基督徒的跳繩、踢毽子，使得整個操場成了體育遊樂場，叮噹聲、哨子聲和各種比賽的臨時裁判的吆喝聲，在那兒鼎沸得連雲空都是佛光蒸騰汽。雅慧就把一箱羽毛球拍全都從中心搬到操場上，將一盒十個的銅哨一次拿去了整三盒，還把幾箱礦泉水和烏龍茶，搬到一個車上朝着操場推。一趟又一趟，汗水浮着她的腳步送到第四趟，她看見一正一副兩個校長朝着大操場上走。到了第五趟，看見那兩個校長並沒有走進大操場，而是立在操場一角上，把貢主任叫了出來說着什麼事。當她推着車子從他們身邊過去時，貢主任和那兩個校長都還朝她看了看。她就看見他們三人的臉上皆為正嚴色，像商量什麼又為什麼起了爭執樣。看見她，又都不說話，讓沉默雨傘一般罩着他們各自的身子和臉色。

雅慧把車子推進操場裏，扭頭去看大操場上的熱鬧和歡騰，還依舊如春風拂季樣，打球的還在打着球，踢毽的還在踢着毽，連曾經説過絕不為錢進行拔河賽的信徒們，也在日光下，脱了上衣參與着真主隊和天主隊的拔河賽。只有牧師王昌平，立在一個大德和尚和一個老主教下象棋的棋局邊，隔着各種比賽朝着賽場外面的貢主任和兩個校長望，像自己是了大棋局裏的人。

　　世界是被棋手下擺出來的。比賽的輸贏被錢召喚着，雅慧也被這召喚激蕩着，將車上的東西朝下卸擺後，推着車子又往中心去，最後一趟要把各種比賽的記分牌兒，裝到車上運過來。可就在她推着空車走在操場一邊上，再次經過貢主任和那兩位校長時，事情從鬧熱中間透出了一絲寒意來。她看見有一輛警車從大門那邊開了過來了，停在哲學樓下的那兩棵楊樹下，像藏匿了什麼危險樣，之後又有兩個穿了便衣的警察從她身邊朝着大操場的這邊走，到貢主任和兩個校長那，幾個人匯在一起立在那兒説着什麼話。

　　有一陣冰寒襲來打在了雅慧身子上，她已有過寸長的髮茬裏，本來掛着仲春汗，這時那汗忽然褪落了，盈着的冷意躥在頭髮間。似要發生什麼事，又不知要發生什麼事，就那麼立在路邊看一會，把車子推進中心大堂間，將四副記分的牌架搬到車上重又推出來，這前後不到一刻

鐘，天地還是四月的溫暖和春意，可春意裏的人，就有人被從春天領帶出去了，不再在春天而入進冬天了——王昌平就那麼跟着貢主任，從大操場裏悄然走出來，臉上平靜得如一片楊葉般，呈着靜白和亮綠，之後到操場角上也和那幾人說了什麼話，兩個校長還立在原地上，他就在那二位便衣的前後中間夾走着，朝哲學院那兩棵楊樹下的警車走去了。

像哲學把他帶走了，不急不慌趕車樣，他們幾人拉成一條線，貢主任送行一樣走在最後邊，臉上沒有太多的意外和驚愕，也沒有絲毫的激越和興奮，就像一件事情該在一個日子到來它就到來了，如期而至了，需要應對的，也早有準備着，也便目送着穿了便衣的人，也目目步步送着王昌平，到了滿是哲學的兩棵楊樹下，王昌平在車前立下來，前後的便衣也都立下來，一塊回頭望着站在車下不遠處的貢主任，王昌平朝他點了一下頭。

貢主任也朝他點了一下頭。

在一個便衣催着王牧師上車時，他就看見驚呆在路邊的雅慧了。雅慧的臉色如着一張白紙樣，有汗在她額上掛流着，嘴角想說啥兒又說不出來哆嗦着。在遠處，大操場上依然還是各種比賽的鬧熱和忙亂，王昌平的離開彷彿一堆乒乓球和羽毛球中少了一個般，一點也不影響操場上的各種比賽和運動。而近處，開始趕着三點走進教室的學生

們，一股股地朝着這邊來，朝着那邊去。再近處，這一瞬間彼此靜立着的雅慧、主任和王牧師，宛若一場雨前靜在路邊的三棵樹，直到有個便衣對王昌平輕輕說了三個字：「上去吧。」王昌平才對雅慧笑了笑：

「對不起，那錢還未來及取給你，要怪了你怪我王昌平，別怪到我主身上去！」

他就被推到車上了。

貢主任立在車下路邊上，臉上是很厚的蒼白和無奈，不說話，只是把手舉在半空朝車上輕輕擺着告別着。

警車發動了，機器聲和別的車聲沒二樣，如這棵樹的綠色和那棵樹的綠色一樣着。就這時，有一扇車窗打開了，王昌平的臉從那車窗露出來，嘴角掛着淺黃燦然的笑，緩緩擺着手，大聲對主任和雅慧喚着說：

「你們和同學、信眾們說一下，我是罪有應得 —— 但從信主後，我沒有一點對不住天主和教友。」之後那車窗被人關合了，他就隔着車窗搖晃着手，能看見青白色的手扣在他手腕上。

警車開走了，如太陽落山、天色落寂下來樣。

「都走吧 ——」主任扭頭對一直立在那兒的雅慧說，「到了操場上，和誰都別說王牧師被帶走了的事。」見雅慧站在那兒不動彈，一直望着朝大門開去的警藍麵包車，好像沒有聽到他的說話聲，貢主任就過來將她推的板車接到

了自己手裏邊，把將要掉下來的記分牌朝車上挪了挪，又接着很動情地説：「要麼你回宿舍吧。」

雅慧一直站在那兒沒有動。

貢主任推着車子朝運動會的熱鬧裏邊走過去，走了又回頭交待道：「守口如瓶啊 —— 這可是組織上的事，不是你們信徒對神不能隱瞞的事。」然後步子加快了，留下雅慧一直待在那，目光一直盯着學校門口那方向，直至前面天空中的雲，被她盯得掉下一塊來，也沒有看見王牧師最崇信的耶穌和聖母，耶穌、聖母和耶和華，從哪兒救他走出來；沒有看見釋迦牟尼或菩薩，再或別的佛神在哪現身走出來，她就默默地朝宗教樓裏回去了。

10 阮枝素

　　雅慧在自己的屋裏從下午坐到晚飯後，沒說話，沒走動，到委實寂寥了，起身把桌上的菩薩瓷像擦了擦；又委實寂寥了，給菩薩上了一炷香。再又寂寥了，就躺在床上困了一個覺。醒來很想知道王昌平到底犯了什麼罪，就下樓去問貢主任，可到一樓才發現，天已大黑了。大堂裏的燈，亮得日出般。貢主任辦公室的門，鎖得連空氣都無法透進去。同學信眾們，都去食堂吃飯了，人走屋空的宗教樓，像沒神也沒人的舊廟樣。在大堂立一會，在門前站一站，回身上樓重又回到寺舍裏，煮了一包方便麵，要吃時田東青推門走進來，默默木木站在門口上，胳膊彎裏夾着用報紙疊裹了的一包錢。他把那包錢物貨一樣放到雅慧床鋪上，看着雅慧說：

　　「這是下午中心給各教比賽發的獎金錢 —— 收上來統共九萬八千元；我又加進去兩千剛好是十萬。這錢你還給貢主任 —— 我們信徒可以欠我們信徒的，可以欠神的，但不應該去借、去欠組織的。」

然後雅慧就端碗僵在床鋪邊，碗裏絲絲的麵條盤在湯水中。方便麵的紅辣湯，在燈光裏閃着黃顏色。她瞟着田東青的臉，如面對謎語想從那臉上找出謎底樣。可那臉上沒有謎，也沒謎底寫照着，只有很日常的臉色和事情。她想問「你知道王牧師被帶走了的事情嗎？」可又想起貢主任交待她的話，就把手裏的那碗方便麵，朝着田東青的面前伸過去：

　　「乾淨的，我還沒有吃。」

　　田東青朝她搖了一下頭：

　　「你知道王昌平為啥被帶走的事情嗎？」

　　雅慧的眼睛睜大了，也朝着田東青怔怔搖了一下頭。

　　「貢主任沒有給你説過一點兒？」

　　她又搖搖頭。

　　「知道誰去告密揭發了王牧師？」

　　「不知道。」

　　「真的不知道？」

　　「真的不知道！」

　　就那麼靜靜寂立一會兒，田東青説句「吃飯吧」，就從她的屋裏出去了。替她關了門，把她留在神和寂靜裏邊了。吃了飯，坐下來，剪了一會紙，又每一剪子都剪在錯地方，便把剪子扔在床鋪上，把幾頁半品的剪紙揉揉扔在桌上的經卷和教材邊，起身到樓裏走走和轉轉，看該祈禱

的信眾在走廊和屋裏祈禱着，該喝茶下棋的，在樓梯口的空處下棋喝着水。有阿訇在自己屋裏拉着琴胡唱秦腔，嗓子悲憤如飛沙在風中撞着般：

> 呼喊一聲綁賬外
> 不由得豪傑笑開懷
> 某單人獨馬把唐營踩
> 直殺得兒郎痛悲哀
> 直殺得血水成河歸大海
> 直殺得屍骨堆山無處理
> 小唐兒被某把膽嚇壞
> 馬踏五營誰敢來
> 敬德擒某某不怪
> 某可惱瓦崗眾英才
> 想當年歃血為誓三十六人同結盟
> 倒頭來一個一個投唐該不該
> ……

不知道那唱這《斬單童》的人是西北伊斯蘭中的誰，似乎先還自拉自唱着，末了還有表演了，就有了掌聲和聽眾的跺腳聲，使得那阿訇的屋裏都擠滿了人，最後擠站不下了，人就從屋裏淤出去擠在走廊上。

雅慧在走廊聽一陣，從宗教中心的樓梯下來了，在校園走來走去着。她獨自走着想了很多事，又好像什麼也沒想。什麼也沒想，腦子裏又滿得沒有一處空地兒。到了晚間十點鐘，月亮升行上來了；十一點，一整的校園都是青光色，人在光裏走走或坐坐，末了就又回到宿舍睡覺了。

　　竟覺得累到戚戚惶惶裏，也又睡着了。一覺睡到來日將近八點鐘，是周六，想到貢主任這天會到學校來，因為最近的周六和周日，他都來最後潤色他的《體育拔河與各宗教間的矛盾融合論》；專著錢一交，出版社嘩啦一下通過了，只是讓他在那專著裏，將所有的成績數字寫大點，典型事例再多些，説這樣，就可以等專著一出版，報送國家人文宗教科學的科研獎，通融一下子，就一定、一定能拿個國家最高獎。於是每周的周末間，主任都會哼着曲兒來潤色他的專著稿。於是雅慧起床和洗臉，從菩薩的像後拿出田東青給的十萬元，裝進一個藍布袋子就朝門外走。她覺得似乎應該如王昌平和田東青説的那樣兒，將這十萬房錢還給貢主任，還給組織上。然而呢，剛剛一出門，到樓梯那兒她又站住了。她看見樓梯口前的空地上，刺目醒鮮地畫着一條白粉線，線上搭了一條拔河繩，像耶穌的十字架倒在地上樣。

　　田東青的媳婦阮枝素，和另外兩個女阿訇，立在十字架的那一端，直直等着雅慧起床走過來，如等着一個小偷

走來活活捉了樣。她們就那麼成竹在胸地立在那，臉上是很怪的微笑和硬毅。甚至阮枝素，臉上掛着笑，還把胳膊抱在胸前邊，身子半斜立在那，說你起床了柳雅慧？我們看見貢主任上班了，知道你該起床去還錢了，所以就在這兒等着你。說着盯着雅慧手裏提的布袋兒，嘴角上的笑，也如從嘴裏掉出來的硬邦邦的語音樣：

「那是大家那九萬八千元的獎金吧 —— 你拿去不覺得虧心嗎？難道你們佛教真的就是錢教嗎？除了錢，什麼也不再要了嗎？」

雅慧被這突來的話給噎着了，一時不知該說些什麼好。這時候，七樓寂得如一片廢墟樣，連一絲的動靜都沒有。樓梯口那兒的光亮是種灰白色，似乎外面天陰着，霧裏還是霧，雲上還是雲。空氣裏存有一股濃濃烈烈的潮柔味。雅慧在潮柔裏盯着樓梯口的光色和氣團，本能地把手裏的袋子朝上提了提，用很清明的目光望着阮枝素：「枝素嫂，這是你男人田阿訇讓我借大家的錢，你若不讓借，我可以還給你。」然後她向前走兩步，把藍袋子朝阮枝素面前遞過去，見阮枝素並不伸手來接錢，她就把那布兜放在阮枝素的腳邊上，轉身又朝自己屋裏去。然只回走兩步遠，阮枝素又把她給叫住了，將那布兜提起打開看了看，過來把袋兒放到雅慧腳邊上，臉上的微笑沒有了，換成僵硬青白色，用經正蕭嚴的語氣說：

「安拉從來不用自己的力量欺凌任何人，公平才是安拉的靈魂哪——我阮枝素不是讓你還這錢，是讓你來堂堂皇皇贏這錢。」

雅慧立下來，讀經一樣讀着阮枝素的臉。

「你用這錢是在北京給你買房子，我用這錢是想回家修繕一座清真寺。」阮枝素也就果真像一本經書上的文字樣，不慌也不忙，一字又一頓：「這錢是教友們比賽贏下的，你要用你就把它贏回去，」說着朝地上的河繩看了看，又抬起頭來道：「我知道你除了燒香、剪紙別的都不會——有人還說你是剪紙藝術家，可這拔河就沒有信徒不會了——來，一局一萬元——再也沒有比這更為公平合理了。」

到這兒，那另外兩個女阿訇，一個比阮枝素的年齡大一些，一個比她小幾歲，就把地上的河繩拾起來，將一端遞到阮枝素的手裏去，另一端遞到雅慧面前去。

雅慧沒有接那繩，而是拾起地上的錢兜重又放到阮枝素的腳邊上：「我不拔，我也不用這筆錢。」說着雅慧又要轉身走，可被那個年齡大的阿訇把她攔住了：

「你這樣是瞧不起我們伊斯蘭。」

雅慧再又立下來。

那年齡小些的，便再次過來把河繩的一端塞到雅慧手裏去，而後彼此立站住，僵持像冬天一樣凍在走廊上。時

間如掛在房檐落不下去的水。樓下有了腳步聲，可那腳步是朝更下的樓層走過去，而不是朝這七層響上來。已經過了八點鐘，早該有女信徒們起床、洗臉和走動，然偏偏這一刻，連一點一絲的響動都沒有。雅慧握着那拔河繩的一頭兒，如沒有種過地的人，握住一柄鋤頭樣。她不知道自己該拔還是不該拔，就又看看對面比自己還瘦小許多的阮枝素，人好像被推到崖邊不得不跳了。

阮枝素：

「開始吧。」

雅慧問：

「不拔不行嗎？我一分一厘都不要這筆錢。」

「佛會跪下接受別教的恩惠嗎？」阮枝素又一次很奇怪地笑一笑，「真主是不會讓我們用政府的恩惠和別教恩賜來的錢。」

也就只能這樣了。雅慧猶豫一會兒，將指頭粗的拔繩在手裏捏了捏，找了一節最合適的繩段握在手裏邊。沒有大操場上的軟塑膠，也沒有一樓大廳的寬敞和亮堂，可走廊的長寬是剛巧可以拔河的。樓梯口的亮光和舒展，也是剛夠裁判和記分員的站立和觀望。雅慧在西邊，阮枝素立在河界東廊上，沒有裁判哨，也沒有裁判的手勢和比畫，等雅慧握住繩子時，阮枝素又對雅慧說：「你要不真心，安拉就會把痰吐在佛臉上。」這時雅慧臉上掠過了一層青，

咬咬下嘴唇，雙手在繩上用力了，阮枝素也就跟着發力後撤了。

河繩在空中繃直着。垂穗在中線上大搖幾下穩成直線了，如阿訇還沒跪下神就到了眼前樣。看拔繩一下硬在半空裏，大年齡的女阿訇，也慌忙跑到中間線的另一邊。四個人，兩宗神，就這麼在靜默中開始拔河了。一個多學期，上百場的拔河賽，從來沒有女信徒們拔。可這次，兩個教的女信徒，也就醜陋舞舞地拔起來。弓下身子時，雅慧覺得有熱疼立刻從她的手上傳到了她的手腕、胳膊和身上，然就在對自己渾身的熱疼憂着時，她看到對面的雙腿並不像她那樣後弓半仰着，而是直直地向後斜插着，於是放心了，知道她和自己一樣並沒有拔河的經驗在身上。既然事情這樣兒，那就這樣吧，何況阮枝素比自己大着十幾歲，人又小瘦一圈兒，彼此又都是不會拔河的一對女信徒。事情就這樣，到哪也找不到不與她拔的緣由了。那就拔着吧，輸贏都由力氣和神來論定吧。這樣想着心裏踏實了，覺得手和胳膊也有力氣了，又把目光移到阮枝素的臉上去。雅慧不知道自己的臉色是怎樣的容顏和扭曲，可她看見對面那張本就不漂亮、整張臉都如一塊薄土似的黃臉上，現在從地層的下面溢上來了很多血，一張臉都是血紅和青紫。而那兩個女阿訇，在河繩的這邊、那邊先是立站着，可在不覺間，也都被神們注了法力了，都全身心地投

入到了這場拔河裏，彎着腰，瞪着眼，盯着拔繩的垂穗在半空閃悠和擺動，見繩穗晃到這邊了，她們把拳頭捏起來，站到阮枝素的身邊壓着嗓子喚：「真主！真主！真主！」為阮枝素揮着拳頭加着油。看垂穗又從這邊拉到中線那邊了，她們便沒有那低沉有力的叫聲了，只是閉着雙唇兒，把拳頭捏緊送到繩邊上，彷彿不是為了真主和阮枝素，而是要用阿訇的拳頭威脅那拔繩和垂穗。而雅慧，在她這邊既沒有僧尼為她加油和鼓力，也沒有人能替她喚出一聲「佛陀！佛陀」和「加油」。然儘管這樣兒，雅慧也想最好贏下這一舉。贏下就是氣氣勢勢贏了一萬元，哪怕不是為了一萬元，也多少是為着佛教和伊斯蘭的拔河賽。是釋迦牟尼和穆罕默德的一場賽。為了專注和用力，雅慧很想讓那兩個幫着阮枝素的阿訇站得離繩遠一些，不要在她眼前晃來晃去影響她發力，可她又擔心，只要張口說句話，分一下神，她這邊的拔繩就會水泄一樣流到那一邊。汗從額門上浸出來，穿過眼睫流到了她的眼裏去，面前成了白茫茫的模糊和霧光。很想再瞟一下對面阮枝素的架勢、力度和表情，可無論如何眼前都是模糊的灰白和晃動着的身影兒。彷彿從自己身後哪間屋裏傳來了腳步聲和馬桶裏的流水聲，接着就什麼聲音也沒了。繩穗到了那邊去，又到這邊來。到了這邊最多幾寸或一尺，待自己準備換腳時，它又朝阮枝素的那邊滑過去。緣於早上天涼快，

穿在身上的僧袍總在膝蓋上擋着她發力，像腳下總有繩子絆着樣。她後悔沒有在拔河之前把僧袍脫下來，如她們一樣穿上布衫、褲子和更為守腳的彈力運動鞋。她想她應該把自己那套剛買不久的女式大紅的運動服穿在身子上。想腳下是雙尖口布鞋子，若是那雙能把鞋帶勒在腳面內裏的彈膠運動鞋子就好了。現在是幾點？這一舉拔了多長時間了？垂穗這邊、那邊來來往往了幾個回合呢？五分鐘？八分鐘？也許十分鐘？——枝素嫂，你的身上沒有熱疼嗎？生過三個孩子了，曾經有過將要死的腰疼症，你怎麼可以這麼久持不動呢？怎麼可以只要繩子一被拉走就又重新拉回呢？雙腿酸起來。耳朵裏有種嗡嗡聲，像耳鳴一樣響在雅慧的腦子裏。時間慢得如唸不完的經，每一秒都長得如沒有點頓息歇的句子樣，可又無論如何又都必須用執念把一秒一秒的時間熬過去。好像窗口的外邊有隻麻雀站在台簷上，聽不見它在叫什麼，但雅慧看見了那麻雀一張一合的嘴。接着又有一隻麻雀飛過來，和那隻麻雀一道張嘴在叫着。它們每張一下嘴，她都聽到兩個女阿訇「真主！真主！」的叫聲炸在樓道口，炸在耳邊上。雅慧在膝蓋上用着力，在手腕、腳腕上用着力，覺得拔繩是慢慢朝着她的這邊移動的，而且終於把弓在前邊的左腿朝後撤了一步來，把右腿讓到前邊了。隨着這一讓，她看見阮枝素後邊的弓腿不得不朝前挪過來，且臉上的痛紅有了更多血

脹色的光。然後雅慧就借機發力，又把前腿撤回來，讓身子朝後更為傾倒着，並同時低頭看一眼，見垂穗已經在中線這邊晃得像要斷掉樣。她知道她將要贏下這一舉，只要再多發一點力，只要能在三秒、五秒間，用生生的執念堅持住，不讓她把繩子拉回去，自己也就得手了。就能勝贏了。有了第一舉，也就能贏下第二、第三舉。當把滿局全部贏下來，也許這九萬八千元——是整整十萬元，就真的算是自己贏借的，而不是通過田東青說了什麼借了同學信眾的。身邊的兩個女阿訇，一直都在「真主！真主」地叫，仿若窗口那兩隻麻雀的喳音也換成了老鴉的「呱呱！呱呱！」了，於是她就越發討厭這兩個阿訇了。想止住這呱呱呱的女阿訇的叫，雅慧朝她們乜去一眼睛，看見那兩張臉上急出的汗，粒密如戈壁上的沙地鵝卵石，而她們身後的樓梯欄杆和白灰牆，像絕壁和溝壑一模樣。她想她們一個掉進懸崖、一個倒下後腦勺撞在絕壁的石上該多好。「呱呱！呱呱！」——「真主！真主」的大喚聲，使她的腦子想要炸開來。她必須得讓她們閉嘴不再喚，可讓她們閉嘴的唯一法兒就是儘快贏下這一局，讓河繩閘泄一樣流到她的這一邊。也就終於抓住這個念力了。似乎菩薩就站在眼前半空裏——白色的牆壁如雲如蓮樣，菩薩就坐在那雲裏蓮上看着她。佛陀也來了，一身金光站在菩薩身後邊，平靜的目光注視着她，卻給了她很大的願念和執望。雅慧

不再覺得手上有疼感，也不再覺得腿上的乏力和胳膊要從肋彎撕落下去的裂斷感。她覺得耳邊聽到的「真主！真主」的喚，都是給她在加油，都是阿訇們求天不應的無助和感歎。

阮枝素的一隻腳已經踏在了中線的白沿上，只要雅慧再把她的腿腳拉往這邊一點兒，一微丁點兒，讓她多半腳的前掌踩在白線上，她就算贏了這一局。做了裁判和記分員的兩個女阿訇，這時已經慌亂了，叫聲的嘶啞像雞鴨在鷹嘴下面邊跑邊喚樣，單調的「真主！真主！」的兩個字裏邊，充滿了雞鴨將死的哀鳴聲。

一望無際都是願念的希望和佛光。

一望無際都是佛陀、菩薩和信徒們的喜悅和微笑。現在雅慧很清楚地看見了阮素枝的那張臉，扭曲得如西寧人蹚水過河後，把衣服團在面前擰着水的布衫樣。她的臉不再是血紅脹亮了，而成了蠟黃和蒼白，臉上的汗，如病虛的玉慧師父當初下床站着般。只要雅慧再用一點點的力，如一粒豆子或米粒大的力，她就要把身子倒在白線這邊了。且雅慧也已經從神的那兒得到這點力氣了。她要把這一點力氣用在弓着的腿上和透過鞋底摳着水泥地面的大拇腳趾卜。原來有些鬆活的膠底布鞋現在變得守腳了，似乎鞋碼忽然小了一號或兩號，已經盛不下她穿三十六碼那不算大的腳。似乎她的腳現在腫脹起來了，脹得要把鞋子給

撐開來。似乎現在不是她和阮枝素在進行拔河賽，而是她的腳和鞋子在進行對抗賽。腳面因為用力在鞋裏鼓脹得如充了血氣着，似乎決意腳要脹破鞋子衝出來。而鞋子，這時在盡職責守地把脹腳箍在鞋窩裏，使它無論如何不能跑到鞋外面。尤其伸在前面的右腳兒，彷彿腳面已經腫脹成了水袋子，可鞋子就是壩着不讓鞋裏的袋水流出來。

雅慧知感到了右腳上的鞋帶勒在了她的腳面上，像一根繩子緊緊捆在水袋上。她祈禱她的鞋帶一定要勒緊捆好自己的腳，不要讓水袋破開血液流到鞋外面。她祈禱菩薩、佛陀替她守好她的鞋帶子。她許願讓她贏了這一舉，贏下這些錢，買房後她立馬把菩薩、佛陀敬在床頭上，把她整個的房子都變成佛堂和庵寺；讓佛陀、菩薩在北京也又多出一個家。可也許，如果不想到她的鞋子、鞋帶就好了，就果真贏下這局了。然她想到了。想到一周前她洗鞋子時，好像右腳上的鞋帶和鞋面連着的針線有些鬆腳了，有斷出的線頭露在鞋外面。她曾想坐下給那鞋帶縫幾針，可那時，因為正剪一張菩薩和老子在一起說話、喝茶的最為形象藝術的剪紙沒顧上。現在事情爆發了，如一庫水因為一個蟻穴的透水坍塌般，她想到鞋帶的根裏那兒缺針時，鞋帶就果真從那兒斷開了。轟隆一下，右腳炸出一響劇烈砰啪的斷開聲，如一塊巨石從樓頂落下砸在了樓板上。當她感到了腳下的震顫和晃動後，未及明白發生了什

麼事，就覺到前邊的右腳虛一下，摳在地上的腳趾便從水泥地裏浮漂起來了。

　　隨之阮枝素的身子也如被真主朝後拉着樣，她倒着急速退幾步，就把雅慧整個身子和腿腳，都扯拽到了中線那邊的界地上。

　　整個走廊在這一刻，都寂死下來了。原來在空中走水響着的氣流聲，這時忽然凝聚成了板結兒，壓在了她們的頭上和呼吸上。阮枝素贏下了這一局，如不敢信真樣，她立在樓梯口，臉上不是興奮和喜悅，而是繃緊面孔、盯着雅慧落在地上的鞋帶兒，怔了一會說：

　　「是神不讓你贏的，是神把你的鞋帶扯斷的。現在我贏了一萬啦。」把目光朝那兜錢上望了望，如同想去那兜裏取出一萬元，可想到什麼又冷笑一下子：「都放哪兒吧，安拉已經決定讓我把這一兜全都贏下了。」

　　雅慧不說話，盯着那段黑藍色的鞋帶兒，也朝那錢兜瞟一眼。

　　「安拉給我力量了，可菩薩沒有幫助你。佛也沒有站到你邊上。」說着朝四周望一眼，阮枝素忽然彎腰把自己的鞋子脫下來，把襪子脫下來，塞進鞋窩裏，又將鞋子提走靠在牆下邊，回來豎在雅慧面前接着道：

　　「真主是所有神裏最公平的神，你鞋帶斷了我們都光腳。」

看着對面那雙有些鴨掌似的腳，醜陋黑薰，像她有幾天時間沒有洗過腳。藉着光，還能看見她腳趾縫裏藏有垢泥兒。空氣裏似乎有一絲她的腳臭味。就這麼靜了一會兒，愣了一會兒，雅慧把目光從她的腳上收回來，也慢慢脫掉鞋，放到一邊去，這時有幾個女信徒起床開門出來了。有基督教的林小婧，天主教的大雪姐，惟獨沒有佛教的比丘尼和友教裏的道姑在。她們都在盯着走廊上的境況看，盯着面前的兩雙腳丫兒，先是不説話，後又驚驚炸着喚：「貢主任的書裏正缺你們這樣拔河賽的事例哪，你們這不是拿神的臉去貼人的屁股嗎！」可見阮枝素、雅慧和那兩個女阿訇，並不接理她們的話，也就又笑笑，站到一邊去做看徒觀眾了。她們不再勸她倆不要拔河賽，不要教爭和怨懟，彼此的臉上立馬又有了看熱鬧的興奮和紅光，像被眼前神異的事情照亮了樣。

阮枝素又將拔河繩子塞到雅慧手裏去。

接了繩，雅慧也再次低頭看着自己的腳。她發現自己的光腳和阮枝素的光腳同在一起時，像一對白鴿與兩隻黑鴉落在一起樣。水泥地板冷硬冰凝着，咯得她的腳掌有刺生生的疼。為了宜適這光腳在地上的疼痛和堅硬，她把這雙腳的腳趾在地上拱了拱，才把目光落到了界河那邊去。

對方已經拉着繩子弓下身子了，鋪開在地上的兩隻腳，這時又像鋪開翅膀臥在那兒的兩隻鷹。第二局的拔河

開始了，弓身、用力、怒睜雙眼和對執念的守持和棄放。腳底的柔肉在地上像刀子割着樣，三分鐘不到雅慧就又輸了這一局。

新局裏她把襪子又穿回在了雙腳上，這一局來回幾下後，她的襪底被地上的沙石磨破了，腳掌和腳心的刺疼重又回到她身上，待她想要忍疼用力時，好像有石渣鑽在她的腳掌肉裏了，於是也就放棄了。

第四局，她從右腳掌上摳出了兩顆鑽進肉裏沙粒後，再提繩去拔時，右腳的絲襪被她掙爛了，大腳趾從襪洞露出來。這當兒，阮枝素也盯着她嫩白嫩白的腳趾頭，從嘴角露出一絲冷笑來：「菩薩的腳是養在雲裏的，你們尼姑的手腳是養在山澗水草裏邊的。可我們伊斯蘭的阿訇們，男的和女的，手腳都是長在黃土、沙漠和石地上。今天你和我拔河比的不是誰的力氣大，是哪個教的苦難大。」說完又看看周圍忽然多出許多的女信徒，她們都從週末懶睡後的宿舍出來了，都在走廊圍着她們看。有幾個僧姑站在人群裏，嘰嘰喳喳説：「顧明正的心正了，現在她又邪上了。」說着用毛巾擦着剛洗過的臉，還朝臉上抹着護膚膏。

雅慧把目光朝人群裏邊望一下，看見有幾個男信徒從樓下上來立在人群外，探着腦袋看滑稽戲一樣，哈哈哈地指着她和阮枝素，聽不清他們説什麼。雅慧又一次低頭看了從她的襪洞拱出來的腳趾頭，現在不是一個大腳趾，而

是並排伸出了三個腳趾來。而且左襪上，也跟着破了一個洞，該剪指甲的腳趾殼兒灰糊糊地露在那洞外。於是雅慧猶豫一下子，彷彿是因為腳趾露在外邊她不得不認輸樣，便朝阮枝素的那邊走過去，到她面前輕聲說：

「枝素嫂，我都認輸了，你把那錢拿走吧。」

阮枝素想了一會兒：

「安拉不讓我們接助外教任何人的錢，我只能每贏一局掙回該我有的一萬塊。」

雅慧又問道：

「不是我給你，是佛給的呢？」

「佛的也不要。世界上除了真主外，根本就沒有佛陀、菩薩、耶穌和聖母。我要了佛的錢，就等於承認世上還有別的神在了。」這樣低聲回着話，阮枝素又用眼神冷冷看着雅慧繼續道：「我們開始吧，除非佛陀或菩薩，真的現身跪到真主面前去。」

雅慧立在那，阮枝素拿着拔繩朝後退兩步。這一刻，水粵師父不知從哪出現了，她提着一雙新白色的運動鞋，撥開人群進來放在雅慧面前後，又趴在雅慧的耳朵上：「輸人可以，但不能輸了佛！」緊跟着，邊上又有幾個剛擠進來的僧尼和道姑，她們都大聲地對雅慧喚笑着：「雅慧，你不能贏她嗎？你還不到二十歲，她可是生過孩子漏過氣的女人呀。」之後就又笑着阿彌陀佛着：「你別給我們佛教丟

臉啊！」「你別讓她們瞧不起我們菩薩啊！」人就被新上來的同學擠到後邊了，聲音被別的笑聲蓋將下去了。

一個走廊都是人。

樓梯上和電梯口哪兒擠滿了各個教的男信徒。好像八十二歲的老神父，也在人群裏邊被信徒扶着看熱鬧。透過外面的窗子能看見藍天沒有動，只是雲在遊移着。天空朗開了，可有雲彩還在愁憂着。有阿訇也把阮枝素的鞋子提來放在她面前，示意她把鞋子穿上再比賽。可是阮枝素，看看那鞋子，用腳把鞋踢到一邊去，不屑地扭頭看着正穿鞋的雅慧和幫她繫着鞋帶的水粵師。她踢走的鞋子被雅慧看見了，雅慧猶豫一下子，止住了水粵師父的手，又把穿好的鞋子脫下塞到水粵師父手裏邊，站起身，再把腳上的襪子脫掉扔到一邊去。

第五局的拔河開始了。一切都是前邊的重複和再來。把腳趾摳在地面上，感到了這一局腳上、身上的力氣是可以贏下對手的，可結果，也只是讓阮枝素的身子朝着這邊移了移，晃了晃，之後她就穩住腳跟了。她已經找到了拔河賽的巧技了，弓腿、彎腰，將頭下勾着，眼睛上瞪着，上牙咬着下嘴唇，憋着呼吸用着力，然後她的腳就抓在地上了。腳趾摳在地裏了。雅慧的腿腳就從地上被她拔扯漂浮了。人群從鼎沸吵鬧瞬而沉到靜裏去，進而是「加油！加油」的大喚聲。佛教、道教的信徒站到雅慧這一邊。伊

斯蘭的決然站到阮枝素的那一邊。天主教和基督教的學員們，有的在替枝素喚，有的在替雅慧喚，還有的看這邊要輸了，就替這邊喚，宛若神總是站在弱的一邊上。喚叫聲洪水一樣捲在走廊裏，垂穗明明到了雅慧這邊來，可不知為什麼，結果卻又到了阮枝素的那邊去。到第五、第六局，勝贏也都和前邊的結局一樣後，雅慧終於支撐不住了，她滿臉慌汗地立在樓梯的寬敞處，臉上掛着蒼白色，喘一會又過去把牆下的袋子提來遞給阮枝素，嘴唇哆哆嗦嗦說：

「枝素嫂，不是我要給你的，也不是佛給你們伊斯蘭的錢。這是真主讓我給你讓你回去修繕那座清真寺的錢。」

人都忽然從加油聲中寂下來。所有的目光都靜成月青色，沒有熾白色的光，也沒有暗黑與不明，幽靜模糊卻又是什麼都看得清亮的。空氣中除了所有信眾屏住了的呼吸聲，就是電梯吱唔、嘰扭的纜繩捲動聲。這時候，阮枝素忽然在那兒立住不動了。她知道她徹底贏下這場拔河了，可從別人的目光裏，她好像看見贏的卻是菩薩佛，而輸的，倒是真主安拉了。她沒有接那錢，也沒有多說一句話，只是把雅慧遞來的錢兜朝後推了推：

「真主不讓我這樣兒！」

遲疑一下子，雅慧又朝前上一步，忽然把她的手伸到阮枝素的面前去，這時所有的信徒就都看見雅慧手心有了一

片的血泡兒，其中有個血泡破開來，血水紅漿漿地黏在她的手裏邊。人都不再說話了。神也都不再在人群中間和這走廊上。所有的目光全都落在了阮枝素的臉上去，如她是惡人罪人樣。可是阮枝素，臉上卻是平常色，她看着雅慧的臉，又掃了一眼圍觀着的信眾們，靜平瑞色地說了一句話：

「你能當眾說一句是佛輸給了真主嗎？」

雅慧搖搖頭：

「我不能！」

「那你就說一句佛真的沒有真主的力量大。」

雅慧說：

「輸給你的不是佛，而是不配稱為佛徒的雅慧尼。」

阮枝素又把那邊帶血的拔繩拾起遞到雅慧面前去。「你拿着，」她說着扭頭看着邊上記分輸贏的女阿訇，「把你的小刀拿出來，我說過真主才是天下最公平的神。」看那阿訇不動彈，她又對那阿訇大聲吼：「拿來吧——別忘了我們都是真主的女兒啊！」那阿訇，就果真從身邊拿起她的小提兜，從兜裏翻出一本《古蘭經》，又從經書下邊翻出上課用的鉛筆盒。她從盒裏取出一個小刀兒，很從容地遞給阮枝素，還輕聲叫了一聲「枝素姐」。

阮枝素沒有回應那叫聲，接過小刀打開看了看，一隻手把那指長白亮的刀刃朝着雅慧遞過去，另一隻，也伸開遞到雅慧面前去：

「是你來還是我自己？劃多深，幾道口，我都聽你的。」

雅慧臉白了。

邊上的水粵師父和佛道的僧姑也都驚着了。在女信徒身後的男信徒，也都個個臉成驚白色，不敢大聲呼吸大聲說話兒。樓道再次靜成廢墟墓地樣。景況如所有信徒沒有見過上帝、佛陀、菩薩和老子真身時，阮枝素把安拉的真身、真音帶來了，讓端莊聖嚴的真主立在異教徒們的面前了。走廊的半空是一片驚白色的臉。人群的呼吸和沒有呼吸樣。所有信徒的手裏都捏住一把汗。所有人的眼裏都是冷異冷異的光。這時的雅慧立在人群最中間，身子如被阮枝素挖空的一段枯樹般，整個人都輕得想要飄起來。她盯着面前的小刀和阮枝素的手，看見那手上的黃繭如西北地土中的僵石塊，於是她明白自己緣何拔拉不過對方了，是因為她是被佛養的人，而那阮枝素，不僅是自己養着自己的，還是苦難和穆罕默德的真信徒。現在她不知道這時她該怎樣兒，不知道該說一句什麼話。汗在額上密成晶粒兒，好像拔河時，身上沒出多少汗，而這時，看着那刀子和手，眨瞬的功夫她整個後背全濕了。後脊柱有一股冷氣從下朝着上邊竄，一直沖至她的頭頂上。也就這時候，靜極的信徒人群裏，有被撕扯開的人縫和騷動聲。目光都朝着電梯那兒望過去，有個人從讓開的人縫那兒走來了。

是明正。

顧明正！

　　他和所有的信徒一樣是在周末睡了個懶覺起床的，聽說七樓有女信徒在爭執拔河後，回屋倒了半杯水，喝了幾口坐了一會兒，忍不住從三樓朝七樓乘着電梯走上來。他想也許是雅慧在這和誰賽，就果真是雅慧在和枝素阿訇賽。就在人群外面看。就明白了這一幕。就在這一危遇危遇的關口上，他撥開人群朝裏走來了。好像明正什麼也沒想，也就這樣走來了。好像自這學期很少和雅慧往來就是為了等着這時朝着雅慧走來樣。不快也不慢，不急也不慌，走着脫着他的灰道袍，露出他穿在道袍裏邊紮在褲腰裏的白襯衣。再把道袍隨意地脫着丟到人群裏，將襯衣從褲裏抽出來，把皮帶緊了緊，兩手相互捏了捏，趟着人群和目光，從大家面前過去後，如耶穌走到被亂石將要砸死的妓女面前樣，顧明正到雅慧面前把她朝着邊上推了推，自己站到她站過的位置上，拿起沾着雅慧手血的拔繩看了看，抓在手裏邊，聲音很溫和地對着阮枝素：

　　「佛道從來是一家，我來跟你比。」

　　阮枝素接着就問他：

　　「你是女人嗎？」

　　「是！」明正說，「要看嗎？」

　　繼而明正扭頭用目光掃了所有信眾和同學們，然後就和阮枝素對臉站在一起兒，把雙手放在褲腰上，聲音大到

像有麥克風在嘴前樣，「我是個女信徒，我做過手術啦！如果你們哪一教的神祖不信一個信徒的話，讓我脫掉褲子看一看，我可以當眾把褲子脫下來。」說完他再次把目光朝身後和周圍掃了一圈兒，接着大聲問：「有人要我脫掉嗎？有神讓我脫掉嗎？」看徒人群就被他給鎮住了，像謠言成了一場實在樣。

這時輪到阮枝素的臉白了，她的額門上沒有汗，卻有幾分霜雪掛在她那土黃色的皺臉上。她不知道該不該讓明正脫下褲子來，驗證一下他是男信徒還是女信徒。朝着身邊的女阿訇們看了看，她看到的都是意外和不知所措的惘然色，就那麼沉在信眾人群裏，阮枝素末了說了一句很滑稽的話：

「顧道士，你脫吧 —— 你敢當眾把你的醜處亮出來，我阮枝素就和你進行拔河賽。」

更為令人意外的，是顧明正果真就脫了。他雙手在腰間猶豫幾秒後，開始動手解着他的皮帶扣。皮帶還是那個又黑又亮的鱷魚牌的膠皮帶，又長又亮的方形皮帶扣上的不銹鋼，還依舊白亮耀人眼。扣上的那個似乎繫進過他膀肩上的長釘兒，也依舊橫着直在扣中間。他解皮帶時，樓道裏塞滿了皮帶扣的嘩啦聲。他把褲子朝腳踝褪下時，樓道裏靜若將有山體滑坡般。接着他暗紅的褲衩露了出來了，滑坡的聲音把所有的聲音壓下了 —— 他穿的不是一般

道士穿的土布褲衩兒，而是本命年必須穿的暗紅色的三角褲頭兒，像電視上海邊男女穿的泳褲兒。時候已是上午九點多，從學校哪兒傳來的周末還上課的電鈴聲，像夏天教學樓外面的蟬鳴樣。蟬在鳴，世界還是原樣兒，可明正已經不是原來那個明正了。不是那個躁浮、薄淺的小道了。他似乎悟經得道了，似乎熟成道師了，有了沉穩城府了。他把雙手伸進他的褲衩鬆緊帶裏去，將暗紅的褲衩朝下褪滑着，白到腫樣的腰肉從布衫和褲衩之間露出來時，猶如日光在夜半裸了出來樣。離明正最近的信徒、道姑、僧尼和女阿訇，她們有的嘟囔着啥兒朝人群後面退，有的把手捂在臉上遮眼尖叫着，可還立在那兒等着醜陋事態的下一步。然他們，等到的下一步，並不來自顧明正，而是田東青和貢主任。他們兩個不知是從樓梯衝了上來的，還是乘着電梯上來的。沒有誰看見他們就來了。田東青走在最前邊，貢主任跟在他身後。當田東青風一樣捲進人群裏，從閃開的人群中間盯着他媳婦，又看看已經把褲衩脫到隱處的顧正明，衝上去揮手就在顧明正的臉上不輕不重摑了一耳光，讓顧明正正脫褲衩的雙手僵在他隱處間的腰肉上，之後他就大聲吼：

「你還是人了嗎？我真為你們道教感到丟人和羞恥！」

然後間，不等所有的信徒醒過來，不等顧明正醒覺說句話，他就又旋疾轉過身，用盡氣力朝自己媳婦臉上

「啪！啪！」兩耳光，使那耳光聲大有明正臉上的聲響雙倍多，且在打後等着阮枝素捂住右臉要叫時，他壓着嗓子對她吼：

「這不是真主打的你，是你的丈夫打的你！」

阮枝素就盯住田東青的臉，又瞟瞟前後呆在那兒的雅慧和明正，從牙縫擠着聲音逼問田東青：

「你是誰丈夫？！」

田東青：

「你丈夫！」

阮素枝默下短極了一會兒：

「你敢當着信眾說你一輩子都是我的丈夫嗎？！」

田東青追着她的話：

「我兩輩子都是你丈夫！」

她便也追着他的話：

「敢當着信眾和真主發誓嗎？」

田東青就半轉過身子來，看着面前的同學信眾們，又抬頭看看頭上的白色天花板，鄭鄭重重大聲道：

「安拉在上 —— 同學信眾們都在我面前，我發誓這一輩子、下一輩子都是阮枝素的丈夫和真主的兒子、孫子、重孫子！」

事情就豁然尾聲了，像一陣風將一樹黃葉吹落般。

聽了這信誓，阮枝素沒有多看她的丈夫一眼睛，沒有對人

群説句什麼明悟明徹的話，彎腰從邊上拾起雅慧裝着錢的那個藍袋兒，從顧明正身邊繞過去，塞到一直木在那兒的雅慧手裏邊，爽朗大聲道：「去買你的房子吧 —— 安拉同意把錢給你了。」說完又忽地轉過身，從人群縫裏看着貢主任：「這下你的書中什麼例子都有了，可以成為一本好書啦！」

說完她朝走廊那頭的宿舍快步走過去，將一走廊的目光都給帶走了。然後間，人群就散了，雅慧把阮枝素塞到她手裏的那兜十萬元的錢款過去塞到了貢主任的手裏邊，一場神、人和錢財的事情也就結束豁然了。

11 雅慧、明正和房姐

　　神、人和錢財的事情沒結束，它還在後邊等着雅慧哪。把那兜錢塞給貢主任，雅慧回到房裏坐了坐，到衛生間裏洗了手，嘴對着手上的血泡吹一吹，出來朝桌上的菩薩看一眼，朝門口那兒走兩步，又回到床前坐了坐。這一坐，她只坐了兩秒鐘，這兩秒的一坐讓她成為一個沒有柔氣的女人了，不再是那個在靜水庵長大到十八歲的玉尼了。從床上第二次站起身子時，她對阮枝素心裏一點怨氣都沒有，反而還有些感激她。她覺得是阮枝素把她從一個玉尼變成熟僧了，讓她知道十八歲不是十八歲，而是一個人長大了的那個年齡了。是在俗世都可以成家結婚那個年齡了。若是在西寧，在西寧郊野的村落裏，説不定是背着孩子、趕着羊群、眼望着村落和炊煙，急腳要回家給人燒飯的哪個媳婦了。

　　她又一次從房間裏邊走出來。這次出來走廊上有個老道姑。老道姑扭頭望着她，她朝道姑點個頭，就往電梯口的那兒去。

　　乘了電梯從宗教樓裏走出來，雅慧碰到誰都閉嘴點個頭，不説話，不佛禮，腳下的快像要趕着急做一件事，像

不做那事就有什麼來不及了呢，於是急腳快步朝着學校外面走。朝着學校對面的銀行走過去。她的銀行貸款快要下來了。貸款下來只要到銀行交上身份證的複印件，填上幾張表，她就可以到北四環的房屋過戶中心去遷辦房產證。

她忽然非常想把那房子的產證拿在手裏邊，開始在那房裏粉刷、裝飾和擺家具，讓阮枝素、田東青、水粵師父和貢主任，還有班裏所有的同學都知道她真的在北京買房了。

確實在北京買房了。

再也不回西寧那邊的靜水庵裏了。

她要把靜水庵搬到北京來。要把師傅、菩薩、如來都從西寧那兒請遷到北京她的房裏來。

上午十點多，她到銀行那兒催貸款，十一點，去房介那兒填了幾張表，下午去家具店看了床、桌和沙發，第二天去建材市場找裝修工人去那房裏刷房白，到中午就坐在路邊大杯喝着水，大口吃着從路邊買的煎餅和烤腸。吃着朝着路過的人群望，朝着天空望，彷彿怕路人沒有看見她這個玉尼破戒吃了肉。

就這樣雅慧還是那個雅慧着，卻又不是那個雅慧着。她就那麼坐在路邊大口大口地吃。

陪她來的明正有些驚地站在她邊上。

「你不吃？」她吃着把另一根烤腸遞給明正説。

明正猶豫一下接過那烤腸，用一張紙包了拿在手裏邊：「我回學校吃。」

「不吃還給我。」雅慧又從明正手裏要回那烤腸，「我就在這吃 —— 偏要在這吃。我等着菩薩、如來從哪出來朝我臉上摑上一耳光，再朝我臉上吐口痰，把我踢出淨界才好哪。」吃着說着像和菩薩和佛賭氣樣，像佛和菩薩是她仇家樣，她正等着他們出來和她吵架、打架呢。

明正覺得雅慧自打和阮枝素拔完河，忽然變得不是那個雅慧了。像原來一棵溫順虛虛的泡桐一夜長成了一棵刺槐樣。他怔怔望着她，不說話，又故意朝她面前站了站，用身子擋着她的惡吃相，不讓路人看見她那教野的樣。那時候，太陽還在斜頭上，是下午三、四點，說熱又不熱，說涼又不涼。雅慧吃完用紙擦了手，將紙扔在路邊上，起身盯着明正看一會，直直正正突然說：

「問你一句難聽的 —— 回去你敢讓我看你兩腿那兒的手術嗎？」

明正怔一下，本能從她面前朝後退半步，雙手垂着護在兩腿間，重又把目光落在她臉上，像沒有聽清她在說啥兒，要再問一遍她剛才說了啥。

「要是上學期遇了和阮枝素的事，我就一嘴答應和你還俗結婚了。就是被我師父活罵死，被菩薩咒死我也會和你住到一塊兒。」這樣聲音不大不小地說完後，她就最後

瞟了明正一眼睛，從明正身邊擦過去，朝着學校的方向走，把明正留在後邊像把自己的影子留在身後樣。

他們就這樣和好了，彼此說話直來直去了。彷彿雅慧忽然長大了，明白了世事就是她和阮枝素拔河一樣兒，萬物千事都是由神、人和錢財主張着；明白了世上本來沒有神，千事萬物都只有她和阮枝素那樣一椿接一椿的拔河樣。也還像她什麼道理也沒懂，只是知道自己過了十八就奔着十九了。十九、二十歲，在西寧那兒姑娘就要尋找婆家出嫁了。出嫁就要為生息操勞了。為生息就不能不為她要買的房子奔波了。第三天，第四天，到了第五天，下一周的星期二，她的銀行貸款下來了，又在上午十點去銀行領了表格簽了字，十一點她獨自到北四環房屋過戶中心那兒了。

那是一棟玻璃寫字樓，拿着證明信和委託書，轉賬收據和她的銀行卡，至三樓到處都是排隊的大廳裏，在一個架子上取過一頁「過戶流程表」，按流程指南站到靠西2號窗前的隊伍裏，將銀行卡緊緊捏在手裏邊。算着交完首付和七七八八的錢，她的卡裏應該還有三萬五千元。房產稅是百分之一點五，二百萬的房子要交去稅款三萬二千元，然後還有印花稅、手續費，待全部過完房產她的卡裏應該還有一千元。她想等拿到房產證，晚間用這錢好好請房姐吃頓飯，再叫上明正陪她喝上幾杯酒。就在那人群

隊伍裏，盤算計劃挪動着腳。半個小時後，終於輪到她，把資料從窗口遞進去，看見一雙手把她的資料從這疊抽出來，塞進另外一疊裏，再從另外一疊抽出幾張塞到這個夾卡間，然後在桌上對齊磕一磕，開始一頁一頁掀，一頁一頁看，凡見到有着公章的頁面上，都要對着那個公章審許久，直到末了從那窗口遞出來一個很和善的聲音來：

「沒問題 —— 現金還是卡？一共十萬三千八。」

雅慧怔一下，把臉揞在窗口上：

「錯了吧，不是三萬零幾嗎？」

「稅自昨天半夜零點起，從百分之一點五漲到百分之五，今天早上的新聞你沒聽？大門口貼的文件通知你沒看到嗎？」

雅慧就僵在那窗口不動了。

窗口裏的人把背靠在椅子上，像這個話他說了千百遍，已經說得不再耐煩了。也就喝着水，看也不看雅慧的愕然和驚詫，待水把嗓子潤和了，才放下杯子對着窗口大聲道：

「交不交？不交下一個！」

好像人家知道雅慧的卡上錢不夠，喚着把雅慧所有過戶的資料從窗口扔出來。

雅慧不知道自己是怎樣接過了那一沓過戶資料的，是怎樣從排隊的人群退了出來的。腦子裏嗡嗡啦啦響。從

那窗口遞出來的幾句話，一串石樣砸在她頭上，一點都不像佛陀和道家那樣把有說成無，把無說成空，所有所有的理、道、教，都在有和無的邊緣上。也就愣在過戶大廳裏，癡怔一會兒，慢慢下樓來，立在四環路邊上。看了半天人流、高樓和汽車，想到幾天前，和阮枝素拔河手上流的血，把貼了紗棉的右手抬起看了看；想到本來前天是要來交稅的，可沒有銀行貸款的下放通知書，就順腳拐到家具店裏走了走。想本來昨天是要來交稅的，可依然沒有貸款通知書，只好又去做了別的事。今天拿到那只有幾行字的通知後，馬不停蹄地趕來了，可稅錢卻直升上漲了三點五個百分點。二百萬的百分之五，就要多交七萬元。七萬元，壹萬元一打就是整七打，合在一塊如是半塊磚。事情就像有一悶棍突然打在了頭上樣，她該大哭的，可在那棍棒落下那一刻，竟是一點疼痛都沒有，只是腦兒空白得和什麼都沒發生樣。和不知道突然發生了什麼樣。雅慧就那麼癡癡怔怔立在路邊上，木呆呆地望着大街、人流和天空。天氣倒是好，高天又薄雲，天空是種水顏色，時季在初夏近午的日光裏，頭頂上有一團雲彩白得和西寧人喪葬戴的白孝般。雅慧站在路邊盯着那團白雲看。她知道菩薩一定不會從那雲的後邊走出來，可還是盯着白雲直愣愣地想，這時若能從那雲上看見菩薩就好了。若能看見菩薩在那雲端上，她就衝到前邊十字路口跪下來，哪怕汽車開來

從她身上軋過去；即便菩薩不從那雲後走出來，只要那遊雲形為一個人的樣，頭臉或身子，哪兒有點像菩薩，她也從路邊的欄杆衝過去，跪在路中央，哪怕有幾輛汽車一連開過來，讓她血肉一團攤在路面上。

她又一次把手伸到眼前看了看，在心裏莫名地唸着喚叫着：

「——神啊！—人啊！——房子啊！」

不知道為什麼會想到神啊、人啊、房子啊。就那麼自然地想到了神啊、人啊、房子啊。想到了，也就默默喚叫了。喚叫了，心裏也就暢快了。暢快了，就又莫名的對阮枝素充滿着一層感激心。

是阮枝素讓她從玉尼成為熟尼的。

是阮枝素讓她在這個時候知道後面要去做些什麼事情了。她不為前幾天剛把那十萬元塞還給主任而後悔。也不為晚了一步就要多交七萬塊錢而後悔。她聽王昌平牧師說過《聖經》上有個人物叫約伯，是世界上苦痛最大、最大的人，一家人被大火活活燒死沒有掉下一滴淚，因為他知道那是神在考驗他的忠貞和勇氣。怎麼就知道現在的事情不是佛在考驗我？不是菩薩有意要在今天把我從玉尼變成現世熟尼呢？立在過戶樓下望着人流、車流和天空，看着汽車一輛輛地從她眼前開過去。來往的腳步雨滴一樣落在她的面前和身後，她又一次把頭仰在天空上，盯着頭頂那

一大片操場似的雲，撕破邊的不方也不圓，又似方似圓地凝在頭頂正空間，四周連一絲遊移變化都沒有，更別說會從那兒走出一個菩薩或者釋迦了。

再次從那雲上收回眼，雅慧忽然很想笑自己，明明知道菩薩、釋迦不會從那雲裏走出來，自己卻還仰頭看着等了大半天。想到了笑，就想到三天前，田東青阿訇告訴大家說，王昌平牧師被帶走之前曾經託付給他一封信，說倘若一天他事發東窗了，請田阿訇把那封信儘快寄出去。

然後他果真有事了。

田阿訇果真連夜在那信上貼了郵票投進了學校郵筒裏，並在第二天，一早就守在那郵筒邊，看着郵局的人員把郵筒的郵件全都取走並離開。以為一切都好了，風來帆起着，春來花開着，誰都相信那封信事關王昌平的命運和生死，相信收信的人，只要收到那封信，王昌平就會很快從哪被救解出來回到宗教樓，回到神和信徒們的中間來。田阿訇一分一秒等，算着時辰等，等着王牧師突然出現在宗教樓的門前或者教室裏。可就這麼過了一分又一分，一天又一天，猛地就在三天前，那封信又被退了回來了。信封上貼着一張白紙條，紙條上打印着淡淡平平一句話：

郵資已漲，請您貼足郵票。

三天前田東青給大家説着這些時，笑着將雙手捂在臉上蹲下去，就都看見有淚從他的指縫擠出來。聽的人都愕着立在他面前，待他不笑了，起身在臉上擦淚時，有個信徒問他説：「——信是寫到哪兒的？」

田阿訇看着那信徒：

「——很遠的路，西邊的。」

另外一個信徒接着問：

「——誰收這封信？」

田阿訇又看着那信徒：

「——耶穌和聖母。」

人就不笑了。不言不語了。

都看着田東青和西邊黃昏間的天，彷彿王牧師就在西天瞅着大家樣——郵資漲價了，寄給耶穌和聖母的急件被退了回來了。這是多麼荒謬可笑的事。想到這雅慧就盯着頭上的白雲在心裏説，釋迦你不從那雲裏走出來，那就無論是觀音、文殊、普賢或是地藏菩薩隨便你們誰，只要你們誰在那雲裏露個臉，我就認了我的命運不買這房子，哪怕重讓我回到荒涼荒涼的青海也可以。可你們不露一下臉，那就沒人能阻攔我雅慧丟掉靜水庵，死也要到北京的煩鬧俗世買這房子了。

她就盯着那雲又在心裏説，我數一、二、三，看你們在那雲裏出來不出來。出來了我就不買房重回靜水庵，

不出來我就一定要買房，一定要把自己留在北京這地方。和孩子一模樣，和要偷一樣東西又要找到別人讓她去偷拿那東西的理由樣，她果真仰頭看着雲，從嘴裏輕聲數了「一、二、三」，再朝那雲裏看了看，見那雲亦如雲一樣，天如天一樣，便冷冷笑一下，收回目光低下頭，毅然地起腳離開過戶樓下的路欄杆，朝中關村的方向走去了。

「你們不露臉，這就不怪我雅慧要做什麼事情了。不怪我雅慧要去找誰了，要橫心違教，做那腐德逆心的事情了」。這樣想着說，她就賭氣樣一步一步起腳朝西走，前腳未及落下去，後腳就又抬起來，宛若有人追着她，連路邊的行人都奇怪怪地看着她。

她要去房介那兒找房姐。

她要通過房姐去見房姐說的那個男人借些錢。既然菩薩不肯在那雲上露個臉，既然十八年來神都沒有和我打過一個照面說過一句話，那我就不能不和上學期的明正一樣去做些犯戒違教的事情了。

她真的要去見見那個男人了。

她想應該答應房姐和她說了三、五次的那樁兒事。

從她迎面走過來的人，風一樣朝她身後吹過去。而和她同向走西的，沒有人能從她的身後走到她的前邊去。她的腳步快得很。瘋走着，又似乎不太知道自己為啥要走這麼快，為啥能走這麼快，只是覺得身上有股力氣在她的

胸脯、腹腔哪一塊，旋風一樣轉一會，撐着她的雙乳和小腹，從上身朝着下身移動着。有種說不清的力氣和舒快，從她的上身躥到她的小腿上，把她的雙腳從地面拔起來了。把她的身子朝前推過去了。且越是走得快，胸乳、腹腔那兒的旋風就越是滿蕩和旋轉，讓她兩腿的那兒有着莫名的愜意和輕鬆，要讓她立馬就來高潮樣。

也就越發快地走。拐彎過去一個紅燈時，她還順勢招手打了一輛出租車。可上了出租車，她又覺得不是她在招手要的車，而是那車突然在她面前自己停下的，是房姐派車專門接她的。所以十分八分鐘，待那車把她從北四環拉到國政大學門前的路邊上，明明她向司機付了十幾塊錢的打車費，可她老覺得那司機沒有要錢就把車又開走了。及至她想問問司機收沒收她的打車費，那輛新黃的出租車，已經又匯入到了人流主路上。

雅慧腦裏忽然有一片末世般的快活和決絕，那立要行做的一椿事，水域上凸出來的木椿一般清晰着。就從過街天橋上跨過去，直接到安居中介門前的一片空地上。一切都如安排好了般。她要找房姐，房姐就在那門口正和另外一個售房的小伙打鬧着，且那小伙還笑着用手在房姐的屁股上捏一把，房姐轉身在小伙身上笑着踢一腳。這時雅慧走來了，立在他們一邊上，他們的打鬧就在她面前戛然斷下來。

「房戶過完了？」房姐有些臉紅地問着她。

說了在過戶中心遇到稅款突然漲價的事，房姐又像知道這些樣，是她安排了北京房稅漲價的事情樣。她不慌不忙地盯着雅慧看，又從自己口袋取出一張餐巾紙，遞給雅慧讓她擦着汗，然後朝着大街的哪兒瞅了瞅，又朝身邊看了看，見剛才和自己打鬧的小伙已經朝房介中心走去了，這周圍就只還有她和雅慧立在一株盛花的玉蘭樹下面，她便用很輕的聲音問着雅慧道：

「怎麼辦？要不你把那房子賣給別人吧。」

雅慧不說話，閉着嘴唇盯着房姐的臉。

房姐說：「賣了你已經可以多賺二十萬，我也能多賺一筆中介款。」

雅慧依然不說話，把目光從房姐的臉上移到房姐胸脯上。

「我實話說了吧」，房姐盯着雅慧的臉，「這兒住着對你不吉祥，小區那兒早先不僅是北京執行死刑、關押犯人的獄監區，有一段還是政府專門關押你們信徒的專用監獄和勞改場。」

這時雅慧不僅不說話，還在臉上露出了「那又怎樣」的笑。房姐就從那笑裏看出什麼了，把頭低了低，用緩和了的語氣說：

「或者再借借，我知道你們信教的神呀鬼的都有錢。」

這時雅慧說話了。她把目光從房姐的胸脯移到她一說話就有亮光的嘴唇上：

「不用借。」雅慧停頓一會兒，聲音不高不低道：「我想去見見你說的那個人。」

房姐這時重又盯着雅慧的臉，自己臉上倒有了愕然和驚怔：

「你會後悔嗎？後悔了你可別怪我。」

雅慧咬咬下嘴唇，把目光朝着別處看了看，用很輕很硬的聲音說：

「不後悔。菩薩和神不管我，我就得自己管自己。」

房姐也就想了一會兒：

「那就好 —— 下決心了我來約。」說着頓一下，又把聲音緩一緩：「早這樣別說這七萬稅款解決了，說不定二百萬的房子他都替你給買了。」

雅慧也就跟着紅了一下臉，不知為何把雙手合掌朝上抬一下，在胸口以下半豎半斜地停了半秒鐘，又用力把合掌朝上提了提，讓豎起的拇指靠在胸口上，使其餘手指全都豎在正胸間，莊重肅嚴地對着房姐道：

「現在就約吧 —— 我現在就想見。」

「大白天⋯⋯」房姐猶豫一會兒，抬頭看看天，又用目光在雅慧的身上、臉上搜着瞅了瞅，「你不回去換換衣服洗個澡？」

雅慧又很毅硬地搖個頭，站在那兒像栽在那兒再也不挪窩的樹。這時候，還是剛才進屋的那個小伙子，又出來站在門口喚叫房姐做什麼。房姐便上前一把拉起雅慧的手，扯着她一塊朝房介的大廳裏邊走，像這時不走就會被人看見樣，雅慧會忽然變了主意樣。

12 無名氏

　　要去見的那個男人是無名氏。

　　見的地方是西北三環角上的香格里拉大酒店，高高的兩柱樓，天梯一般插在三環外。邊旁盤盤纏纏的立交橋，煮攪在一起的大寬麵條樣。時候是剛過中飯午間裏。雅慧在房介那兒把兩包方便麵泡在碗裏時，房姐就和無名氏的電話打通了。雅慧把開水倒進方便麵碗裏一會兒，房姐就朝她笑笑擠擠眼，拿着手機出門了。待她覺得麵已泡好準備吃麵時，房姐從外面走回來，關上門，又朝窗外瞟瞟悄悄道：「說好了 —— 他剛好就在香格里拉開會那。讓我們一個小時以後準時到那兒。」

　　雅慧不知道香格里拉在哪兒，是一個地名還是一個村名、酒店名。她只是盯着房姐臉上的淡紅一抹兒，知道再過一小時，她就能把新加房稅的七萬塊錢拿到手，能在今明兩天把那房的產證歸到自己名下邊，至於從此她就不再是佛家的玉尼而成為人們說的一個熟尼「小姐」的事，她躲着有意不去想，就像看見了什麼又故意裝作沒見樣。

　　「—— 真的陪坐一會兒就給七萬塊？」

「——那要看你和那人的緣分有多深。」

這是她和房姐說了幾次的話。談到緣分的事，是不到時候就不知道的事。於是雅慧也就不再多問說什麼了，只是想那個男人是誰呢？多大年齡了？長得好不好？是會和她同明正戀愛時一樣事事順着她，還是會一見面就不顧一切地盯着她的臉，盯着她的胸，用目光去扯着她的衣服，想要把她渾身的衣服扒下來？想到這，雅慧又低頭看了看自己穿的開領衫和這季節她出門常穿的淺藍織裙子，把衣服裏的裙帶緊了緊，又將目光在自己的鞋和衣服上滯留一會兒，知道自己的衣服有些土，鞋和顏色把她的年齡顯大了，可想到自己是尼姑，剛過十八歲的玉尼就又覺得穿這老色的衣服倒也好。因為老色更能把她玉尼的樣兒顯出來，尤其腳上那雙鞋，是西寧那兒婦女都愛穿的半高跟的方口鞋，雖然土，可她穿着讓她渾身都是玉尼的樸素和雅靜。

就開始低頭吃着剛剛泡好的方便麵。方便麵吃到一半時，叫的車就在門口按響喇叭了，房姐就過來拉着她的手，遞給她一張餐巾紙，將她從房介中心的屋裏拽出來。上了出租車，十五分鐘就到了西北三環紫竹橋下的香格里拉了。下車、付款、入大廳，乘電梯到二十二樓後，從電梯裏邊走出來，這一路都是房姐領着她。大廳裏的空曠和挑高，如她在青海湖邊抬頭仰望天穹般。電梯裏的蕭靜和

她第一次隨跟師傅去塔爾寺聽經學課樣，還有牆上全都是米黃色的壁藝布，每一層樓電梯門開時，進出的都是穿着西裝的外國人，和見人就笑的全是暗紅色呢料工作服的服務員。雅慧知道了這就是人們日常說的五星或超五星的酒店了。知道明正給她說的北京飯店是什麼樣兒了。尤其到二十二層後，一從電梯走出來，雙腳在地毯上虛軟那一瞬，她就想到了明正說的在寒假去北京飯店尋找父親的驚慌和不安。除了手心的兩窩兒汗，心跳快得如乳溝那兒因為開裂心要跑出來。房姐和親姐一樣始終陪着她，拉着她的手指頭，一路都在說香格里拉離國政大學並不遠，直線距離不到十里路。說香格里拉只要你拿着鑰匙一進門，那客房就成自家房子了，成私有財產了，任何人不能擅自進入了。說午飯你沒吃好，到屋裏那吃的、喝的你隨便拿；說你要陪的那個人，年齡雖然大一點，可不大一點兒，誰會讓你陪坐陪坐說說話，就大手給你七萬塊錢呢？怕人家七千、七百也不會從口袋輕易拿出來。

　　然後她們就在電梯前找了牆上房號的指示牌，到指向「2201–2210」的指示箭下邊，房姐朝着前邊指一下，「最頭上那間就是 2210 了。」又重複說了這句後，她在雅慧身上抱一下，「你真的應該洗個澡，有股汗味你自己聞不到。」說了立下來，她就讓雅慧自己朝着那頭兒走。

　　雅慧便站在那兒不動彈，木木抿閉一會嘴：

「他真的也信佛？」

「你去吧，」房姐說，「見了你就知道了。」

雅慧還是立在那看着房姐的臉。

房姐就朝她擺擺手，向後撒着身，走了幾步又大聲回頭喚：「以後有了靠山了，別忘了給你搭過橋的姐。」聲音像風樣，一轉身人就又消失在了電梯裏。這時二十二層的過道裏，一整兒就只還有雅慧一個人。過道裏的每一個門，門腰上都在白天亮着粉紅色的燈，房間的房號都嵌着寫在那燈裏。由門對着的走廊窗，玻璃上連一絲塵埃都沒有。想到這是二十二層樓，自己買的房子也是二十二層樓，這讓雅慧的驚慌小了一點兒，有了一些回到自家的那感覺。她爬在窗口朝外看了看，窗子對着北京北的那方向。目力所及的所有頂樓都是灰亂和污雜，一場大風剛剛從這片樓頂過去樣。可污雜上邊的天空卻是湛藍色，大雲小雲都在潤白着。五月初的日光一整燦爛地閃在天空上，讓所有的雲團都透着柔白和金黃色的邊。雅慧又看到她從房產過戶大廳出來看到的那操場大的白雲了，不方也不圓，四周的邊緣都如被撕破了的紗巾般，這兒掛着幾線紗條兒，那兒飄着一塊一塊的巾紗雲。沒錯兒，確確還是那塊她曾凝死看着等佛露臉的那塊雲。現在透窗看着那雲塊，連雲心的柔染都還看得清，連雲邊每絲紗線的纏繞也都看得清。這一股是順時針的繞，那一股是逆時針的繞。

雅慧好像從窗隙聞到了雲錦暖味了。她站在窗口盯着那片白雲看，又想菩薩啊，你現在從那雲上露出臉或身形來，我二話不說就轉身走回去，不露出來我就只能朝那最頭上的房間走去了。她對着白雲說：「我數一、二、三，看你出來不出來。」她就又一次有節奏地輕聲數了「一、二、三」，盯着那雲看一會，再次數了「一、二、三」，連數三次後，見那雲連一點變動都沒有，雲裏雲外連菩薩的影兒都沒有，就只能朝走廊那頭的房間走去了。目光從窗外的白雲上邊收回時，嘴裏還唸叨出一句「師傅啊！」不知道是要對師傅說世上壓根沒有神，還是要說神們不在你不在，我不得不朝前邊的房子走去樣。

不再慌，也不再驚，除了腿和身上有些軟，心裏倒還有幾分渴望藏匿着。就到了 2210 的房門前，遲疑一下敲了門。

那門輕輕軟軟打開了。

在門開那一刻，她應該首先抬頭看一下對方的年齡、長相和穿戴，可聽見門響時，她卻首先低頭又看了自己脖下開領衫那兒露出巴掌大的膚肌和只有她能看見的乳溝兒，本能地抬起雙手攔在胸上開領處，竟還順嘴嘟囔出了阿彌陀佛經。不知是為了唸經才把雙手佛禮在那兒，還是為了用雙手遮蓋她的開領才要佛禮唸出阿彌陀佛經。之後她就默着低頭在那兒，看見了屋裏門口的地上是紅線格子

的灰地毯，兩個格子間，有兩隻很大的穿着賓館拖鞋的腳。從窗口射過來的光，也正好落在那腳上。

就那麼悶沉一會兒，好像對面那人很吃驚地看了她一會，想要一把將她推到門外去，卻是出於節禮對她說：

「進來呀！」

聲音是帶着老沙的，好像還有不耐煩的語氣在裏邊。雅慧這時不能不抬頭正目了。她朝裏挪着走一步，慢慢抬起頭，看見有一隻胳膊挑着絨厚的袖筒去把門關了，還順帶將鎖下邊的一個小鈕轉一下，然後放下胳膊時，她把他看至清楚了。他也把她至看清楚了。果然是個年紀大的人。是老人，瘦高紅潤，立在那兒像棵樹。倒是身子直的比樹還要直。他剛洗了澡，穿着賓館深紅色的綢睡衣，像一杆竹子舉了一面旗。從他的拖鞋到浴衣下擺那，露出的腳脖和小腿，筋瘦如柴是種暗紅色，彷彿她在哪兒見過的薰乾過的臘肉樣。自浴衣的下擺慢慢移着目光朝上去，她看見他的手又大又長，手背上還有幾粒顆老人斑。再從袖筒開始讓目光朝上移，就看見他的脖子瘦長着，鬆弛的皮肉垂在挑跳起來的兩根大筋上，鼓跳着的喉結那，掛有一層深皺深紅的紋。和他高挑的身子一樣兒，臉也一樣瘦長着，鼻樑的條刀讓那臉上顯出了毅硬和剛直。發了白的眼睫上，有兩根一寸多長的長壽鬚，舒展地引着別的眉毛朝

眼的外側伸過去。大眼睛、寬額門、純白髮，且頭髮銀亮粗壯，像他一生都沒有掉過頭髮樣。

「你坐呀。」那人半冷地說着去把透了光的一個窗簾拉合上。屋裏立刻就變得柔暗溫馨了。這是客房外的客廳間，布藝紅沙發，暗色紅木茶几，還有靠牆邊的電視機和電視櫃，兩個窗子中間的一副白樺大地森林畫。屋子裏有一股說不上來的香味和剛洗過澡的水馨味。雅慧孩子樣立在門口上。他像爺爺樣，立在客廳中間看看她。還在看後給她沏了茶，從櫃子裏邊取出一雙和他穿的一樣的拖鞋丟在她面前，然後自己坐在沙發上，讓她換上鞋，坐在沙發對面的一把椅子上，中間隔着大茶几，像把她倆連起來的一張床鋪般。

空調把屋裏吹得不熱也不冷，可雅慧覺得身上有些熱。她換了他給她的拖鞋後，提着自己的方口布鞋擺在門後邊，然後朝裏屋瞅一眼，看見他的衣服丟在裏屋的床沿上，且褲腰皮帶一半在床上，一半掛在床下邊。一切都是從看見他脫在床上的褲子和皮帶開始變化的。原來入門前的模糊和平靜，被那褲子、皮帶捲走了。雅慧自看見那皮帶，心裏就猛地開始亂起來，開始哐噹噹地跳起來，開始擔心他會突然撲上來，一下把自己壓在他的身子下，因此連胸口兩側的雙乳也似乎鼓着跳着不知是要躲起來，還是想要跳出來。

待她坐下後，他把茶几上的茶杯朝她面前推一把。

「房姐說讓我過來陪你說說話。」她就盯着那個茶杯哆嗦着聲音試着說，「就是說說話和喝喝茶。」

他抬頭擰着眉毛盯她一會兒：

「你真的剛過十八歲？」

她有些驚慌地朝他點點頭。

「看你的穿戴和二十幾歲樣。」說着他還扭頭看看她那擺在門口的那雙方口鞋。

這話倒讓雅慧心裏踏實了，紅一下臉，她把頭朝下勾了勾。

「短頭髮倒是像孩子。」他又接着道。

聽了這話後，雅慧抬起頭，雖然沒說話，但心裏的慌跳緩減了，膽子也跟着壯了一點兒，敢慢慢打量、琢磨他說話的語氣表情了。而人家，還依舊直熱熱地看着她，果然像用目光一件件地扒着她的衣服樣。

「真的是自小在庵裏長大的玉尼嗎？」

她沒有從他的臉上看出有什麼特別的淫邪來，只是見他望着她，一滿臉的好奇和疑懷，如不信房姐給他說的什麼樣，於是她就朝他輕輕點了一下頭。之後屋子裏靜下來，他彷彿還要問些啥，又覺得不該那樣去問她，也就猶豫着，端起茶几上的水杯喝兩口，又把杯子放下來，朝哪望一眼，收回目光重又瞟着她，笑了一下突然大聲說：

「我有些老而不尊了 —— 你真的沒有和別的和尚、男人談過朋友嗎？」

這下雅慧像受了辱一樣，她盯着那張問完話還是一本正經的臉，想起身穿鞋走出去，可又想她是來陪他說話的。陪他說完話，他會給她七萬塊，不說些人家想說的，人家憑啥給你七萬塊？也就坐在那兒沒有動，硬着目光紅着臉，把雙手又在胸前掌合一會兒，算是把他的辱污用佛意擋頂回去了。而老人，無名氏，這時並不把她的佛意放在心裏去，也不把她有許多冷硬的目光當作什麼事，只是一動不動地盯着她，宛若決意要用目光看穿她到底是不是玉尼樣，一秒兩秒的，三秒五秒的，直看到雅慧把佛手從胸前放下來，用半冷的聲音問他道：

「是了怎麼樣？不是怎麼樣？」

「是了我真的就幫你解決這七萬塊的過戶費。」

無名氏說着停下來，又把目光落到雅慧的臉上去。而雅慧，在等着他說出她若不是了他會怎麼樣，可等了半天也沒有聽到後半句，就抬頭讓自己的目光和他的目光碰到一塊兒，這才看見他掛在嘴角上的笑，老人的慈祥沒有了，臉上的表情和年輕的盜賊逼着主家說出他家財產到底有多少、都藏哪兒樣。就這麼，讓時間凝靜一會兒，雅慧首先把自己的目光收回來，身子在椅上動了動，笑笑語氣變得柔潤着。

「要是我說我十四歲就和一個和尚睡過了，十六歲又和一個道士睡過了，你信一個信徒說的這話嗎？」

「信！」無名氏突然站起來，聲音也變得粗沙洪亮着：「你以為我不知道你們廟裏、道觀裏的事情嗎？你以為我真的就信你那房姐給我說的話？」然後他果真冷笑一下子，有些急躁地隨地半轉着身子朝哪望了望，又把身子很快旋回來，彷彿他為她是不是玉尼上過什麼當，滿臉都是不屑和怨氣，立在那兒閉了一會嘴，又從茶几邊上快步繞到這邊來，猛地和水粵師父樣，端起她的下巴看了看，又撥着她頭頂的寸髮看看她頭上有沒有受戒點，接下朝後退一步，把胳膊絞着抱在胸前邊。「是不是玉尼不重要，重要的你要對人說實話，別一邊在菩薩那兒燒着香，又一邊離開菩薩就和社會上的小姐樣。」說着他用很輕蔑的目光看雅慧，看着想了一會兒，待臉上的怨情淡下後，又用很冷的聲音問她到：

「你就是想解決購房稅上調你要多交的七萬塊錢嗎？」

「嗯」一下，雅慧抬頭望着老人的臉。

「房在哪？」

「學校對面的玉建小區裏。」

「玉建小區呀！」無名氏突然聲音人起來，受了驚嚇樣，「是玉建街上的玉建小區嗎？天⋯⋯那兒最早不僅是刑場和監獄，有一陣還是專門關押改造你們信徒的勞改

場。民國那會兒，政府統一信仰滅教時，軍警一次就在那兒殺了上百個牧師和和尚，還把牧師、和尚、尼姑們，都綁在一根根的柱子上，引誘天上的神們下來救他們。等着神一來，連神也抓住關押、改造和槍斃。可結果，當然神沒來。耶穌、菩薩、聖母、釋迦牟尼誰都沒有來。可從此，老北京的人都知道，玉建街是神和信徒的監獄了，是等着神們一來就抓就捕的誘場了。你是信徒你怎麼會買房買到那？你不忌諱那兒嗎？你不怕你去了把神帶去神們被捕、被抓、被槍斃？」問着盯着雅慧的臉，看雅慧的臉上一片白色掛有虛汗了，無名氏又忽然笑了一下：「不用怕。隨便說一說。反正你也不是真信徒，你也不能把神帶到那誘場。」說着他拿手去她的頭上摸一摸，像父親或爺爺去子孫的頭上親着胡亂摸一樣。摸完了，如同為了彌補他給她的驚嚇般，他站在那兒想一會，就起步走到里間屋，拿起電話撥了兩次號，不知道他把電話撥到了哪，大聲地跟對方交代說，讓對方跟這區裏的隨便是誰招呼一聲兒，說從青海來的叫雅慧的尼姑要買房，將過戶的時間寫到房稅上調前幾天，收稅還以老的標準收。然後他就把電話放下來，出來立在雅慧面前笑着道：

「你走吧，只要不怕神們被抓走，明天你就可以重新去過戶了。」

雅慧就迷迷瞪瞪呆在那。

她不相信她住那兒神們就也去那兒。也無法相信七萬塊錢這麼大的一椿事，他拿起電話說了幾句話，事情也就解決了，像神的一句話，就讓世界變了樣子了。讓混沌要光有了光，要水有了水。晝和夜也就分開了。海和陸也就分開了。手裏空得很，別說原來想的如半塊磚似的七萬塊錢不再手裏邊，連七分的硬幣都沒有。只有一把虛空和同阮枝素拔河時留下的血痂捏在手裏邊。又一次本能地把手抬起看了看，慌忙把雙手佛禮到胸上，將「南無阿彌陀佛」清清楚楚從嘴裏唸出後，接着還想再說幾句感謝的話，問他七萬塊錢真的不用交了嗎？一個電話真的能把事情平了嗎？可話還未及說出口，就又聽到那個聲音說話了：

「玉建街是逮捕神們的誘場你別當真，世界上有神沒有神，你比所有的凡人都清楚。」

說着無名氏朝她笑了笑，過去用腳把門口她的鞋朝她身邊踢了踢，然後在她穿鞋時，他又追着問了一句道：

「哎……你真的不知道我是誰？」

把要換鞋的右腳收回來，雅慧再一次將目光落到老人臉上去，有些尷尬地朝他搖了一下頭。

「不知道了好。不知道了你就把我當成能管住所有神的天極神。」

聽到「天極神」，雅慧手裏的鞋子差點掉下去。她用力抓住鞋，慢慢直起腰，張開沒有聲音的嘴，睜大眼癡癡

地僵着看着他。屋裏這時靜得如半夜三更般。時候應該是午後將近三點鐘，從窗口過來的光，先看有些刺眼色，再看就有紅黃柔和了。中央空調撲出來的風，發出微吱吱的聲音來，彷彿他們的說話和見面，有人在邊上看着議論着。雅慧不再懷疑剛才他一個電話能抹平她那七萬塊錢的事情了，而且還猛地就擰着腦兒相信他，再一個電話說不定他還能抹平別的事，於是她癡愣愣地看他一會後，突然說了一句不相干的事。

「我們班的王牧師被人抓走了。」

老人說：「我聽說了。」

「你真的也偷偷信佛嗎？」雅慧問：「房姐說你有時候也進廟裏去燒香。」

老人就又停頓一會兒，忽然笑一下：

「我一輩子為這國家打過九次仗，身上現在還留有彈片哪，你說我會信佛嗎——我燒香是祈求有一天能讓我真的成為萬能的神，不是為了去信你們那些神。」

雅慧就用清澈的目光望着老人的臉：

「你不是說你已經是了萬能的神？真是了，你就把王牧師從哪救出來。」

老人想了一會兒：

「那不是一個電話能解決的事。」

雅慧也想了一會兒，又低頭輕聲說了一句更為莫名其妙的話：

「對你說 —— 我真的是玉尼。」

她不知道她為什麼要說這句話，也不知道這句話說出來的尾末和結局。可她就是覺得她該說，也就說了出來了。說完了還直正正地抬着頭，盯着無名氏的臉和他將要回她話的嘴。她沒有從那臉上看到驚異和愕然，他只是微微怔一下，明明笑着把頭扭到了一邊去，可想到哪兒又很快扭回頭，同樣說了一句讓雅慧覺得莫名其妙的話：

「你有幾天不洗澡了吧？」

雅慧說：

「我上午去過戶步行出了渾身汗。」

無名氏也就沉默一會接着道：

「這樣吧，你去洗漱間裏沖個澡，把浴液香波多往身上灑一些 —— 我可以試試你們王牧師的事。」

就這麼彼此怔了一會兒，雅慧就真的朝客廳和臥室中間的洗浴間裏走去了。無名氏便坐在他坐過的地方又給自己泡了一杯茶。

13 雅慧和無名氏

事情的急轉和神安排好了樣。如雅慧就是為了這個結局才到 2210 的房間來。她沒有覺得這個破身有什麼了不得，沒有像她師父玉慧和水粵那一代尼姑把這事情看得那麼重。她已經過了十八快要十九了。她似乎從有月經的那天起，就每天每天等着長大後的這一日。好像成長就是為了這一日，和明正的戀愛留身也是為了這一日。只是這一日不該是無名氏這樣一個人。可這一日已經到來了，趕在面前的就是無名氏。他說他能把王牧師從哪救出來。他說他燒香就是為了能成為萬能的神，成為管住所有宗教的神。她不希望這一天的這人是這麼老的無名氏，可是他了也就是他了。雅慧多少在心裏有些恍恍惚惚的懊悔感，又有一些恍恍惚惚的莊正和期冀。及至真的走進洗浴間，關上洗浴間的門，並把鎖下邊的小鈕轉一下，知道門已鎖上了，她不開門外面的人走不到洗浴間的裏邊來，也就站在鏡前邊，把手放在開領衫的扣上解開第一個扣，到這時，她覺得事情不再一樣了。覺得心跳不是一種心跳了，而是瘋了的牛馬要從圈裏衝出來樣，撞得她的胸腔有門被搖晃

的轟隆轟隆聲。她把手按在她的胸口上，待那衝撞穩妥一些後，又覺得她大腿的私地緊得很，彷彿腿上的肌肉都在收縮一樣兒，身子和腿哆嗦得想要軟着倒下去。

她是慌忙扶着鏡前的面池才沒有倒下的。滿臉都是汗，身上卻冷得了傷寒打着擺子樣。原來還想着要在鏡子面前把自己的扣子一個個解開來，她要好好看看自己的上體、溝乳、肚腹和腿間那兒從來沒有見過光的最為神秘那地方，可待她哆嗦着手，把第一粒扣子解開露出她又圓又小的雙乳時，她覺得什麼都不再來及了。頭暈得看面前的鏡子像看照不出人影的窗簾、床單樣。汗如雨樣朝下落。身子拽着她哆嗦的雙手和胳膊朝下墜。她想在腳上用着力氣站穩些，和阮枝素拔河樣用十個腳趾摳在地面上，可當她拿腳趾朝地上的藍花瓷磚發力時，腳脖兒卻軟得沒了筋骨了，連一絲的力氣都沒了。嘴唇乾得很，極想喝口水。這時候，洗漱間裏的馬桶、澡盆和身後的淋浴玻璃房，擺在澡盆上邊疊成方塊的大浴巾和小浴巾，隔着淋浴玻璃看到的三色洗澡小瓶兒，還有面前鏡下的各種盒子、杯子、袋兒和小毛巾，都一股腦兒飛起在半空旋轉着。目光像飛轉的車輪帶起來的泥漿樣。然後她就在那泥漿樣的目光裏，聽到自己身子倒在地上和頭落在瓷磚上的硬磕聲，之後就什麼也不再知道了。

事情宛若壓在她頭上的一糊水，方的、圓的、寬的、窄的，凝着的還是流着的，黏黏糊糊，又澈藍透亮，什麼都看見又和什麼都沒看見樣。什麼都記得又和什麼都不記得樣，直到那句「你醒過來了？喝不喝口水？」的問話走進她耳裏，她才約隱看見她不是躺在衛生間的磚地上，也不是躺在套房裏的雙人大床上，而是在床前通往陽台門口的地毯上。地毯上鋪了一床大被子，被子上鋪了兩層大浴巾。頭是朝着陽台那方向。通往陽台的雕花木門敞開着。從陽台半空灌進來的風，涼颼颼地自她的頭臉吹到她的身子上，像沒有頭尾的一匹綢布從她的身上滑過去。直到這時候，她才驚覺自己身上連一絲力氣都沒有，人若嬰兒樣，赤裸裸地躺在陽台門裏邊。而那無名氏，還是穿着那套綢睡衣，只是之前睡衣的綢帶結子是繫在腰左邊，現在那結子是繫在腰右邊。他端着一杯水，坐在椅子上，看着她像一個父親晚來得子後，欣賞着剛從產房抱出來的裸嬰樣。見她睜開眼，還眨着眼睛朝陽台外的光亮看了看，他便喝了一口水，把杯子放到身邊的電視機櫃上。

　　「你真的是玉尼。」他臉上閃着孩子撿拾了一樣玩具似的光，「我一定把你說的王牧師從哪撈出來。」

　　雅慧明白什麼了，本能地驚着縮下身子坐起來，一把扯起身下的浴巾搭在兩腿間，又把胳膊絞着抱在胸前面。

「你得講衛生，」他説着過去把床上她的衣服提在手裏邊，笑着立在她邊上，「把門弄開將你抱出來，我才發現你長得和畫上的菩薩一模樣——臉、身子、乳房——菩薩少女時候一定就是你這樣。實話對你説，再過三幾日，最多一星期，我就真的要成萬能的神——要當宗教協會的主席了。天主教、基督教、伊斯蘭和道教與佛教，就都歸着我管了。我沒想到你真的是玉尼，脱光真的和我想的少女時候的菩薩一模樣。説不定聖母十七八歲的時候也這樣。為了慶賀我調到宗教協會去，等幾天宣佈我當協會主席時——還這兒，還是這間房，你把你的袈裟帶過來，好好洗個澡——我要把佛家的袈裟鋪在這床上，讓你和少女菩薩一樣躺在袈裟上，或像少女聖母樣躺在這床上，我們一塊好好慶賀我的正部級——慶賀我成為你們神的神！」

説着他笑着望着她，而她就那麼縮着身子、抱着胳膊盯着他，聽着他的話，像用耳朵接着從半空落下來的蘋果和梨樣，木木的，如那話是説給別人的，她只是坐在一邊聽着般，直到他又説到王牧師的事，那些話才又落在她的耳裏邊，走進她的心裏去。

「你是佛教倒對天主教的牧師好。」他又用有些奇怪的聲音説着去把她的衣服輕輕去在她面前，「耶穌他得好好謝謝你——你穿上衣服吧，你一暈倒，把我要參加的一個

會議耽誤了。」說着看着她，還在屋裏走着交代着：「宣佈我當協會主席那天你那房姐會去通知你——以後你有什麼困難都直接給我說，但別的信徒的事情你要少管些。」說着走到客廳和臥房中間的衣櫃旁，動手解着睡衣上的綢帶子，毫不避諱地還在那兒看着她，在衣櫃前換着他的上衣和褲子。她就看見他脫下衣服時，肩上、背上的老人斑，和窗簾布上印的星點一樣兒。且穿上衣服要走時，他還對她說他先下去十分鐘，還能趕上給今天的會議做總結，讓她過一會，再從這屋裏走出去。說着繫着扣子出門時，還又回頭問她到：「除了王牧師的事情你還有別的事情嗎？」見她只是抱着自己的衣服坐在那兒不說話，就又大聲安慰了她一句：

「過幾天王牧師就會沒事的。」

然後門開了，他就出去了。

屋裏就只剩着裹在床單裏面赤裸裸的雅慧了。

14 貢主任和雅慧

雅慧是在黃昏前回到學校的。

上午不到九點離開學校的石拱大圓門，太陽餘光落盡時，又回到那一成不變的圓門內。在這不足一天的時間裏，她好像什麼都嘗了經歷了，又好像這就是平平常常的一天樣，只是自己出門辦些事，那些事辦得沒有那麼順，但最終都還是一件一件辦好了。覺得累，可心裏也有些終於辦完事情的輕鬆感。雖說是輕鬆，可走路時雙腿好像提拔不起來。

從香格里拉大門出來時，她總覺得有很多人在她背後盯着她，似乎還有意盯着她的兩腿間，於是她走得慌急慌急着，不時地低頭看着自己的裙腰前，生怕那兒的裙子露着一個洞，開着一條縫，直到自己上了出租車，坐在後排確認了裙子是穿得周正的，前後是無縫無洞的，這才心裏踏實下來了。到學校門口下了車，為了證明沒人看到她或在私裏注意她，她從路邊走到學校大門口的圓柱下，裝作等人找人樣，看着每一個進門、出門的人，有誰在偷窺她或者私瞧她。她在那門柱下邊站了幾分鐘，從學校大門進

出的最少幾十人，沒有誰注意到她站在門柱那兒幹什麼。連有人問她一句話兒都沒有。這個世界淡淡和平平，如什麼事情都沒發生樣，更別說有人知道她這一天去了哪，都做過一些什麼了。過幾天王牧師就要回來了。房稅的七萬塊錢也都解決了。想着這些事，雅慧開始從大門的圓柱下邊朝着學校裏邊走。落日的餘暉灑在校園的路上和樹上，有點像她從昏迷中醒來看見從半空落進二十二層陽台上的光，纖塵不染的，天空透藍如青海湖裏秋日間的水。而這時的學校裏，從教室下課出來的學生們，走在路上都如從監獄放了出來樣，每個人的腳步都輕快得要從地上飄起來。

雅慧的腳步也跟着輕飄起來了。想立刻去找人說說她才十八歲，是佛教裏的小尼姑，可她卻救了基督教裏的王牧師。想對人說你們等着吧，三幾天王牧師就該被人放了回來了。可她又糾結，是她救了王牧師，又不能讓人知道是她救了王牧師。她知道自己不是玉尼了，卻沒有嘗到不是玉尼的快活是什麼，也沒有為不是玉尼有什麼懊悔和煩惱，只是覺得兩腿的那兒有些微癢癢的疼。她不快不慢地朝着學校裏邊走，想怎麼會一緊張就暈倒在了洗浴間？想幸虧是無名氏把自己從洗浴間裏抱了出來了。幸虧是他把自己放在了陽台門口的通風處，要不然，後邊的事……後邊的事雅慧就不敢多想了。她當然不愛無名氏，可她也不

恨無名氏，只是覺得他要再年輕一點該多好，別是七十歲或者八十歲，而是四十歲或者五十歲，哪怕六十歲，能讓她清清楚楚體會到他撫摸她的身子時，用毛巾擦洗她的身子時，朝她的身子進去時，到底是怎樣的感覺該多好。

這時候，落日已經沒有那麼炎熱了。雅慧在校園走着想着紅着臉，有了濕浸浸的一臉汗。她擦着臉，有個相熟的哲學系的同學從她身邊走過去，和她招手說了一句話，依禮她是應該合掌在胸還禮的，可不知為什麼，她竟忘了她是佛徒也和對方一樣揚揚手，就算還了一個禮。又一個相熟的老師從她身邊走過去，老師朝她點了頭，她也竟朝老師用點頭回了一個禮。

到宗教樓的門口了，貢主任突然出現在門口上。他是去了哪，回來看見雅慧就有些興奮地立在門前等着她，用很大的聲音問她道：

「房子過戶完了嗎？」

「明天才會完。」

雅慧說着過去站在貢主任的面前去，本想告訴他房稅漲了價的事，告訴他王牧師過幾天可能被放回來的事，可話到嘴邊她又吞嚥回去了。就那麼立在那兒看着貢主任，貢主任也立在那兒看着她，臉上顯出又是輕鬆又是莊重的雜異後，忽然又拿手在她臉上拍一下，笑笑讓她隨他到辦公室裏去一會。

又有一撥吃飯的學生從他們身邊走過去。可信徒學員們，因為老師拖了課，都還在教室聽着「宗教信仰在新時代的變化與新時代的功能性」的一場演說辭。一樓的走廊和大廳，除了清潔工，沒有別的人。她就跟着貢主任，進了主任辦公室。貢主任說你把屋門關一下，她就把辦公室的屋門虛關了。貢主任說你坐吧，她就佛手在胸站在那。屋裏只有他們倆，像世界上只還有她和另外一個男人樣，立在門口上，彷彿準備隨時開門退到屋子外，又像只要主任朝她招一下手，她就朝主任身邊走過去。可是貢主任，坐在窗下的辦公桌子前，看她一會兒，突然苦笑一下子，歎了一口氣：

「給你說個事 —— 好消息，也是壞消息。」

她便看着主任的臉，想朝主任走過去，卻又只是立在那兒沒有動。

「王牧師在審訊裏自殺了。」主任說，「基督教自殺是不能走進天堂的，可他寧可不進天堂還是選擇自殺了。」說完這句停下來，貢主任重又看着雅慧的臉，「知道嗎？十八年前，你剛出生那一年，王牧師是一個省裏最年輕的廳長哪，因為貪污消失了，隱姓埋名了，成為廣西最偏遠教堂裏的住堂信徒了。可過了十八年，想不到他會成為大牧師；會以為誰都不再認識他，就同意到中心來學習 —— 這就應了天網恢恢那句話。」說到這兒主任喝了一口水，

又把茶杯蓋子慢慢旋上道：「——這是壞事情，誰也沒有想到他自殺。好的事情是，王牧師死前寫了遺書留下來，說他感謝認出他的人；感謝檢舉他的人；感謝抓了他的人。說這樣，他就在上帝面前清白了，變得坦蕩了，不用每天看到《聖經》、教堂和信徒們，就從內心懺悔得和賊見了被偷了的主家樣。」

　　辦公室盈滿了五月的光暖和靜謐。窗外是走動着的學生的腳步和說話聲。從屋裏能看見有兩個學生在窗外的擁抱和親吻。親吻着，還用目光打量着屋裏的雅慧和主任，一點都沒有把他們放在眼睛裏。貢主任朝窗外看了看，看見了也和沒有看見樣，又扭回頭來瞟瞟雅慧的臉。雅慧的臉上不是驚愕後的蒼白色，而是愕然困頓要憋出血的紅。血沒流出來，但有密密麻麻的一層汗，像她幾個小時前，在 2210 房的洗浴間裏想要倒下那一刻。腿也和那時一樣軟得很，腦子裏啦啦嗡嗡一片響，如所有馬路上的人走車行都從她的腦裏奔流着。想要倒下去，可她知道怎樣不倒下去了。就咬着下嘴唇，早早用力把腳趾摳在地面上，用眼盯着貢主任的嘴，拿耳朵去捕捉着從貢主任嘴裏說出來的每一句話和每一個字。

　　「更讓人想不到的是，你猜王牧師自己存了多少錢？」貢主任問着看着雅慧的臉，像真的等她猜測樣，然卻又不等她把猜測說出來，就又自己回答說：「貪污了多少我們

不知道。但除掉那些貪污的，單是他合法的私產的存款就有八百萬。這八百萬你猜王牧師他寫了遺囑留給誰？」問着主任把身子坐直些，嘴角又掛了一絲笑，如又是等着雅慧去猜樣，卻又不等雅慧回答就又自己說：「他遺囑 —— 要把這些錢留給我們中心作為宗教培訓的基金用。」然後又喝水，又蓋蓋，又把身子坐直些，讓嘴角那絲笑，大大方方顯在臉上邊 ——「他還有一條遺囑誰都沒想到，誰都猜不到 —— 除了在遺囑中向全體同學問好外，還說你買房子的貸款都用他的私人存款還 —— 你買房貸的款，是剛好二百萬還是二百一十萬？這下倒好了，什麼問題都解決了。基督教和別的宗教就是不一樣，我想只有每天捧讀《聖經》的人，才會留下這遺囑。當然了，這也與我們中心對各教大融合的教育分不開。如果不是我們每天強調五大宗教的信眾都是一個大家庭，那些讀《聖經》和《古蘭經》的人，絕對不會在自己的遺囑中，想着佛教、道教的人。」

好像該說的就都說完了。

雅慧的眼睛瞪成驚呆圓，臉上的汗不知為何落了下去了。她想着下午她在香格里拉的事，想着那個人說三天兩天就能把牧師從哪撈放出來的話，她的臉上開始從憋血的紅色成了蒼白色。雙手不知何時又合掌提了上來了。提上來不是在胸前，而是佛禮在下巴上，並將對着的兩個食指伸在嘴巴裏，讓自己的上下牙齒死咬着。盯着貢主任，

像盯着答應過會救王牧師的那個人。怎麼會死呢？怎麼會自殺！他是牧師難道不明白自殺在教裏是多麼犯戒嗎？怎麼自殺了還遺囑替我買房還貸款？那麼大的一筆錢，不是八萬或十萬。真的是因為都是信徒才這樣？都是同學才這樣？是因為在宗教中心學習後，相信各教、各派和人類，都是一家才這樣？那麼他家裏沒了別人了？還是有人富到用不上他的這筆錢？再或因為是他被帶走前，說借我十萬沒借才這樣？立在門口的一片光亮裏，雅慧彷彿被突然到來的明亮沐浴了，不知道該說什麼話、該做什麼事，愣了半天她把掌手從嘴邊移開一點兒，從兩唇的縫間擠着問了一句話：

「王牧師……真的自殺了？」

「兩個小時前我才知道的。」貢主任說着取出手機看看時間後，臉上有遺憾，也有一絲很意外的笑。他從桌子那邊走過來，站在雅慧面前又拿手拍拍雅慧的頭，「你的命真好，和真的有神在天上罩你樣，就這麼你就在北京白白撿了一套房。」

然後主任自己從雅慧身邊過去開了門，他們就聽到滿走廊都是信徒同學們下課後的腳步聲。

15 信眾和雅慧

　　一連幾天，雅慧恍恍惚惚和做夢樣。她好像有整整三天沒有去教室，也沒去給新房過戶買東西，更沒有獨自待着剪紙或者看經書。她好像這三天去的最多的地方都是衛生間。她總是覺得自己身上髒，不是打開淋浴不停地用香皂、肥皂、浴液渾身上下洗，就是用一個瓶子灌滿水，反反覆覆去洗自己的兩腿間。她還用相當蝕膚的洗衣粉和洗滌劑，攪出一大盆的泡沫水，坐在盆裏泡洗自己的下身和生殖器。自打確準了王牧師的自殺後，她就覺得自己身上總有一股精液味。似乎無名氏總是在翻着她的身子看，一雙手像兩隻腳樣在她身上走動着。而她呢，像裝滿水的一個袋子般，被放在陽台前的地面上，放在白被子和白被子上的浴巾上，渾然不知睡着了的樣。而那個快成為神的神的人，知道把她放到風口她就不會死。知道她是因為第一次真正要和男人肉合才緊張得昏厥過去的。他便像去產房取回自己的嬰兒樣，把她抱出來，平仰放在光和風裏邊，然後脫了身上的睡衣，完完全全裸出他枯樹般的身子來，慢慢跪在她身邊，將她的扣子一粒一粒解開來。每解開一

粒他的手都會在半空停一下，讓他的眼在她露出肌膚的地方凝掠一會兒。第一粒、第二粒，當她那水泡似的雙乳從她胸脯那兒彈跳出來時，他的目光僵住了。繼而就快速地把她所有的扣子解開來。扯着衣服把她的乳罩摘下來。讓她一絲不掛地躺在白和紅上邊。他是七十歲的人，也許八十歲，他知道這時看她比進她更重要。看能一個小時、兩個小時地情激着，進去可能什麼都做不了，一分、兩分鐘，就把他的激情耗盡了。於是他就半是迫急、半是從容地輕輕趴在她的身子上，輪換地含着她的雙乳親吻和吸着，然後一路吻着從上往下走，唇、胸、乳、腹和她的三角區。到了她的腿間後，他先用雙手扒着看了看，而後又把自己的雙唇貼上去。用舌尖一下一下去那兒舔。彷彿一個渴極了的人，見了水泉顧不上細品那樣兒，必須先胡亂地狂飲幾口止了渴，才能長長舒口氣，坐下來慢慢品嚐那泉的清澈和生出那泉的地母和仙界。他就那麼在她身上先是胡亂地止了渴，然後又不慌不忙地從她身邊站起來，距她幾尺遠，從上往下用眼品着她的裸身子。

他一生經過了許多透身男女的事，可這是他平生第一次這樣端詳一個十八歲的玉尼和這玉尼身子隨便的哪。也就這樣站在她面前，朝後退一步，望着她赤裸白潔的全身那一刻，他忽然發現她像極菩薩了。像菩薩在少女時候那樣兒，圓的蘋果臉，閉着的眼縫上舉着一排長睫毛，鼻樑

是又挺又圓那一種。而嘴唇，又滿得會有液血流出來。她沒有菩薩長得高，也沒有菩薩那麼寬肩和胸闊，這也就越發像了菩薩還沒成為菩薩的姑娘時。她是菩薩少女時候的小菩薩。是聖母還沒有嫁給木匠約瑟時的小聖母。身子白得和雲蓮樣。滿臉的靜韻也和雲蓮樣。嘴角上的笑，像在和誰說着什麼話。並在胯腰那兒的手，手肚上的肉，如同昨天才熟的葡萄般，連那併攏豎着的十個腳趾頭，都美得像是一串葡萄了。

驚呆在她的面前不動彈，身上的血開始流得叮咚叮咚着。驟然間，他的身子激蕩起來了。許久沒有的勃起成神送給他的禮物了。

他就朝她急急走過去，在她面前跪下來，將她的雙腿微微分開後，先用舌尖吻舐一會她的那一處，又將自己的雙腿分岔到她的兩腿外。當他輕易就插進她的裏邊時，他想神啊神，我一定要調到宗教協會去，一定要成為神的神，一定要讓所有的玉尼都像她這樣，都成為我的飯食和禮品……

她總是聞到身上有一股精液味。總是覺得臉上、身上、後背和哪兒，有多腳的蟲子在爬動。她想把她身上精液的腥味洗除掉，就把自己的下身泡在那盆裏，洗着和搓着，有時還用手去她的下身抓撓和拍打。先是洗浴液，後是強力洗衣粉，接下還依舊聞到身上到處都是從她腿間發

散開來的精液後，恨不得用硫酸倒在她的那裏邊。末了沒有用硫酸，就去買了一瓶廚房專用的去污洗滌靈。第一天洗了三盆水，第二天洗了四盆水，第三天她覺得她的兩腿間疼得有肉想要墜下來，覺得她聽到了她腿間有了刺疼刺疼的尖叫聲，她才從那盆洗滌水中起了身，倒了水，穿上衣服從她的屋裏走出來。

時間是在晚間的八點或九點。整個宗教樓裏連一絲的響動都沒有。每個屋子都關着門。每層樓的活動室裏都關着燈，像這個宗教樓一整整的都是墓場樣。

從王牧師死後這棟樓就成墓場了。

沒有人談論王牧師自殺的事，像大家都不知王牧師的死。

可說不知道，前天、昨天和今天，所有的信徒上課時，沒有一個不到教室的。到教室又沒有一個臉上掛笑說閑的。全都沉默着，仿若陰鬱的天氣壓在教室裏，然後從教室浸浸漫漫到了整個宗教樓，漫到了天空和世界上。想王牧師死了班裏應該發生一些事，可又什麼事情也沒發生。想事情也許就這樣過去了，可這時她從樓上下來時，事情卻悄然靜默地到來了。因為腿的裏邊疼，她走路偏着腿，雙腳朝着外側扭過去，這樣一趔一趔下樓到了大廳裏，好像有個聲音飄過來，「你的臉色焦黃啊——生病了嗎？」立住腳，朝左邊傳達室的窗口扭過去，就又聽

到那個聲音說：「快到教室看看吧，看看你們信徒都在做什麼。」就怔怔朝一樓大教室裏走去了。到教室的門前收住腳，輕輕推開門，看見教室的門裏站着幾個其他院系的大學生，其餘所有的學員信徒們，都站在教室前台的空地上。有幾排桌子被抬到教室兩邊去，空地大得有一半教室樣。在那空地正中央，頭頂上的燈，黃亮如巨大一頁無字的書，把所有人的臉，都照成缺血的蒼白和蠟黃。就在那黃的燈光下，兩豎一橫擺着的三張課桌子。桌子上擺了王昌平深藍色的上衣和褲子，上衣頭端是王昌平被放大的一張照片鑲在鏡框裏，褲腿的頭端擺着他最常穿的一雙黑皮鞋。這是王昌平的一個衣冠躺。衣冠躺的圖擺被盡力拼成王昌平仰躺睡在桌上的樣——如此也就成了衣冠塚的葬禮了。教室裏，連點滴絲絲的聲音都沒有。五月夜不冷也不熱，讓這葬禮進行得祈雨得雨般。一尺高的鏡框下，王昌平的像身前，擺了一本全新大楷本的《聖經》書，和臨時當作聖杯的白色的碗，碗裏盛了少半碗的水，水清得在燈光裏能看見那碗裏什麼都沒有。虛無如空氣確有卻又沒有着。在王昌平褲腿那端立站的，是基督教的學員們。次後是天主教的學員們。接着是佛教、伊斯蘭和道教的學員信徒們。而在他頭頂更遠的地方裏，立着的是貢主任和學校保衛處的兩個雅慧不認識的年輕人。

教室蕭穆得和教堂一模樣。

和墓地一模樣。

葬禮的儀式開始了。老主教從椅子上拿起那本《聖經》捂在自己胸口上，又在胸前畫了十字後，用低沉的聲音說出「阿門」兩個字，接着就用誰都聽不清的含混語言背了一首讚美詩，說了天堂在前，逝者靜息，天使、上帝和所有的神靈都在天庭門前等着王昌平的祝福和祈語，最後朗誦着願死者靈魂升天、一路平安，從此脫離人世惱煩和苦海的話。把《聖經》從胸前摘下來，又擺在王昌平的遺像前，端起那個聖杯碗，又唱幾句讚美詩，拿指頭蘸着聖水彈在王昌平的像上、衣服上。之後又蘸彈着聖水繞着王昌平的衣物走了一圈兒，到左邊和鏡框裏的眼睛對望一下子，彎下腰，握手樣拉拉王昌平深藍上衣的空衣袖，就朝站在頭上的貢主任和保衛處的兩個幹部身後走。接下去，是王昌平同教的信眾同學們，也都一個個走過去，踩着老主教的腳點兒，將手裏的白花放在王昌平的衣物上，和鏡框裏的目光對望一下子，彎腰握手一樣和他的右衣袖子拉一拉。告了別，繞着他的衣物走上一圈兒，過去站在老主教的身後邊。

白玫瑰和玉蘭花，把王昌平的衣服埋起來了。

來自花店的水珠兒，落在王昌平的衣服上，讓他的衣服閃出水澤似的光。落在課桌的邊簷上，又滴到水泥地上時，塵土就被吸卷出一個一個雨滴似的小坑兒。

沒有人說話，能聽到水珠落地的滴答聲。基督教的信徒告別走完後，是天主教信徒的告別式。天主教的告別完後，是伊斯蘭的信徒走過去。他們每個人都在胸口捧着一本《古蘭經》，依次跟在田阿訇的身後邊。田阿訇也就那麼慢慢走，從衣塚的前邊轉到後邊時，他立在桌邊上，忽然從《古蘭經》裏抽出一封信，輕輕擺在王牧師的衣袖邊，像把信塞到了牧師的手裏樣。那信沒開封，信頂上寫着收信人地址的地方又貼着一張紙條兒，紙條上打印着八個字：

　　查無此人，原信退回

　　而在那紙條下，露着的信封正中間，並排寫着兩個收信人的名：

　　耶穌
　　聖母瑪利亞收

　　最下是寄信人的地址和落款。地址是國政大學宗教培訓中心，寫信人是王昌平。然後所有的人就都看了那封信，都從那衣袖邊和信封邊上走過去。最後去告別的是佛教和道教的信徒學員們。走在最前的，是七十三歲的水粵師，她穿了佛教安葬禮上必須穿的黑尼袍，手裏拿了《心經》和三炷燃着了的香，可到了王昌平的衣物面前

時，想起今天的葬禮不是佛葬式，於是她到王昌平的衣物和腳前那兒做了拜別儀式後，並沒有依着佛式把香插在王昌平的衣冠腳頭上，而是又拿着香繞着王昌平的衣物走了半圈兒，最後把手裏的《心經》放在了王昌平的衣冠身邊上。

告別的儀式快要結束了，尾末一個去告別的是顧明正。他和前邊的道士同學一樣兒，在王昌平的腳頭彎腰下拜後，繞着衣物走着別步時，到塚桌後邊又拿起田阿訇放在那兒的信封看了看，之後將目光朝着教室門口那兒望，也就和進來待在邊上的雅慧的目光碰在一起了。他在空中向她招着手，讓雅慧朝台前他和王昌平衣冠那兒走過去。可雅慧，這時兩腿那兒的刺疼像有刀在剮着，臉色白成一捧兒雪，有大滴的汗珠掛在那白上。她雙手扶着面前的一把椅子背，如人在一場虛脱了的大病裏，不扶着椅子人會倒下去。雅慧看見明正朝她招手了，可腿間的疼痛讓她站在那兒不能動。看見所有同學們的目光都投到她的這邊了，可她扶着桌子不敢動。她怕她的手離開桌子人會倒下去。

這時田阿訇朝她走過來。

「告個別吧，」田阿訇說，「宗教協會要換新的主席了，等明天新的主席一上任，怕連這樣的告別儀式也不能進行了。」

雅慧盯着田阿訇的臉，想進一步問他一句什麼話，前邊的貢主任和保衛處的兩個人，這時卻看着大家大聲喚：「就這樣吧，無論作為同道的信徒還是同中心的同學們，你們都教到、理到、心到了！」說着就動手把桌上王昌平的衣物、照片、信件朝着一個紙箱裏邊收，如同要把演出完的戲裝收走轉場樣。

　　信徒們都開始朝着教室外面走。這時候，突然從那個會唱戲的阿訇嘴裏又爆出了那撕裂沙啞的秦腔來：

　　呼喚一聲綁賬外
　　不由得豪傑笑開懷
　　某單人獨馬把唐營踩
　　直殺得兒郎痛悲哀
　　直殺得血水成河歸大海

　　然後都朝着那唱戲的阿訇看，都隨着他的唱腔唱起來：「直殺得屍骨堆山無處埋，小唐兒被某把膽嚇壞。」聲音雷樣滾在教室裏，要把教室震塌一模樣。就都唱着走出去，只有明正走來站在她身邊。「宗教協會要換主席了？」她恍恍惚惚問明正。「聽說了，」明正道，「那是官場不是寺廟裏的事。」這時的貢主任，收拾完王牧師的遺物提着走到她前邊，雅慧就又一次問主任：「宗教協會明天要換主席了？」貢主任朝她大聲笑着說：「換了好啊——

換了我們宗教中心就肯定能改院，宗教培訓工作就會掀開新篇章。」然後雅慧很奇怪地覺得她的腿間那兒突然不疼了，脹得很，像有男人的器物插在那裏邊，還有進進出出的抽動感。她愕木木地立在那，覺得那抽動的器物把她身上的力氣帶走了，使她成了一個空心人，且眼前也成了香格里拉酒店二十二層的那房間，門窗、床鋪、沙發都在她的眼前飄着旋轉着，於是她就用腳趾摳在地面上，死死盯着貢主任，過一會又看看一直很奇怪地望着她的顧明正，開始轉身朝着外面走。在走廊上她又聽見那幾個阿訇在撕着嗓子吼那《斬單童》：「敬德擒某某不怪，某可惱瓦崗眾英才，想當年歃血同結盟，倒末來一個一個投唐該不該……」

從那撕唱的聲音裏邊快步走到大堂裏，一抬頭，她看見房姐急急走來站在門口上，滿臉神秘地笑着朝她招着手。如此她就知道那個人真的要成為管住神的人，成為所有神的神。她知道房姐來叫她，就是那個人為了慶祝他成為神的神，在香格里拉二十二層的那間房裏等她了。她想起他叫她這次去時一定要把袈裟帶過去，要讓她脫光躺在袈裟上，由他和她上次那樣兒。如此她瞟了一下滿臉笑容的房姐後，就從她面前跑了過去了。到電梯門前時，她聽見顧明正和房姐在她身後追着喚：「你怎麼啦？！你怎麼啦？！」可那電梯像在等着雅慧樣，她跨了幾步跑過去，

電梯就在她面前自動開了門。衝進去,搶着按了關門鍵,
就把顧明正和房姐關在門外了。當他們從樓梯上追着雅慧
衝到七樓時,跑在前面的顧明正,就像聽到三個月前刀子
落在他自己腿間的尖叫樣,從雅慧屋裏傳來了雅慧撕心裂
肺的尖叫聲。

16 明正和雅慧

雅慧住院了，明正去看雅慧。

醫院是海淀區裏的一家燒傷專科院，學校很少有信徒知道這家醫院在哪兒。明正他知道。是明正把雅慧送進郊區這家醫院的。她把少半瓶的硫酸倒進了她的兩腿那兒了。大腿的兩側是三級灼燙傷，雙腿的內裏是二級灼燙傷，且越往小三角的深處走，灼燙越發重嚴和撕裂。因為硫酸液都從外面匯到了她兩腿裏邊了，醫生說她身子內裏的燙傷時，沒有說她的燙傷是幾級，而是說：

「焦慮到多深才敢這樣啊！」

明正作為她的陪護被醫生同意看她的私處時，他看到了她那一窩兒的紅腫和燒焦了的黑顏色，像一個燒點以後的馬蜂窩。實在說，雅慧自己沒有感到有多疼，緣由是她疼昏過去了。後來到醫院，搶救、包紮、打針和清理她兩腿間的死肉時，也都給她打了麻醉藥。麻藥過後她才蒼白看臉，掛着一額門的汗，用嘴咬着被頭或枕巾。

「疼了隨時給你打麻針。」醫生對她說。

「不用打，」她望着醫生道：「這是神給我的懲罰呢，我得接過來。」

後來明正見了那醫生，醫生說這姑娘該治的不僅是燙傷，還有她的偏執精神病。說敢這樣對自己下手的男女都患有嚴重精神病。並告訴了明正北京的精神病院在哪兒，憂鬱症心理調節中心在哪兒。待時過十幾日，雅慧可以從床上半坐半躺了，下身沒有那麼撕疼了，她和明正待在那一小間的病房裏，彼此盯着看了一會兒，明正肅肅嚴嚴對她說，醫生建議她從這兒出院去精神病院看看心理醫生去，雅慧就在臉上飄過一層雲白色，很平靜地望望明正道：

「有了精神病，那我就成了真的信徒啦。」

明正不說話。

雅慧又淡淡笑笑道：

「我師傅很早就說宗教是精神病人的家園呢，誰因為信教被認為有了精神病，誰就成了真信徒。」

明正聽着怔一下，癡癡看着雅慧的臉：

「經過這事你覺悟佛了吧？」

「覺悟了 —— 好像看見什麼了，」雅慧說，「好像看見了《心經》上說的『岸那邊』。」

「是彼岸。」明正重複着，坐在她的床邊拉着她的手，還把她的手握在自己手裏團捏着。始於這時候，這一天的

上午十點鐘，他們成為兄妹了。前幾天北京下過一場雨，雨後天氣好得和不是天氣樣。透過窗子能看到天上的雲也不是雲，而是透光透息的一團一片霧的絲。醫院並不大，因為是專科，待這一區的周圍有失火事故了，會來一大批的燒傷病號們。可失火，並不是天天上香天天有的事，這就把醫院全完完地留在了五月中的安靜裏。雅慧的危急過去了，導尿管也將要不用了，剩下的就是定時地吃藥、換藥和靜養。換藥時候偶爾護士也會讓明正站在邊上看，明正也就站在那兒看着她的兩腿間。雅慧不介意明正站在那兒看。這一天明正看完了，醫生護士都走了，雅慧就問明正怎麼樣。

「什麼怎麼樣？」明正又問她。

雅慧說：「我那兒。」

明正脫口而出說：

「恢復得好，像是一朵正開着的花。」

「我也看到你的那兒了。」雅慧望着天花板，也跟着脫口而出說：「你那兒像是一塊能長花草的平地了。」

於是明正就又盯着雅慧的臉，看見她眼上兩行淚，如此兩個人又都朝着別處看了看。過一會，雅慧回頭對明正說她想解大手，明正就扶她去廁所。廁所在病床對過門口一角兒。明正用手捧着從雅慧腰間伸出來的導尿管和尿袋兒，那袋裏有半袋晶黃色，尿管裏也有半管晶黃色。明正

便看着那黃色對她説：「你內熱，應該多喝水。」雅慧便扶着他的肩膀交代道：「明天你給我帶些水果來。」明正點着頭，到廁所幫她解褲子，扶她坐在便池上，想要把尿袋遞給雅慧退出去，雅慧卻又把尿袋塞到他手裏：「佛説上輩子你欠我什麼了，現在你要還給我。」之後又是一片兒靜，就在廁所一個蹲下來，一個站在邊上托着尿袋兒。就這時，他們成為兄妹了，彼此和兄妹一樣説了許多話。

「要是你還能結婚你找誰結婚？」明正問雅慧。

「王牧師。」雅慧説：「你千萬別生氣，要是出院我還是女人了，要是王牧師還活着，我願意改教到王牧師的教堂裏，和他住在一塊兒。」

「要是不能結婚、又不得不去領那證結婚書呢？」明正盯着雅慧追着問。

雅慧就蹲在那兒猛地拉緊明正的手，像怕他跑了樣。明正也就和她哥一樣，和他們都是三歲、五歲懵懂無知樣，彎腰蹲在她身邊，陪着她一邊解着手，一邊告訴她，半月不到購房政策又變了，原來外地人是可以在北京買房的，只要有上級人事部門出人才證明就可以。説宗教人士還可以享受特殊的人才優惠權。可現在，國家要穩定北京房價了，除了税漲價，購房人過戶必須要持有北京人的身份證和戶口簿，不然那房子你有全款也買不了。説完這些時，明正還是蹲在雅慧面前的，可雅慧，聽完這些卻不想

再解了。她解不出來了，自己站起來，自己繫腰帶，接過明正手裏的尿袋自己托拿着，慢慢回到床鋪上，坐下悶了一會突然面着明正道：

「我覺得世上真的沒有神。」

「有！」明正大聲說：「我特意去問了，政策說夫妻雙方只要有一方是北京人，另一方就能買房、貸款和過戶，享受北京的所有政策和優惠。」

然後明正把凳子朝雅慧床邊拉了拉，又一次握着雅慧的手，說貢主任說王牧師遺囑上的錢可以使用了，我們再去領個結婚證，你就可以去把房子的全款還到銀行裏，拿上結婚證，就能徹底把房子過到你名下。說有了房，有了結婚證，雅慧你的戶口也就能徹底落在北京了。可以徹底離開寧夏那地方，把自己變成一個北京人。說到了那時候，他們可以重新去離婚，各走各的路，各信各的教。

雅慧就想想，把手從明正的手裏抽出來。

「這樣能行嗎？」

明正說：「行。很多人都是這樣兒。」

之後午飯時候就到了，雅慧說想要吃餃子，明正就出門上街買了兩盤素餃子。兩個人在病房關門吃了一頓素餃子，吃了又都說這家餃了好，說下一頓還吃這家的素餃子。

17 無名氏

一天又一天，一月又一月。四月之後是五月，五月之後就是六月了。

六月就到了畢業季。

六月上旬雅慧出院了。在醫院時，各教的班長後來都去看了她，回來都說她得了急性闌尾炎，到醫院就把闌尾切除了。闌尾那東西，本來是個無用的物，切除也就切除了。她從醫院出院後，許多同學又去她宿舍裏看她，見了她的瘦削和慘白，都說她減肥減得過頭了，都為她祈禱祝福祉，提了許多補養品，祈求各家的神們都來眷顧她一下。有神在，身體也就迅速好起來。又開始剪紙和聽課。開始每日到主任助理的辦公室裏上班坐一坐。貢主任在忙着他專著最後的封面設計和印刷的事，到辦公室不見貢主任，雅慧便得空拉上明正就往校外跑，買家具、買廚具，把王牧師遺囑的錢款轉到銀行填還到房貸賬卡上。

六月的到來不是靜默息悄的，而是劈里啪啦的。學生們想回家的看見家門了，捨不得別離的蓄下淚水了。想要到世界上雄心打拼的，世界也給他準備好了南牆了。倒

是宗教中心的學員沒有那麼慌，來哪和去哪，都有前世的安排和神在操縱着，所以也就依步就班地起床、拱禮、上香、結課和考試。因為貢主任的好，多數課都是開卷考，只「時事政治」那門課，是着一樁事的大嚴正，誰都得閉卷考出一個高分來。就在期末專門請了國家宗教研究所的專家來輔導。專家比主任大幾歲，長得有點像，高個子，大塊頭，方臉挺鼻重眉毛，唯一不同的地方是，專家的頭是長髮偏分頭，而主任四季一年都是短髮大平頭。為了那個高分兒，主任要求所有的學員這天都必須要到教室裏。於是八點五十分，教室就黑鴉鴉一片了。像主任的專家是八點五十八分走進到教室的，他站在教室前台邊，好長時間不說話，用他的目光查人數。這時候，九點到來了，各院系的教室都同時響了電鈴聲。那專家就站在教室講台上，目光一直落在教室的學員數量上，雙唇緊閉得如封了一冊的賬本般。

天是六月中旬陰雲天，雲上還是雲，空中還是空，外面是要下雨又不肯下雨的晦暗和僵持。就這麼僵持僵持着，有個信徒突然站起來，鐵青着臉色大聲說：

「上課吧 —— 今天顧明正道上和雅慧尼姑去領結婚證，他們不會再來教室啦！」

教室裏頓時凝靜下來了。

凝靜着，又突然有人為同學結婚鼓起了掌，且接着那掌聲響成不多不少半片兒，使那站起來說的鐵青臉色的，不明白發生了什麼事情一樣尷尬着。就在這尷尬和掌聲裏，那來給大家補課的專家從台前的一邊走到台中間，雙手擺着下壓着：「上課啦！上課啦——」大聲喚叫着，滿臉又都是了笑容與燦爛。教室裏也就慢慢息了掌聲說話聲，只留下滿教室的迷惑和空濛。

　　「現在我給大家出一道宗教時事政治題，看你們回答得正確不正確——」專家大聲輕鬆地說，「說我們這屆宗教大師高研班，經過一年兩學期的學習和培訓，讓兩個原來素不相識、互無好感的異教青年衝破教規、彼此相愛並領了結婚證。關於這對異教青年的大喜和婚姻，我們這兒有三個選擇題：

　　1、這對異教青年的婚姻，完全是他們兩個人的情感所致之結果；

　　2、他們的婚姻，是因為社會主義宗教信仰間彼此包容與融合之結果；

　　3、他們婚姻的結果，既是他們彼此情感的，又是社會主義宗教信仰間的包容、融合的共同之結果。」

　　專家說着看看台下的信眾們，見有信徒舉手要回答，他卻擺手阻止一下接着道：「這是一道看似簡單卻充滿危險的選擇題，你答哪一點可能都有錯，所以需要選擇最大

正確的那一點。可最大的正確又是哪一點？在題後的括號裏，你應該補充些什麼來爭取不是最大正確而是完全正確呢？」說着又把目光朝台下掃一眼，看學員的目光都在望着他，他就又把嗓門提高一倍多：

「現在我再來説一道看似複雜卻實為簡單的論述題──請允許我以佛教為例子。畢竟佛教是世界上信仰人數最多的教，是中國五大宗教中的第一教。大家無論是伊斯蘭、天主教、基督徒──道教就不用再説了──各教的信眾或多或少，都熟悉中國佛教的來龍去脈和精髓──説當年，佛陀在印度得法佈道時，因為追逐他的信徒日漸多起來，在他最終成為聖佛陀的那一年，他在南方傳法佈道的路途中，走到優樓頻累住下來，有一晚上在靈鷲山上禪坐時，有個人藏在樹後想要暗殺他。而佛陀早就知道他藏在樹後了，便望着樹影對他説：『想要殺了佛陀的，你就出來吧！』」那人便從樹後走出來，把劍放在了佛陀腳下邊。佛陀問：「是誰差你來刺殺如來的？」那人跪着顫抖道：「我不敢道明我的主人啊！」佛陀就讓他丟棄手中的劍，叫他從一條安全的路道快上山，再從另一條安全的路道快下山，回家帶上老母親，儘快到鄰國橋薩羅。這時佛陀已知道，要殺他的人若殺了佛陀回去時，會有人在路上殺了他；他若沒有殺佛陀，回去更會有人殺了他，而且要殺那去殺佛陀的人，就藏在他返身回去的半路上。於是

着，佛陀讓他走了別的路。讓他帶上母親逃到了鄰國橋薩羅，並告訴他到了橋薩羅，去找自己的弟子某某某。[1]

「這樣兒，要殺佛陀的人，就帶上母親逃到了橋薩羅。現在大家請注意 —— 要殺佛陀的人，通過這次暗殺的事，在佛陀那兒感受到了佛的偉大和聖明，於是就開始信仰如來了。現在根據最新的研究和證明，當年東漢明帝夢見一位神人，身體是金色，項部能發出日光來，第二天早朝他就問眾臣，他夢中的這一神人是何人？便有大臣告訴他，夢中的神人是天竺的佛。明帝就在永平七年，即公元64年，派遣使者到天竺去求法。而使者到天竺見到的佛，也正是當年要殺佛陀而被佛陀感化的人。是這個要殺佛陀的人，最早把佛法傳給了東方之中國。而今河南洛陽的白馬寺，也正是明帝安置那帶回要殺佛陀的人所傳的佛經和佛法，白馬寺就是當年譯經、傳教的國家賓館或者國家招待所 —— 現在的問題清楚了，最初傳入中國的佛，是要殺佛陀的人；最早走入中國的經，是要殺佛陀的人的悟佛感悟經。這麼着，現在有四道論述題，請你任選一道加以論述和説明：

1　同前，《佛陀傳》下篇 73 節「有人要暗殺佛陀」。

1，從你所了解的中國革命史，看中國佛教最早是來源於要殺佛陀的人的可能性；

　　2，論述社會主義大家庭中各宗教信仰的包容、融合與佛陀救送要殺他的人的行為之關係；

　　3，從佛和世界的關係看，你認為如果當年暗殺佛陀成功了，那麼今天世界上還有佛教存在嗎？如沒有，世界又會是怎樣的一個世界呢？

　　4，今天的世界上人種只有黃、白、黑和棕色四種人，而宗教卻有大大小小上萬種，在這教種林立的人類間，你認為應該不應該有一個能管住各種神的天極神？」

18 菩薩和老子

1 千年千年之前，在終於、終於的某一天——昨天、今天或明天——有兩塊祥雲在空中相遇糾纏在一起。

2 它們是老子和菩薩的精神之氣嗎？是。也不是。是與不是不重要，重要的是老子成了老子，菩薩成了菩薩。

3 靈魂是相通的。靈魂和靈魂是不能相通的。只有不能相通的靈魂才是靈魂。
  只有可以相通的靈魂才是靈魂。

4 相遇了，就有論辯了。菩薩：「李冉，是什麼讓我們又見了？」

5 老子笑道：「今天我見的已不是那個你，你見的也已不是那個我。」

6 老子：「你那一天你為什麼
　沒有到耶路撒冷等着我？」

7 菩薩：「我若按時去到了，你就不會智悟出
　原來地球不是圓的而是橢圓的理。」

8 老子：「你知道我為到耶路
　撒冷走了多少路？」

9 菩薩：「因為遠，你
　一路上觀天看地，
　才發現了天地的無
　數規律和秘密呀！」

10 這時老子笑一笑：「幸虧你到耶路撒冷我已經離開了。如果你不是以身侍虎救了虎，不是一天三九二十七次進妓門，救了二十七個兒子、母親和正送往妓院的民女們，按時到耶路撒冷和我見面了，你就不會從耶路撒冷回來的路上見遇到東方十國了。」

11 老子笑了笑：「那倒是，你接着説。」

12 老子：「如果你沒見遇東方十國，沒有救治成千上萬的芸芸眾生們，那樣兒，你就不會成佛而擁有這滿天下的信眾了。」

13 菩薩：「你要謝謝我那天沒有及
    時去那兒，要去了你就不能悟
    天悟地了。」

14 老子：「我要謝的是天地而不是
    你。是天地沒有讓你到哪兒，而讓
    我識了天地的規律和秘密。」

15 菩薩怒：「和天地沒關係，是人沒有讓我到哪兒！」
    老子怒：「是天地沒有讓你到哪兒，和人沒有屁關係！」

16　於是菩薩和老子吵起來，他們吵得像風像水像混沌。

17　吵得像黑暗中的光，像光中的黑暗一模樣。

18 待吵到一定時間後，老子平靜下來了：
「表面看是芸芸眾生沒有讓你趕過去，
可人的災難是人沒有遵循天地規律才有
了災難的。其實說到底，還是天地沒有
讓你趕過去。」

19 菩薩：「天天天，地地地，那你
現在告訴我，天到底有多高？
地到底有多大？」

20　老子：「天無固定之高，地無一尺之平。但要知道天有多高，地有多大，不是從哪塊平地和地邊算起來，而要從海的平面算天高，從海的邊沿算地大。因為天下的海都在一個平面上；因為海邊才是大地的邊。」

21　菩薩：「地雖無一尺之平，但人的腳若站穩了，那他的腳下就是平地了，他的頭頂就算天高了。地有多大，可以從海邊算起來，也可以從人的心邊算起來，因為所有的算，都必須是從心裏算。」

22 菩薩認為：人和天地人為大。老子認為：在天地與人中天地決定人。

23 到最後，二人都同意世界是由天地和人構成的，但是由人來決定天和地，
還是由天地決定人，這個問題只能擱置起來了。

24 如此着，他們約定在今後的日子裏，老子在天、地、人中主攻慧悟天、地、人的統一與和諧。

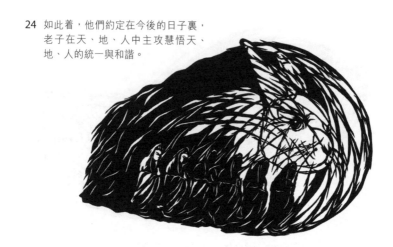

25 而菩薩，在天、地、人中，以人的生命為中心，菩薩主攻救治天地間人的生命和苦難。

19 雅慧和明正

　　六月的日子短到沒有日子樣，靜一天，動一天，一呼一吸幾天就過了，一周、兩周就頁掀過去了。複習、考試、買紙箱，裝行李，準備在月底離校時，交給物流、郵局或者火車、飛機的托運處。

　　畢業的日子呼嘩一下就到了。至最後一門「個人信仰與人類共同關係」考試時，所有的同學都看見，分手迫在眉睫了。

　　晚上就要舉辦這一屆高研班的畢業典禮會。晚會後，學校規定畢業生要在六月的最後三天內，所有的學員和學生，都要離校將房門鑰匙交出去。七月一日是學校統一對畢業生宿舍的查收封門日，規定的嚴謹和宗教裏的戒律樣。

　　雅慧也在這最後一次的考場上。這次考試她不再是替她的師父玉慧考，而是替自己。貢主任説可以私下把師父玉慧結業證上的名字改為雅慧了。有了這張由國家宗教協會和國政大學聯合下發的大師培訓證，也許某一天，雅慧就真的成為宗教大師了。成為大師後，每月工資會有二萬多，那時候，她在北京的日子，會輕鬆得一日一香般。

所以說，雅慧就把這考試看看得又遠又重了。考試前幾日，進家具、擺佈置，還和明正真真假假請同學們到飯店分教、分桌吃了一頓婚宴飯，大家喝了不少酒。結果請客花了一萬二千元，收禮回來多至十萬二千元，賺項竟然近十倍。算起來也是一筆好生意。所以說，時間都用到教室外邊了，結果這次考試時，雅慧看着書，也找不到答案在哪兒。好在監考老師是中心曾經和貢主任吵過架的副教授——黃副教授在考場與交了卷的信徒聊着天，一點都不過問雅慧的抄書和答卷，甚至等明正交完卷子後，直接從雅慧手裏要過筆，坐下替雅慧寫卷子，黃副教授都故意不朝這邊看。最後一道「你認為一個信徒應該更愛他的神祖還是路過他家門口的乞丐？」的選擇題，回答應該更愛神祖時，神就失去了神對人的愛。可要回答應該更愛路過門前的乞丐時，後邊括號的問題就來了，那麼倘若那個乞丐是罪犯怎麼辦？他懷裏揣着殺人的屠刀怎麼辦？於是，所有的信徒在遇到這一問題時，多數在「我更愛我的神祖」的答案後邊劃了「√」，而明正，替雅慧答到這題時，看到田東青從他面前過去交卷子，就拉了一把田阿訇，用筆指着那道選擇題。田東青也便立下來，把嗓子變成一股細水聲：

「我答我愛那乞丐，也愛穆罕默德神，所以不僅給了乞丐衣服和食物，還又給他一本《古蘭經》。」

於是明正就學着田東青，在最後的選擇題上替雅慧在「我更愛那乞丐」的後邊劃了「√」，也在「我更愛我的神祖」的後面劃了「√」。並在後邊為什麼的括號裏，寫上了「因為愛乞丐，我給他食物和衣服；因為愛神祖，我在那衣服、食物裏，放了《六祖壇經》書。」

　　雅慧是最後一個交卷的，時候已是下午五點鐘，她從考場走出來，不僅考場沒有一個人，而且連考場外的走廊、大廳和宗教樓的門外邊，也都沒有同學和信眾了。大家都去托運、購物和熟人告別了。尾末的六月在腳下，初夏的炎熱在面前，那些將畢業的學生們，在校園路邊的樹下擺賣他們的舊書、衣物和用具，把學校弄得和市場、廟會樣。

　　緣於不用立刻托運和離校，明正把他的東西搬到了雅慧買的房裏去。而雅慧，全班都知道她在東邊的玉建路上的玉建小區買了房，一輩子不回她的西寧靜庵寺裏了。所以他們就在校園不慌不忙地走，拉着手，並着肩，彼此說了很多肅嚴的話。雅慧說：「奇怪呀我昨天又夢見如來生了重病啦，糊塗得連人本來的樣子都忘了。」明正便突然立下來：「你胡說什麼呀！」雅慧說：「真的啊——還夢見聖母躺在病床上，連她兒子耶穌去看她，她都認不出兒了耶穌了。」明正便慌忙左右看一看，捂了一下雅慧的嘴，急急拉着雅慧往前走，到賣東西的校區看畢業生們收了商攤

走了後，那兒到處都是垃圾和物雜，他們就把地上扔的紙箱、繩子等，拾拾捆捆運到垃圾箱的邊上去，把紙箱、舊書和報紙，捆成捆兒抬到收廢品的那兒去。事情完了後，見離晚七點開始的畢業晚會還有一程時間後，就在校園走走和轉轉，把這兒扔的廢物拾起來，將那兒扔的物雜撿一撿，想今天這兒若是一片垃圾場，明天這兒的髒亂不就堆成山？

那麼後天呢？後天的明天和後天的後天又會怎樣呢？

收拾了許多的凌亂和蕪雜，他們躲着人群在沒人地方坐下來，吃着素食麵包喝着水。校園的路燈就亮了，便吃喝了朝畢業晚會的禮堂走去了。

20 領導、主任和信眾們

　　晚會借租在藝術學院的小禮堂。台下有二百來張棕色皮包椅，前排桌上有水果、茶杯、節目單。牆壁都是隔音布貼過的各種條紋淺彩紙，椅子一行一台階，步步高到最後一排如坐在半空裏。舞台是半月形的演出台，高出地面整一米。紅色幕布從枱子兩邊垂下來，台前燈和台頂燈，光都聚在演出台的地毯上。以為會有學員緣着上街趕不回來參加這晚會，誰知不到七點全班的信徒都到了，有的特意穿教服，有的反倒特意脱了教服穿便服。禮堂裏的空調不冷也不熱。台前頂額橫幅上的字樣是：「第三屆宗教大師培訓班結業典禮」一行黃字兒。先到一步的信眾們，一半在橫幅前邊拍着紀念照，一半散在各處説話兒，每人手裏拿着一張節目單和一瓶準備在門口的礦泉水，這個問你在王府井裏買了啥，那個説西單的商場太大了，人多得進去人就化在裏邊了。到處都是和凡世無二的吵嚷聲。到處都是惜別的留戀和流連，連老方丈、老主教手裏都拿着信徒在街上給他們買的從日本進口的保溫杯，從韓國進口的老人護膚霜和專賣店裏的手機充電寶。水粵師父抱了一對

用塑料膜包着的男女抱在一起的布娃娃，大得和真人差不多，送給雅慧和明正時，就有人對着雅慧、明正喚：「親一下——當眾親一下！」所有的人就都扭過頭，等待他們親吻時，卻看見宗教中心的黃副教授從外面慌慌走進來，在半空用手朝下壓着大喚道：

「——都坐下——都坐下——領導來啦都坐下！」

信眾們也就依教依區坐下來，目光都聚往禮堂入口處——最先入門的是貢主任，他引道進來站在路邊上，做着躬身迎接的樣。接着是和提前招呼說的一樣兒，竟然在畢業時請來了國家統戰部的老部長和國家宗教協會的老會長，最後跟着的是校領導。老會長九十多歲了，走路得有人攙扶着。他曾是國家建國後的第一代牧師和主教，不知為何又對佛道有造詣，竟還當過一戶重要寺院的大主持，現在是德高望重的國家宗教協會老會長，日常各分教的領導和信徒，是只能在書和電視上見到他，如全世界的信眾只能在電視新聞上見到梵蒂岡的教宗樣。誰都沒想到，這個結業典禮他會來。沒想到統管宗教協會的統戰部長也會來。就都隨着他們的到來站起來，鼓着掌，像民眾為國家元首鼓掌樣。首先站起鼓掌的是幾個年過八旬的老方丈和老主教，接着是各教的班長和學員們，都齊齊一片立站着，把雙手在半空拍得整個禮堂都是擊擊打打聲，直到領導們依次進入第一排的座椅後，老部長和老會長，回身示

意所有的信眾都坐下，那掌聲才漸次漸次讓禮堂復歸寧靜裏。

結業典禮的晚會也就開始了。

主持晚會的是貢主任。他穿了印有白條紋的灰西裝，領帶是種深紅色，說了幾句開門見山的話，就請學校校長上台講。校長便從台下朝上去，在舞台的台階上，和貢主任擦肩相過時，不知為何笑着朝主任的肩上拍一下，然後到台上又很認真地感謝了老部長和老主席特意來參加晚會的賜恩後，突然大聲說，他要宣佈了兩個好消息。說着他從手裏舉起了一本灰皮金字的精裝書，是《體育拔河與各教間的矛盾融合論》，說貢主任的書由國家頗具盛名的出版社隆重出版了，還報了國家科研項目一等獎。說內部消息說，這書百分之百會拿獎；說今天凡是參加晚會的信徒都會得到貢主任的一本簽名書，請大家為貢主任鼓掌和祝賀。台下就隨之響起了又一陣的掌聲和哪個信徒打的響指、吹的口哨聲。待掌聲哨聲息了後，校長又從節目主持人手裏接過一個文件夾，從中取出蓋有十幾個大紅印的一頁文件紙，在空中舉着讓台下看了看，接着大聲道：

「同學們、教友們 —— 今天是你們畢業結業的好日子，也是我們國政大學宗教培訓中心正式被批准升格為國政大學宗教學院的好日子 —— 這個宗教學院，是全國高校中的第一個宗教專業學院，它的升格、成立和發展，一

直得力於在座的老部長和老主席的努力和支持，沒有他們在上邊的遊走和說服，我們辦了近十年的宗教中心，不僅不能成為一個院，而且永遠都是學校的一個正科級的邊緣學。但是就從今天起，就從現在起，你們宗教中心不僅已經是正式與學校的法學院、文學院、經濟學院、金融學院和新聞學院一樣的學院了，而且它還彎道超車，已經是與其他院系一模一樣的副廳級。更而且，從今後你們一切的招生、培訓、分房、經費和編制，以及老師們的職稱晉升和退休，都將和其他學院一模一樣了！」

到這兒，校長停下話題朝台下看一眼。這一看，像默契的預熱通知樣，所有學員信眾全都愣了一下神，看見已經成了院長的貢主任，如直立的一棵樹樣站在前台鼓着掌，大家也才都明白，這個晚會的意義是前承後啟、開天闢地的，彷彿各教創立時的首日大會樣。於是間，又是一陣掌聲、歡呼聲，又是一片信徒大聲地喚叫、說笑和不知是信徒還是看熱鬧的學生從誰嘴裏吹出來的口哨聲。接下來，校長就在那口哨聲中請老部長和老主席上台做指示，老部長、老主席就都在台下笑着擺着手：

「我們說好不講的，說好不講的！」

校長就又把嘴對在麥克風的前邊去：「遵照中央領導的指示精神，厲行節約，萬事就簡——現在我宣佈，本屆宗教大師培訓班結業典禮——正式開始！！」

之後他迎着掌聲從台上走下來，音樂就從他的腳步聲裏響了起來了，歡快悠揚、又有些寬廣和雄厚。音樂是中國式大會開場都會放的《我的祖國》交響樂。待那樂停音止後，是藝術學院亭亭拔拔、未來要做電視節目主持人的一個研究生，她在台上引言朗誦了詩一樣的開幕詞，讓台下再又響起了一陣雷掌聲，就意料內外、兼而有之地報幕了晚會的第一個節目 —— 佛教班的八個和尚小組唱。和尚們大的四十歲，已經是一方寺院的方丈或主持，小的三十幾，是準備要當方丈、主持的聖明僧。八個人，彼彼此此從台下站起來，到台前東邊的空地待一會，後又依序健步地朝着台上走，這時就有少見的佛家颱風出來了：都是新黃色的袈裟長僧衣，都是新的尖口土布鞋，都是光頭亮色的短髮和受戒後的髮間白點兒，手裏又一律捧着一本厚如牆磚的《佛陀傳》，而嗡聲組唱的歌曲是《佛陀牽着我的手》。他們一排兒站在台子上，八個人拿着四個麥克風，二人一組肩並肩，直立如一堵燦黃色的牆。且每個人的臉上都是孩子般的笑，都是木訥的快樂和輕鬆。樂池裏的琴弦伴着古樂和新奏的器配響了幾秒後，他們同時開口唱着了。這首佛歌原是由女腔唱下的，現在有八個男腔和尚來合唱，本來就是一樁招人喜的事，加之和尚們又唱出了男人們有些羞澀，又有些心甘的情念來，那混在一起的和尚

腔，夾着沙吞水的吱啞音，一下把台下所有的目光吸聚到了台上僧侶的合唱上：

> 讓佛陀牽着我的手
> 帶我走出迷霧
> 有佛陀明燈照着我
> 走向那彼岸的路
> 讓佛陀牽着我的手
> 走完人生的旅途
> 慈悲的佛陀微笑着
> 在那彼岸等着我

於是間，這慢歡的音樂、虔敬的音腔及滿禮堂的意外，一下把台下所有的信眾感召了。大家沒想到和尚們會合唱女腔歌，沒想到他們唱到《佛陀牽着我的手》時，會胳膊挽胳膊地晃肩膀，像所有中國人都看過的《咱們工人力量大》的表演樣。且明明上台前，每人手裏都捧着一本《佛陀傳》，可在兩段唱完後的一轉身，再回來在台前亮相時，那本捧在僧徒胸前的紅皮「佛陀傳」的三個燙金黃字不在了，取而代之的，是每本書上都是滿封面的一個字 —— 八本書，八個字，那八個字合起來是很喜人的一句話：

和諧社會添磚加瓦

　　於是掌聲又起了，大得雷雨一模樣，直到和尚們從台上捧着紅書走下來。

　　第二個節目是道士隊的武術表演賽，是學員中的南派武當道和北武泰山道的雙道拳武賽，對打、單練、騰跳和躍雀空中的二人雙拳雙腳擊，雖然多有花式在裏邊，體育課上他們也曾顯露過，可真的在台上表演時，拳腳橫飛，身骨扭響，還是讓各派信徒驚愕和沸騰，贏下的掌聲和他們在台上用雙腳召喚起的煙塵樣。

　　第三個，在一片武亂熱鬧的節目後，安排的是基督教的信徒女聲唱。信徒是一個銀行裏的高級會計師。除了她同教的同學知道她為什麼在錢高業旺時候皈依基督外，別人不知她為何就突然信仰基督了，每周都去教堂裏領着信眾唱聖歌。在班裏，多數人都聽過她唱聖，尤其那首《我主耶穌》歌，唱起來都想讓別教的信徒跟着她的歌聲走進教堂去。誰都想聽她獨唱《我主耶穌》歌，她就穿着藍色大擺裙，白色緊身短上衣，上台為同學們唱了那首《我主耶穌》歌。唱完後的掌聲和預想的一樣雷鳴和長久，待那掌聲息下後，台下有信徒喊着請她再唱一首時，她便矜持一會兒，把她年輕老師樣的剪髮朝後理了理，笑着和台下所有的人商量道：

　　「再唱一首校園歌曲《同桌的你》——大家同意嗎？」

台下就靜了，像聽錯了話一樣，都把探問的目光集中到了台上去，然這目光還未及把異疑傳上去，台下又有人在一瞬的靜裏吹哨鼓了掌，隨之就有了「就唱這一首，就唱這一首！」的喚。先是一個揮着拳頭喚，後就跟着是一片揮着拳頭喚。於是那曾是女大學生的基督徒，就在台上唱了這首《同桌的你》。樂池裏響起了輕慢、脆清的吉他聲，跟着是一股美傷、無奈和充滿回憶的歌音從這基督的女兒的嘴裏哭哭吟吟出來了。

> 明天你是否會想起
> 昨天你寫的日記
> 明天你是否還惦記
> 曾經最愛哭的你
> 老師們都已想不起
> 猜不出問題的你
> 我也是偶然翻相片
> 才想起同桌的你
> 誰娶了多愁善感的你
> 誰看了你的日記
> 誰把你的長髮盤起
> 誰給你做的嫁衣
> ……

禮堂裏，隨着歌聲和吉他樂，已經徹底靜下來。所有的信眾同學們，都被這分離的憂傷所懾獲。大家跟着音樂的節奏拍着手，唱到「誰把你的長髮盤起，誰給你做的嫁衣……」時，竟有信眾的眼瞼紅起來，淚像晨珠一樣掛在臉上了。

　　這時候，雅慧和明正，是坐在右後邊，水粵師父和別的同學送的禮，都放在過道椅邊上，本來計劃節目單上的第五個 ——《婚禮》，是由她和明正上台向神和領導及信眾同學們婚禮三鞠躬，然後把中心為他們準備好的喜糖、巧克力，一把把的從台上朝着台下撒，想着那紅綠花白的糖從天上雨落時，信眾們會怎樣一邊鼓掌又一邊私議他們倆 —— 畢竟是宗教培訓班中第一對異教結婚的人。可是沒想到，耶穌的女兒在台上竟意外地唱起了《同桌的你》，不知為何雅慧會被那傷滿的歌聲所迫懾，被那天籟的吉他彈撥帶走了。有人跟着唱，她也就跟着唱起來。有人跟着節拍站起來，她也跟着周圍的幾個道士、尼姑和女阿訇們站起來，拍着手，哼着聽着那歌詞：

　　　　你從前總是很小心
　　　　問我借半塊橡皮
　　　　你也曾無意中說起
　　　　喜歡跟我在一起

那時候天總是很藍

日子總過得太慢

你總說畢業遙遙無期

轉眼就各奔東西

……

　　雅慧先前除了焚樂和佛歌，似乎從來沒有聽過這首歌。可不知為什麼，第一次聽也就能跟着哼唱起來了，還能把所有人大聲唱出來的歌詞記在腦子裏。台上的燈光都聚在耶穌的女兒身子上，連她唱着唱着流在臉上的淚都看得清。而台下，完全不知為什麼，天主教班有一對男女生，唱着、唱着就擁抱在一起大哭起來了。基督班裏有兩個女信徒，她們沒有跟着唱，沒有站起來，只是在那歌裏木呆着，臉色酷白地緊緊拉着對方的手，如同要生死別離樣。而明正，本來和雅慧是差不多的心事和心緒，在那坐着聽着觀看着，當雅慧在院長講話時，四下瞅瞅問他說：「好像田東青阿訇沒有來參加晚會呀。」他還起身用目光搜着看了看，又到伊斯蘭的座區問了問，回來說「是沒來。沒人知道他去哪兒了。」如此一切都是習常的，都是日子裏的一天和一時，不過下午是考試，晚間是結業典禮吧。然而哪想到，當《同桌的你》樂起歌至時，明正竟也把目

光盯在舞台上；當所有的人都站起來跟着節拍唱着時，他沒有跟着唱，卻把下唇鋪在雙牙間，如把一塊紅肉放在一柄鈍刀下。刀不能讓血從肉裏流出來，他就那麼狠狠咬着牙，隨着歌聲的透傷讓力氣大一點、再大一點兒，彷彿力氣並不來自他的上下牙齒和顎力，而是來自那電吉他的音樂和從耶穌的女兒嘴裏吐出來的歌詞裏。及至台上的歌聲唱到「你總說畢業遙遙無期，轉眼就各奔東西」時，倒真的有一絲血跡從他的嘴角咬流出來了，讓人想到四個多月前，如夢般的肩血沿着他的皮帶和扣釘，汩汩流在他的後背上。他就那麼呆坐着，目光穿過前面一片信眾的人影和縫隙，盯着台上耶穌女兒的歌音和動作，讓不是疼痛、而是舒快的血，從自己的嘴角朝着下巴上走，當流至下顎後，他又一次聞到了一片樂聲、歌聲和熱暖呼吸中的血味兒，就在準備起身去下巴上擦摸流血時，雅慧不再跟着禮堂哼經一樣唱歌了，她突然扭過頭，用尖細的聲音問明正：

「你怎麼了？！」

明正也扭頭看着她：

「不怎麼。」

雅慧取出自己的手絹遞給他，臉上顯出淺黃色的笑．

「別忘了你是度化道士、我是度化的尼姑呀！」

這一刻，貢院長出現在他們面前了。在台下昏黃的燈光裏，能看見院長朝着他倆走來時，臉上溢着興奮和足滿，用很輕的聲音問着他們倆：

「結婚證帶在身上嗎？」

他倆不說話，只是望着已經是了廳局級院長的貢主任，明正把手帕捂在嘴角上，像自己牙疼一模樣。可院長，沒有注意這些細小和碎瑣，他藉着燈光瞟瞟他們倆，就又接着道：

「沒帶在身上趕快回去拿 —— 老部長和老主席非常滿意我們中心這一年的工作和成績，說他們管統戰、宗教工作這些年，是第一次遇到學員信徒還俗結婚的。他們都想看看你們倆的結婚證，想等你們的《結婚》節目上台時，他們拿着結婚證親自上台講幾句話，祝賀你們的婚姻和我國各個宗教的團結、和諧、大融合的事。」

說完院長就轉身走掉了，背影在歌聲和音樂裏，像一個巨大的音符在遊着。

21 雅慧和田東青

　　雅慧從禮堂出來去拿她和明正的結婚證，又很想把《同桌的你》的最後一段聽完再回宗教樓，就離開禮堂又在禮堂的門外站了一會兒。禮堂裏已經座無虛席了，除了宗教班的人，還有音樂學院一、二年級的學生們。因為沒座位，他們進來都站在後排和過道間。這時就有了燥熱從空調風裏掙出來，合着禮堂的音樂播撒和芽發，使觀眾的席縫都多少成了熱帶林木了。而禮堂外的夜六月，倒還有一股微絲絲的自然風。雅慧就在那風裏，望着音樂樓和一片院落似的樓間的空地和樹木，很清晰地聽到了台上台下都在齊樂悲悲地大聲同唱着：

　　　　誰遇到多愁善感的你
　　　　誰安慰愛哭的你
　　　　誰看了我給你寫的信
　　　　誰把它丟在風裏
　　　　……

後邊的歌詞從聲曲裏一字一粒掉出來，像秋涼的雨滴一粒一粒冰在雅慧身子上，有徹骨的舒適和寒氣，使她整個人都沉在悲歌深處了，融在生離死別的沿邊了。可這時，也恰好從對面來一個人，把她的注意力給帶走了。走來的那人是田東青，快步子，勾着頭，到雅慧面前突然立下來。他應該見到雅慧問一句「演出開始很久了？」或者是為自己的遲到解釋一句話，可他見了她，滴滴點點都沒說這些，而是當頭棒她一句直直道：

　　「我今天去密雲的亂葬墳那兒看了王昌平的墓，不同教，可畢竟是同學。」

　　雅慧有些意外地立在門外的月形台階上，頭上吸頂燈的光和雅慧的臉色都是乳白色。不遠處樓間的幾棵國槐樹，碎葉黑密的影兒遮住田東青的臉，讓雅慧看不清他說話時的氣色和表情，只聽着他的聲音像從一堵隔牆穿了過來樣，若不是田東青站在她面前，雅慧壓根不能定斷那聲音是從田阿訇嘴裏出來的。

　　「知道王昌平的墓碑上寫的什麼嗎？」田東青問了一句後，又用柔極穩極的語氣說：「他的墓碑上寫了七個字：『我是信徒王昌平！』」

　　田阿訇把「我是信徒」四個字，說得如土中刨金般沉重和光閃，接着又用很奇怪的聲音道：「知道嗎？據說差一點成為神的神的那個人，他是貢主任的養父呀！——說他

這養父一個月前差一點就當了宗教協會主席哪，後來是神們出現了，沒有讓換那老主席，就還是老主席當着協會主席了。」

　　然後兩個人就都立在那兒不言不動了，彼此相望着，如發現了什麼秘密樣，如發現了秘密又不是大不了的事，就那麼木呆呆地立站着，彼此宛若隔着一條河，除了目光相遇誰說話對方也都聽不到，所以就只能都把目光落到對方臉上去。自禮堂傳出的音樂和歌聲，從門縫擠出來，散流至六月末的夜穹後，在頭頂凝出星星般的光。「誰娶了多愁善感的你，誰把你的長髮盤起，誰給你做的嫁衣……」還有最後吉他的天籟之音裏，耶穌的女兒和台下信眾們沒完沒了的「啦啦啦啦啦……啦啦啦啦啦」。

　　雅慧不知為何突然哭起來，好像沒有緣由似的在胸腔升湧了止不住的悲，淚如雨樣在臉上流着橫掛着。她想走，想一轉身就從田東青身邊抽離開，可見她想走時，田東青又用胳膊攔在她面前：

　　「告訴我 —— 宗教大師們捐的錢，還有王牧師留給中心的錢，是不是這錢送出去了一半，中心才由中心變成了院？知道嗎，貢主任當了院長後，聽說要調到國家宗教局 —— 算我田阿訇在這兒求你雅慧了，如果他真的這樣升遷了，明正或你以後真成了他的秘書了，能不能請他對我們穆斯林的政策寬一些？」問着看着雅慧的臉，像一個孩

子求着母親樣，又見雅慧一臉都是惘然和無措，被認錯攔下的路人樣，燈光裏滿臉都是慌張和緋紅，於是田阿訇又淡淡笑一下：

「——結業典禮宣佈考試成績沒？我的成績是第一嗎？我答應枝素考個第一掙筆錢，把她在的那個清真寺給修繕一下子。」

雅慧也就搖了頭，說還沒到宣佈成績那個節目哪，田阿訇就丟開雅慧，續着急慌朝結業禮堂走去了。

就這麼木木怔一會，雅慧繼續往中心樓裏走，緣於和田東青說話誤下時間了，步腳也就加快着，半走半跑着，可走着跑着卻又忽然回頭喚：「田阿訇——田大哥——你還沒去我買的房裏看過哪。」喚完接着走，走着接着跑。為了儘快回到宿舍取出枕頭下的結婚證，她沒有沿着來路回，而是從藝術學院小禮堂的後牆下，抄了幾棟樓間的小道朝着宗教中心去。小路邊的冬青樹，不斷伸出枝手抓住她的腿腳和胳膊。冬青後邊楊樹上，夜知了的叫，一串串灑下蕩在她的頭上急躁上。下一個節目就是五大宗教班平均分數第一和個人成績前三名的發獎式，聽說總獎金額高達八十萬，單單個人第一就是獎金二十萬。還有體育比賽中的拔河冠軍隊、乒乓冠軍隊、羽毛球賽的冠軍和各派宗教在組織各種比賽活動中最積極的組織獎，加之一學年由信徒學員投票產生的老師授課「最受歡迎獎」，宗教

和諧學術論文獎，七七八八、五五三三的，就該她和明正上台的「婚禮」了。宗教中心真的成了大學宗教院；貢主任真的成了院長了。也許在不多久的日子裏，他就真的要調到國家宗教局裏當局長，要管着全國的宗教事務了。八八和七七，有誰知道呢，這些事情雖然都是由組織和神們安排的，可想想，還是讓雅慧心裏有說不出的惶惑和驚恐。

就這麼走走又跑跑，想想驚驚就到了宗教樓的門前邊。雅慧是用身子撞開大門的。大廳沒有人，可堆有幾大包的垃圾在那兒。沒有封口的垃圾袋子裏，露着學員們扔的舊衣服、冬圍巾、破鞋子和哪個和尚一身油髒的袈裟和開了縫的阿訇帽。在那個舊衣垃圾袋的邊圍上，是清潔工捆好的舊書、報紙和雜誌。報紙都是中心給每個宗教樓層訂的《人民日報》和《光明日報》及國家宗教協會的《中國宗教報》。雜誌除了政治刊物、文藝刊物還有《宗教研究》、《信仰故事新編》等，有三捆捆紮好的書，堆在大廳正央裏，雅慧知道那是同學們扔在各自門口的各種學習資料和書籍。畢業季，最忙的表面是學生，其實是各個學院負責衛生的保潔工。整個學校裏，每棟宿舍樓的垃圾物，都盛茂得雨後果林般，保潔工們每天、每時都在清潔、裝運和收穫。雅慧就從那一片垃圾袋中蹚過去，有一捆舊書中的一本書，老遠就把她的目光牽帶過去了。

是一本《心經》小冊子，巴掌大，半手指的厚，黃皮紅字很像某個年月的語錄書。因為它的小，不配和那些16開和32開的各種書籍躺臥在一起，於是就被棄拋出來躺在一堆書邊上。《心經》把雅慧的目光招走了。雅慧朝那看一眼，又用力把目光拽回來——結婚證在七樓枕下等着她。第五個節目立馬就要輪到了。腿像從一堆泥中抽離樣，她蹚着垃圾袋子到了電梯口。按鍵、開門、入進和關門。在電梯嗡嗡上升時，她又看見滿是塵灰的電梯裏，扔着一本舊書《詳註道德經》，封皮卷得如誰脫扔在那兒的褲子腿，想要彎腰把書撿起來，又終是沒有撿，就急慌慌地到了七樓上。

　　電梯停下來，門開後她又看看那本《道德經》，離開電梯朝自己的宿舍跑過去。事情簡單得如端起杯子喝飲白開水，進屋、掀枕，取過燙金紅皮的結婚證，瞟一眼塞進口袋裏，慌忙又出門和鎖屋。至此事情就不再一樣了，如她見了一眼蟻穴將誘引大堤裂決般，原來在她門口的牆下邊，不知為何竟還扔着一本厚大如磚的《新舊約》，硬黑皮、金燙字，封面下還有「中國基督教協會內部印發」的一行字。書是一本簇新簇新的書，如剛從印廠出來就來到了她的門口上，黑皮封面在那燈光裏，閃着基督神的光。她很奇怪自己進門時，怎麼沒有看到這本書。她甚至疑懷是自己進屋後，是神把書放在了自己門口上，蓄意驗考她

是真的沒看見，還是裝着沒看見；蓄意驗考她除了對菩薩的尊崇外，對別的人和神，是疏冷、親密還是不熱也不冷。

她在那書的面前站下了。

順腰彎下把那本磚書撿起來。一切都在這一念間。這一念，猶如永恆注在了她的身上和心裏。撿了基督教的經，自然也該把道教的經書撿起來。進電梯就把那本丟在電梯角的《詳註道德經》，順手撿了起來了。又覺得連他教的經書都從地上撿起來了，當然不能將自教、自家的《心經》丟在垃圾裏，於是下樓走出電梯門，不思不想就把目光直接送到那堆垃圾書旁的《心經》上。這也才看見，大廳裏不再是原來的三捆書，而是六、七捆兒一大片，且還多出了幾麻袋學員們扔的衣物、用品和雜物。雅慧知道宗教中心那個女工保潔員，現在就在這樓的哪兒清垃圾。是自己上樓去取結婚證書時，她朝着大廳送過垃圾和書籍。她朝大廳的四周看了看，沒有找到保潔員，又把目光收回來，心思該把手裏的經卷當成書籍放在那些書上就行了，可想的是放書，卻又把那本《心經》撿了起來了。這一撿，她又看見另一捆書裏還有一本半舊的《六祖壇經》在裏邊。把《六祖壇經》從書捆裏邊抽出來，因為扯拉把那捆舊書拽散了，膝蓋高的一捆書，面癱一般倒下去。這一倒，她又看見那堆書中還有一本《聖經》和一本《古蘭經》。將這兩本經書全都撿起後，她開始打開另外一捆書，從那捆

裏很快又找到了一本《金剛經》和一本《聖經故事集》，便把懷裏所有的經卷放在一塊兒，又打開一捆垃圾書。再打開一包垃圾書。還去裝了舊報紙的專用垃圾袋裏找，如同珠寶被垃圾裹走不得不翻找垃圾樣。每打開一捆書，就有被同學信徒與培訓教材和學習資料夥同扔的經書在裏邊。佛家的、道家的、伊斯蘭、基督教和天主教，五大宗教的經卷都和別的垃圾一模一樣被捆在舊書裏，如聖果被扔在垃圾筐裏要被倒掉般。不消説，這些經書也是書，是紙張、印刷讀賣物，如翻一下就要扔的貨物般。書的命運和人的生老病死樣，誰都無法逃離從活人走向老死那條路，如她的師父聖徒玉慧着。可畢竟，佛陀、菩薩、悉達多，老子、基督和聖母，還有穆罕默德和上帝，以及她在心裏想過也還剪出了他的樣貌的管着天下所有神的天極神，怎麼能和凡人一樣呢？他們和凡人不一樣，那頌揚、記述他們行跡言論的經書自然也不能和凡書俗典一個樣。

　　大廳裏的燈光似乎勞累了，昏聵如八十老人的目光了。暮黑的氣息在整個樓裏漫彌着，可怕的靜謐讓人想到田東青阿訇説的園陵和王昌平。雅慧就那麼一手一手把所有的書捆打開來。將紮了口的垃圾袋兒打開來。從那些垃圾裏把所有同學們扔的經卷及與經卷相關的聖書如《聖詩集》、《安拉故事》和《禪悟故事》等書都又撿出來，再把打開的人家的書捆捆紮住，把自己掏撿回來的經卷先大後

小，金字塔樣疊起來，用地上的絨草繩子紮捆着。她知道這些書，多是異教扔的異教經，比如道教徒扔了自己手裏的《聖經》或者《古蘭經》，基督教徒扔了桌上的《六祖壇經》或者《心經註》，再或是，手頭有兩本《聖經》或者《道德經》，那就扔了舊的把新的留下來。扔的在他都是多餘的，都是中心的培訓教程中，上那門「異教經書選讀」課程時，由中心發給大家必須了解的異教經。現在結業了，也就扔掉了，宛若扔掉一件別人送的不合身的衣服樣。空氣裏有稠極濃烈的一股灰土味。雅慧就在那灰土味中翻撿和捆紮，腰腿酸了還又站起伸了一個懶腰和胳膊，直到把自己捆的幾十本經書抱在懷裏才又想起禮堂的典禮和出演。

冷驚一下子，就抱着書捆朝宗教樓的大門外面走過去。然剛到門口兒，未及開門時，宗教樓的大門嘩地一下從外朝裏推開來，有一個十二三歲的小男孩，大汗淋漓地釘在她面前，像他跑了幾十里路終於找到了她：

「你是雅慧尼姑嗎？！」

看着那孩子，雅慧像看着一個聖童樣，她有些驚異地盯着他，朝他點了一下頭。

「快回你家裏看看吧——你新買的房門被人打開了。你家去了很多人！」

手裏的書捆朝下墜一下，差一點從她的懷裏掉在地面上。孩子說完就又開門朝宗教樓的外面跑，像他是一個來報告火災的人，說完要率先朝着火的房子那邊跑，然而剛出門，他又扭回頭：「我現在去叫顧明正，你趕快回你家裏看一看，慢一步賊就把你家的東西偷光了！」說着又轉身，沿着雅慧從藝術學院回時的小路朝着藝術禮堂飛過去，如他報告了主人家的火災又去報告消防人員樣，腳步快得同雨點、雨暴一模樣。

　　雅慧在宗教樓前呆了兩秒鐘，沒說話就往學校東門小跑過去了。

22 眾神們

　　雅慧從靜庵寺門口的地上生出來，十八年都沒有這麼切急切急地走路和跑奔。可現在，她快步地跑起來了。路邊的樹木朝她身後倒過去。燈光朝她身後倒過去。跑出學校大門時，她像一根闊葉的樹枝被風捲着般，到門外往天橋上爬着台階時，才發現她懷裏還抱着那一大捆的經卷書。有些後悔沒有把那捆書放在宗教樓的大堂裏，或是放在學校沒有人的樹林裏。可現在，已經不行了，橋上、街上的夏夜到處都是人，她不能把一捆經卷隨便扔在街角上；不能把它放在路邊的垃圾桶邊上。就那麼抱着經卷跑，從路西的天橋下邊爬上去，又從路東的天橋下邊跑着跳下來。每下一個台階層，那捆書就震得她的膝蓋疼。兩腿那兒的深處又有一股撕扯感。汗不知是從哪兒躥擠出來的，粉色尖領的布衫完全沾濕着她的前胸和後背。燈光下的路人都在看着她，彷彿她是偷了人家有人在追着。一會把書提在手裏邊，一會又把它抱在懷裏邊。應該把書放在那兒請人看一會，可瞅瞅玉建街上夜市的門店和人流，又生怕去請人看書把時間誤在腳下邊。就那麼碎步急急地

跑，跑到不行了，再大步大步走。從學校東門到她買房的玉建小區裏，自頭至尾兩千米的路，她像用了十年的時間才走完，又像一轉眼就將這路跑完了。從小區大門邊的側門進去時，差一點絆倒摔在地面上，就在趔趄裏邊穩住腳，再又起步時，她發現自己身上沒有力氣了，雙腿軟到想要倒下去，最後只好彎腰緩腳挪到二號樓，一進電梯她就癱坐在了電梯裏。

電梯倒給力，蹭蹭蹭地朝上走，直到二十二層裏，那電梯都一直單單送着她。到十五層她從地上了站了起來了。二十層她又把書抱在懷裏邊。二十二層一到她就從電梯門裏擠出去了。形勢和那去朝她稟告的孩子説的一模樣，電梯間的燈光是種乳黃色，對面住户的防盜門，還依依然然死鎖着。而這邊，她家新換的防盜鐵門鎖開了，鐵門和門框中間有着一道虛縫兒。猛地釘在了電梯間，心跳要把她懷裏的書給震下去。又猛地朝自家的房門跨幾步，一把拉開閘門似的防盜門，手還沒有碰到裏邊的門鎖裏門就開了。

屋裏的光，庫水一樣朝她湧過來，還有光浪打在眼臉上。到這兒，雅慧臉上的汗，一下凝成冰珠結在了她的臉上、眼睫上。屋間的燈光亮到讓眼睛睜不開。可一旦睜開了，就看見那光裏雜染了紅色、黃色、熾白色。整個屋子都像透明顏料混合成的色池子。為了這新房，雅慧剪

了大小不一很多的寺廟、塔林、道觀、教堂和清真寺。她把在電視和書上能看到的世界上著名的梵蒂岡聖彼得堡大教堂、意大利米蘭大教堂、西班牙塞維利亞大教堂和麥加禁寺、麥地那光先知寺及那耶路撒冷的金頂寺，還有中國最著名的佛教聖地白馬寺、日本金閣寺和北京的道教白雲觀，全都剪成剪紙貼在她的門後邊、床頭上、窗格裏和衣櫃上，還有廚房的冰箱門上和案板裏牆上。她的新房就像世界各個宗教的一個會場或者倉庫樣，滿滿當當，又錯落有致着，尤其是床頭牆壁上，她特意貼了一排剪紙諸神像。中間最上的，是管着所有神們的中國天極神。下邊依次是佛陀、菩薩、老子、耶穌、聖母和安拉。因為真主安拉從來不示真像給後人，她就把安拉剪成一座銀川南關的清真大寺掛在那兒替代他，在這替代了安拉的清真大寺後，是悉達多、達摩、摩西和常在穆罕默德身邊的他的第一個弟子和妻子赫蒂徹。這些剪紙除了天極神高高在眾神像的上邊外，下邊的眾神和眾教，是不分次序、大小的，只是根據剪紙的大小、色彩和虛剪、實剪、刀刻、鏤空和留白之構圖，先貼這一張，或者那一張。現在床頭這一片以紅為主的剪紙神像們，都在屋裏靜着、笑着、祥和着，沒有一個神是肅嚴的，也沒有一個神是憂愁、憤懣的。雅慧不喜歡神的憂愁和憤懣，更不喜歡神們肅嚴閉嘴凝思的樣。她喜歡所有的神，都如觀音菩薩樣祥和微微的笑，所

以就把耶穌、聖母、赫蒂微，都剪出了微微笑的樣。因為喜歡佛神裏濟公每天嘻嘻哈哈、酒至爛醉和鐵拐李老不正經、倒騎毛驢的樣，就剪了佛神濟公舉着葫蘆喝酒和道神鐵拐李倒騎毛驢、邊走邊吃燒雞的滑稽喜樂圖，把他倆一個放在永遠都是受難苦相的耶穌邊，一個放在為了伊斯蘭總是心懷愁怨的清真寺的門前邊，就在這眾神像的彩燈下，布藝艷紅的沙發和鋪了水藍床單的新床邊，現在正坐着那孩子跑去報告她們被打開進到屋裏的人——床簷上坐着的是菩薩和老子，沙發上坐的是聖母和耶穌，穆罕默德坐在他們對面的椅子上。他們五個就那麼圍在沙發前的茶几邊。茶几上擺了他們的五杯白開水，中間是雅慧為了結婚買來的花生、糖果、葵花籽。裝花生、糖果的盤子都是綠色、紅色的塵世塑料盤。幾個盤子一排兒，被雅慧擺在茶几央間裏。觀音、老子、聖母、耶穌和安拉，圍着茶几坐在那，沒有誰動拿一顆花生或糖果，只有老子端起一杯白水小喝着。屋裏是靜安一片等着什麼樣，彷彿他們已經圍在哪兒說過要事了，等着尾末如等着一個人來般。

雅慧就來了。

門一開，她進來僵在門口上，朝着屋裏看一眼，抱的那捆書，便驚着落在腳上、地板上，立時眼就睜得大起來，嘴也愣愣半張着，且在臉上還又慌張出了一層蒼白色，有汗嚇將出來掛在她的流海額門間。神們是沒有慌

張的，彷彿他們早就知道雅慧哪個時辰、幾分幾秒會推門進來着，只是門響了，把頭朝着這邊扭過來。見她僵在那兒了，都睜眼瞟瞟看着她。看她懷裏的經書被驚散落了，才都彼此動一下身，想要過去接着那些書，又都只是坐着沒有動。屋子顯小了，人、神彼此的表情也都擠出了熱燥和不安。觀音和老子背後的電視沒有開，然電視牆上的射燈是亮的打開的。窗也敞開着，陽台和六月末的天穹連在一塊兒，從陽台那兒吹進來的風，有天穹笛哨的歌音在裏邊。那一刻，屋裏的靜，像天宇間的一片藍白樣。在那藍白裏，雅慧腦裏的虛空如了陽台外的天穹了。她就那麼僵在門裏邊，雙手垂着立在那，連阿彌陀佛的一個動作都沒有。這時倒是觀音率先立起來，輕腳朝着雅慧走過去，到她面前收下腳，拿手在她臉上撫摸一下子，將一拃長了的頭髮朝她耳際順了順，如母親把女兒的一絲亂髮理了理，輕聲就在她的耳邊說：「我真怕你把這捆書重新放下扔到哪，那樣他們就不會信你是真的信徒、不會來你這兒了。」然後看看身後的同仁眾神們，蹲下去，把散開的《聖經》《古蘭經》，拾起合好放在屋門和廚房間的牆下桌子上，把一本《安拉聖行》的捲頁展開來，熨着折皺撫平着。這時候，雅慧看見觀音的手指果真比一般女人的手指長許多，手紋如細風下的靜水紋。她的頭髮黑黑亮亮盤在後腦上，細看能看見歲月在那髮梢開的髮花兒，如所有的路頭都有

岔路口。且皮膚是種淺黃色，雖然也有潤紅在裏邊，然那潤紅裏，還是蓋不住她的倦累和疲勞。當她又一次彎腰把地上的《六祖壇經》和《新註道德經》撿起來時，雅慧也跟着彎腰去撿那些書，她們的頭就碰在一起了，這使得雅慧冷猛驚一下，剛剛安靜的臉色又成慌白着。她想拿手去摸一下觀音被碰的前額那一塊，然把手伸出去時，很快手就僵在半空了。她想起她碰的不是別人的頭，而是觀音神的頭，於是就愣在那兒看着觀音的臉，等着觀音的責怪和戒懲。這當兒，屋子裏的老子、耶穌、聖母和安拉，也都站了起來了，觀音就把那幾十本剩下的經卷都拾起擺在桌子上，拉着雅慧過去站到眾神面前去，聽到所有的神都說謝謝雅慧把他們被棄的經卷撿回來。謝她屋裏、心裏除了裝有佛，也給別的神們留出一座一席的位置來。最後就都看看雅慧又把目光落到觀音臉上去，等着觀音開口說句什麼話。

觀音也就望望眾神們，最後再把目光放置到木在那兒的雅慧臉上去，就看見雅慧剛才臉上的慌張薄淡了，蒼黃成了暗紅和激動，如一層突然飛來的緋紅罩在她的臉上樣，眼裏是一種激亮明透着的光，如這夜的星光或多或少分給她的眼睛了。

「能給師傅我說句實話嗎？」觀音望着雅慧道：「大家來也就是為了你的幾句話。」

雅慧不解的望着觀音那月光似的臉。

「黃昏前大家都聽到你對道士明正說，你昨夜夢見如來生了重病啦？」觀音問着正正盯着雅慧的臉，像要從那臉上看出真假樣，「是不是你還說如來因病糊塗了，連人的樣子都忘了，已經不知道人是長得什麼模樣了？」

雅慧的臉又成黃白色，又有一層虛汗掛在她的臉頰上。她朝觀音慢慢點個頭，終於抬起雙手合掌在了胸前邊。

「真的做了這個夢？」觀音跟着問。

雅慧再一次鄭重地合掌點着頭，彷彿那個鄭重的合掌能證明她曾經做的那個夢。

「還又夢到了誰？」繼而觀音追着問。雅慧就把目光落到了聖母和耶穌臉上去，看見耶穌和聖母，都朝她應允點了頭，就用很小的聲音對着大夥說：

「我夢見上帝也病了，是種很奇怪的失憶症。什麼都記得，就是記不得該怎樣去拯救人的苦難了。」

菩薩、老子、穆罕默德們，就都把目光落到聖母和耶穌的臉上去，就從他們的臉上讀出什麼了，又收回目光盯着雅慧的臉，等着雅慧把話說下去。而雅慧，這時就又看着觀音神的臉。

觀音說：「你說吧。」

「我還夢到了安拉神，」雅慧道，「安拉也有了失憶症，也忘了怎樣才可以救助他的兒女了。想到失憶他就

總是哭，望着他滿世界的兒女們，流的淚都是紅的和血一模一樣。」

大家把目光都落到了穆罕默德的臉上去，都看見穆罕默德默一會，最終也還是朝着大家點了頭。

輪到老子說話了。老子看看眾神朝前上了一小步：

「道教呢？」

「你還好，」雅慧說，「可我夢見張天師不僅病重快死了，而且死前連《道德經》上的天字、地字都忘了怎樣讀寫了。」

到此誰也不再說什麼，彼此相望相覷着，似乎終於知道不僅是自家的神祖有了失憶症，是各家各戶的神祖都病了，都得了歲老遺忘症，或多或少別的都還記一些，可是對人類，所有人或他們的弟子與兒女，凡是可以拯救人於苦難的方法都忘了。忘得一乾二淨了。所以到這時，觀音、老子、聖母、耶穌和穆罕默德神，默默站在那，臉上都有了慌白和不安，都有一層虛汗掛在各自的額上、臉頰上，彷彿他們的秘密泄將出去了，關於神在人間的災難立馬就要到來樣。一時大家就都沉默着，彼此望一眼，又都把目光掃到雅慧臉上去，如雅慧剛進屋時望着他們樣。就這麼冷冷靜寂一會兒，又都把目光轉到觀音菩薩臉上去，彷彿雅慧是佛家，情勢應該有觀音出來收拾着，於是觀音就又問雅慧：

「你知不知道吉爾伽美什？」

雅慧怔一下，看着觀音搖了一下頭。

「聽都沒聽説過這個人？」老子接着問。

雅慧看着老子輕輕點了一下頭。

之後續寂一會兒，聖母站在那兒面着雅慧介紹説：

「遠古的吉爾伽美什，知道許多天上神的事，因此他本可以成為神，但卻偏偏做了人。做了人他就在盛年死掉了。現在你和吉爾伽美什一樣知道了神的事——你是人間唯一一位知道各教神祖都患有遺忘症的人。是知道他們都忘了救人於苦海的方法的唯一一個人。因為你知道神的機密了，神怕你在人中泄了這機密，所以就讓你有了和吉爾伽美什一樣成為神的機會了——現在你是想成神，還是去做人，你就立馬做個選擇吧。」

説完眾神都把目光落到雅慧臉上去，看着她就如大家都在看着一頁誰都千熟萬熟的書，明明知道那一頁經書上的每一個字，可還是要把目光落到那一頁的紙上去，宛若這一落，那一頁上的句子、字詞會重新合組變化着，會有新的經言、聖句生在那頁經書上。雅慧也就在那眾神們的日光裏，如豎在切切真真的夢裏樣，明明知道是做夢，又如沉在現實裏邊一樣認真着。她把目光從穆罕默德的這邊掃過去，經過耶穌、聖母和老子的臉，最後落到身邊觀音臉上去。於是觀音知道雅慧心存疑慮了，也就暗示着朝

她點了頭，讓她想好再回答，忖思三界、拿定了主意再回答，切不可把這做神的機會輕易錯過去。

而雅慧，這時也就始始終終合掌在胸上，始始終終咬着下嘴唇，直到有股夜風從陽台門窗那兒吹進來，月光入門的聲音落在屋子裏，像提醒神們什麼樣，神們又都相互看一眼，觀音才硬了聲音對着雅慧道：

「你只有這一次的選擇機會，想好了你就選擇吧。」

雅慧便猶猶豫豫輕聲說：

「讓我做人吧——由我選了還是讓我做人吧。」

於是神們都愕然的望着觀音和雅慧的臉，如《吉爾伽美什史詩》中吉爾伽美什拒絕女神伊什妲爾求婚那一刻，滿世滿天都是了驚愕和不解，又滿世滿天都是和此前預知樣。陽台外的天空還是六月末的深藍和晶瑩，涼意一股股的穿過陽台走進屋子裏。牆上一頁一幅的剪紙們，在風裏有窸窸窣窣的聲音走下來，落在地上如夜雲落在北京哪兒的腳步聲。這時樓的哪個角裏或層間，有只有神們才能聽到、看到的聲音和身影，於是在這窸窣和靜裏，觀音朝着門口望了望，用很冷肅的聲音追着問雅慧：

「——你真的要選擇做人嗎？」

雅慧面着菩薩向諸神點了頭。

「為什麼？！」觀音的聲音生硬變大了。

「我才十八呀，」雅慧也聲音大了一點兒，「我才剛過十八歲！」

到這兒，誰也不再說話了，彷彿諸神都突然意識到，雅慧剛過十八歲，還是滿身塵埃的女孩兒，本就不該有神的明悟、智慧和通達，於是就都理解了她選人棄神的粗疏和魯莽，彼此互看一會兒，老子的臉上顯出一些孩子般的笑，瞟瞟菩薩後，上前抱孩子樣抱着雅慧說：「我得替我的弟子明正謝謝你。」然後鬆開雅慧又回去站到菩薩身邊上，臉上便掛了如意和輕鬆。而聖母、耶穌和穆罕默德神，只是站在那兒臉上顯着遺失和缺憾，直到連雅慧也和神們一樣聽到門外電梯間裏有了電梯上升的嘰咕聲，觀音才又長長歎口氣，用更為冷肅的聲音問雅慧：

「我問你，做了人你能替神保密嗎？你能保證不向人們說出神們失憶──忘了救人於困難的方法一事嗎？」

雅慧又一次很重很重的點着頭。

穆罕默德問：

「你怎樣才能讓神們相信你？」

雅慧也就想了一會兒，默了一會兒，緊緊咬了一陣自己的下唇後，張嘴朝着眾神慢慢說：

「我有些記起來了。我師父好像和我說過那叫吉爾伽美什的人，他選擇做了人，對他的國人說了許多神的不是

和秘密，是不是因為這個他的名字就被人刻在了人的石板上？」問着環視着圍了她的諸神們，「那麼我若選擇做了人，一點都不洩露神的秘密和不是，那我的名字是會被刻在人的石板上，還是神的石板上？」

這次輪到神們啞然了，彷彿他們從來沒有想過人的石板和神的石板有什麼區別樣，於是就都相互望着沉默着，直到耶穌、聖母和穆罕默德想要說話時，又都看見在雅慧的身後有道人影閃一下，天使樣的那個孩子在那露一下臉，人就影樣消失了。之後好像跟着屋門外的保險門，輕微微的「咣」一聲，那原來虛掩着的門就風吹一樣鎖上了。

鎖上了也就鎖上了。

雅慧和神們還在說着話。穆罕默德望着那門警覺一下子，過去試着從裏扭那保險門的柄把朝外推，門卻焊接一樣推不開。再次用力正反撐那門把柄，把柄如死了一般不會動。於是他的臉上掛了驚愕色，連着猛推猛撐幾下子，回頭望着眾神們。眾神的臉上也都是有了驚愕和慌張。都過去試着用力開那保險門。沒有誰能打開那道門。就是雅慧把鑰匙反復插進鎖孔裏，也死活轉旋不動那黃銅鎖芯了。

這時候，老子恍然說了一句話：

「這兒是不是七十年前曾經把信眾的屍首綁在柱子上，誘神下來抓捕的北京誘神場？」

大家就都望着雅慧不說話。

雅慧的臉上頓時呈出了驚白和慌汗。她想起這兒是北京早先的監獄了。想起了這兒是北京早先槍斃人的刑場地。想起來無名氏說的民國時，誘神下來抓捕槍決把信徒綁在柱頂舉上天的事。「你是信徒你怎麼會買房買到那？你不怕你去了把神們帶去神們被捕、被抓、被槍斃？！」想到無名氏的話，雅慧渾身哆嗦一下子，不光臉上掛滿着汗，且渾身上下都被汗濕了。她望着圍着她的耶穌、觀音、聖母、老子和穆罕默德神，想朝他們跪下卻又把目光朝對面陽台那兒望過去。陽台外的天空上，自下而上忽然多出了幾道探照燈的光，那光正好照在這樓上。正好照着這塔二樓的東樓牆，還似乎正好把光柱對在雅慧的陽台上。

耶穌最先順着雅慧的目光朝陽台那兒急過去。

他到陽台俯在欄杆上，朝着樓下望了望，然後慢慢走回來，不慌不忙道：「幾十年前他們是舉着信徒的屍首誘我下來的，今天讓你們跟着我耶穌受難了。」神們就都望着耶穌的臉，都朝陽台湧過去，又都藉着欄杆朝下望。這樣過了幾秒鐘，都又回來站在屋中間。夜深人靜，屋裏的燈光更為熾白着，加上來自陽台那兒探照燈的光，屋子裏已亮如午時露着天的日光地。防盜門是由拇指粗的鋼筋焊接的，裏外左右和上下側，都又焊着厚而又厚的黑鐵皮。而屋裏，除了陽台和廚房的一扇小窗戶，其餘那兒都不和外面世界相連接，可偏偏廚房的窗戶又和陽台同在一面樓牆

上，同在探照燈的光柱下。神們就這樣被鎖在了屋子裏，如鐵籠子般的屋子裏。他們都知道，想走怕是不可能的事，不然他們從陽台上回來不會彼此站在屋裏面面相覷不說話，沉默如雨前的厚雲壓着沒有一絲風的山。

就在這神的沉默裏，雅慧從他們身邊走過去，也爬在陽台的欄杆朝下望。她看見整個玉建（獄監）小區的院裏擠滿了人。三柱探照燈架在院中央的花壇上。而樓下門前邊，是一排手持槍械的警察們，之後是跪着的一片人頭和站滿着看熱鬧的人群和這小區裏的居民們。警察攔着道路不讓人群朝樓的這邊湧，又讓開一條小道讓絡繹着的便衣朝着樓裏小跑着。再朝遠處看，好像玉建街上也都擠滿了人。在那擠滿人的街心裏，又有兩行隊伍潛流似的朝着小區這邊奔過來。她知道這小區和二號樓，一定都被警察、軍隊和不信神的人們包圍了，任誰插翅也難飛出去了。汗像雨樣從她的前胸後背朝下流。腿上的軟，使她想要從半空的陽台上邊栽下去。為了穩住身子不朝陽台外面栽，她兩手一邊抓緊陽台欄杆的水泥橫樑子，一邊把身子朝後挪。接着她又想知道這樓對面的塔樓頂上或哪扇窗戶裏，有沒有瞄準的槍口對着她的陽台和廚房窗，可在她將目光朝向對面扭去時，她看見前邊燈光下跪着的人群頭上有一片雪白了。那雪白是伊斯蘭信徒們的阿訇帽。她就把目光朝那一片白帽聚下去，隱約看見田東青阿訇跪在那，

頭上的帽子如清明之後一堆墳頂舉着的一圓白。好像他的妻子阮枝素和任賢老阿訇，跪在他的左右和他一樣掌合在胸正在祈禱着。接下來，雅慧又伸長脖子將頭朝樓下探過去，她看見那跪着的一片都是班裏的信眾同學們。水粵師父和大德和尚還有看不清的誰，帶着僧眾跪在伊斯蘭信眾的身後邊。基督教和天主教的信眾們，跪在伊斯蘭人的正北面。道教的信眾跪在佛教僧眾再後邊。一片上百的信徒都以自教的教儀跪着禱告和祈願。而雅慧，在樓上只能聽到來自地面汪洋着的嗡啦和叫喚聲。她想在那信眾裏找到明正在哪兒，就把目光落到道徒們的跪群裏，沒找到又把目光掃到道徒後的人群裏，就看見小區中央花池子的池沿上，第一、第二個探照燈的正中間，明正站在那兒舉着一塊很大很大的紙牌子，牌子上很清晰地寫着兩行字——

第一行字是三個字：「別出來！！」

第二行字是五個字：「千萬別出來！！！」

他把牌子對着二十二層她的陽台不停地晃，像在對她和神們警示召喚樣。雅慧盯着那兩行字，怔一下，慌忙轉身退到屋裏去。這時候，屋裏的觀音、聖母、耶穌、老子和穆罕默德神，都已如雅慧進屋最初看見他們一樣兒，大家靜靜安安坐在床沿、沙發和椅子上，誰也不說話，每一張臉上的平靜都如千年不變的天空般。現在雅慧的臉上沒

汗了，彷彿事已至此她也鎮靜了，只是後背汗落以後有着一絲絲的涼。

她立在他們身邊上。

他們都扭頭打量一眼她。

穆罕默德的眼裏有股奇怪的光。觀音的臉上讓雅慧看到了責怪色。而老子，坐在床沿仰頭望着天花板，好像正在等待未來的事情儘快發生樣。到這時，又都聽到電梯間卷繩上行着的吱唔聲和電梯門開後，有意壓下去的腳步聲，就都又把目光掃到門口那兒去。都知道鐵門外邊一定藏了不少人。他們也都一定端着子彈上了膛的槍。之所以現在沒有破門衝進來，是需要電梯下去再拉一撥人或者兩撥人。事到這時候，已經沒有什麼可説可以期待了。唯一能做的，就是讓屋裏的寂靜再靜一點兒，靜到人和神的目光在屋裏掃一下，就有雨泡破滅那樣的炸裂樣。

就在這炸裂着的寂靜裏，耶穌突然説了一句話：

「能走都走吧，把我留下來。」

大家都把目光掃到耶穌臉上去。

「怎麼走？」穆罕默德問。

「想走應該總能走。」耶穌這樣回答説。

聖母和觀音，這時同時站了起來了。她們彼此望一眼，觀音首先過去拉着雅慧的一隻手：「你屋裏有什麼東西有靈魂？」雅慧怔一下，聖母也過去拉着她的另外一

隻手：「不是人卻有人的靈魂那東西。」然後間，老子和穆罕默德神，就幾乎同時明白並想起什麼了，都過來圍在雅慧前後邊。耶穌在他的原位立起來，挺直胸脯把目光熱切切地落到雅慧臉上去。門外又傳來了另一部電梯上升到二十二層的開門聲。又傳來有意壓下去的腳步聲和門口低着嗓子咕噥什麼的說話聲。時間從宇宙那兒始，到這兒只還剩下一筷子的長。所有神的目光這時都集中到了雅慧的臉上和身上。

雅慧站在神中間，咬着嘴唇望着哪。

「別着急，好好想一想。」老子又是安慰又是催促地說。

觀音把雅慧的那隻手，拉在自己胸前邊，不停地替她擦着她手心裏的汗。

門外不知是誰撞在了鐵門上。鐵門突然發出一聲「哐噹噹！」的震響後，頓時屋裏屋外都沒有一絲聲響了。

像世界這時全都寂死了。

「剪紙……」雅慧突然說：「剪紙裏都有人的靈魂啊！」

所有的神都朝着屋裏牆上的剪紙望過去。

「放飛它！」觀音急急鬆開雅慧的手：「是你的靈魂你就趕快親自去放飛它！」

而聖母、老子、耶穌和穆罕默德神，卻幾乎同時又拉着走向床頭去揭剪紙的雅慧交待到，千萬別到陽台外面放，你就站在屋裏陽台門口上，把剪紙一張一張地朝着陽台外面的天空撒。於是開始了，神們都從床頭、櫃上和屋裏牆壁的這兒和那兒，廚房的冰箱上和碗櫃玻璃門框上，揭着各自的剪紙和寺廟、道觀、教堂和清真寺的剪紙圖，一張一疊地遞到雅慧手裏去。雅慧就站在陽台門裏邊，把觀音、老子、聖母、耶穌和穆罕默德的剪紙和廟觀、教堂的剪紙從門裏朝着陽台外面的天空撒。她看見有的剪紙朝着地上落，有的剪紙飛出屋門在陽台上的燈光裏，停頓一會兒，開始慢慢飄着朝着天空的高處飛。且越飛越多，也越來越快，像一群巨大的蝴蝶和鳥樣，由低到高，由近至遠，都從燈光的半空飛到了月光的夜穹裏邊了。

　　飛到了遼遠浩瀚的夜空天穹了。

　　諸神也就都踏着自家的剪紙安安全全脱難了。從凡世又回到了靜空碧月的世界裏。穆罕默德和雅慧告別時，交代雅慧説：「替我轉告一下田阿訇，他和妻子不用為修繕那座清真寺努力了。因為哪兒的清真寺清貧和破敗，哪兒的靈魂就越發需要我。我會經常出現在那兒。」老子走時交待説：「我替道士明正謝謝你，你為他修下了三生三世用不完的福。」觀音在離開雅慧從陽台升走時，她爬在雅慧的身上悄聲道：「你想的、做的我都看到了，你已經度化為佛

家之神了。」而耶穌，是最後一個看見自己的剪紙不是下落而是上升的。他藉着飛升的剪紙回走時，委託並向雅慧保證了一樁事：

「請代我去問王牧師一聲好——今夜你不僅替人讓神又成了神，我還要請你一定不要將上帝、安拉、佛陀和道祖都有了失憶症，忘了救人於苦難之法的病症說出去。保了這個密，我會和菩薩、老子親自去請聖母和安拉，大家共同去把你的名字永遠、永遠刻在石板上——是將一個中國女信徒的名字永遠刻在神的石板上！」

23 雅慧和明正

1 神之禮贊圖

一個學期也就這樣結束了。

新的一天到來了。國政大學宗教高研班的大師們，就在這一天，結業分手，各自回到了自家的廟、觀、教堂和清真寺，開始了新的上香、唸經、禮拜和祈禱。而雅慧和明正，就留在玉建小區結婚過着日子了。

到底雅慧一生都未對人說出神已經不能救治人的秘密來，她的名字就永遠被刻在了神的石板上。

初稿自 2017 年 5 月於香港科技大學始
至 2017 年 11 月於北京終
2018 年 1 至 7 月修改於香港科技大學

後記

信仰內外的相視書

這《心經》不是《大品般若經》中的 260 個字。

那 260 字的每一個，都是鑽石的一粒或一把。這兒說的信仰內外的相視書，是《心經》這部小說中神聖出去與世俗進來間相遇、相視的故事和閒文。是與那 260 字相對應的莊嚴與庸俗。是雞蛋和石頭相撞那一瞬間的摩擦、接觸與親吻。

我不想（也無能）把這個故事講得和《紅字》與《卡拉馬佐夫兄弟》樣，不想把它寫成《盧布林的魔術師》和《權力與榮耀》，再或是《沉默》、《深河》與《心靈史》，甚至也不要它像一靜一動、一婉一莽的《金閣寺》與《撒旦詩篇》樣，前者借助金閣寺的美，而在美上植入異樣的光；後者借助撒旦故事的篇外篇，寫出內銳外莽的驚世曠景異故事。

文學在故有的宗教小說中，已經寫盡了人與神的兩極了，一如石匠把枯與花、沙與鑽、糞與糧、聖與俗極度清晰地刻寫在了石碑上。

緣於到今天，懷有宗教信仰的人都還依然是人着，所以宗教的世界是比我們俗世更為豐富、飽滿的世界和人類；緣於懷有宗教情懷的人，都是精神峰頂的攀登者，所以他們的世界才更為奇異和純粹。

二十幾年前，我和老家洛陽的一位兄長到小城汝州的一個古刹裏，秋時陽爐，晚樹雀鴉，還有金石雨落在老鼓面上的笙琴聲。我們沿着琴聲走過去，看見在黃昏的落日裏，五、六位身着袈裟的老和尚與小和尚，他們在寺堂門前的地上鋪了兩鋪席，席間是一堆小山似的來自寺廟神前幾個善款箱中的錢，百元、五十、二十、十元和各種單元票角的紙幣和硬幣。他們分門別類，慢慢點數，依着這些錢的面值和款形，微喜安靜地將其一一分開來，碼起堆，壘成柱，整齊地擺在各自袈裟下的盤腿前，像牧羊人把山羊和綿羊分開樣；如莊稼人將大麥、小麥、秕子及黃豆和黑豆分開樣。落日是一種銅黃色。音樂是一種暖油色。他們的臉上是平靜、純樸的笑和又一天過去的自然與放鬆。

二十幾年來，我從來沒有忘記過那一場景和畫面。

那一畫面給我永恆強烈的曖昧的美。

也許自那時，關於一部信仰內外相視書的種子已經種下了，只是缺少一場春雨之契機，種子才總是被封閉在堅硬貧薄的殼土下。

就這樣過去了將近二十年，終於在某一天的不意間，一位兄弟般的作家給我講了兩派宗教在特殊情況下的一場友誼拔河賽，當時我和另外一個青年作家都被驚在那一場異教賽事裏，之後我便以一杯滿酒的價格把這個故事買下了。

　　這個異教拔河的故事和二十幾年前那個曖昧的場景在一瞬間裏疊化在一起，彷彿突然到來的一場契機雨，落在了封閉着一粒種子的土地上。於是，那粒種子膨脹了，發芽了，用幾年時間來破土、成長而成了現在這樣子。

　　反覆地重讀上邊談到的偉大小說和故事，一如只瀏覽一遍《血戰鋼鋸嶺》，該要感悟記住的，也就感悟記住了。反覆地看與匆忙地悟，就是為了不要寫得和人家一樣兒，哪怕明知這樣你就必然沒有共識的響動和呼聲，也還是想着「人家都已經那樣了，你怎麼還能那樣兒！」

　　不寫極端中的人之所以人和神之所以神，也不寫人走向神的艱辛與昇華，或由神而人的墮墜與降落，還有神、人兩極間的靈魂之糾纏——那些偉大的作家和作品，已經高山一樣擋着筆下的路——既然巍峨都已屬於別人的筆，那就把細碎凌亂留給我；既然重是屬於別人的，那麼我也該嘗試一次筆下的輕；既然在漫長的書頁歷史中，神與人的文學高山都已橫亙在路上，那麼就把人入神與神出人彼

此擦肩而過時，那相視一瞬的當下留給我：一個人從裏朝外走，一個人從外朝裏走；或一個人是朝裏去，而他的心卻是朝外行；再或他（她）的內心是朝裏，而凡體的肉身卻是朝外移動着——我希望我找到並抓住這擦肩而過的一瞬間，寫出他們的相視一笑來；寫出他們相視的一默或一冷；寫出他們相遇的擊掌和哈哈哈的大笑聲，再或擦肩而過的彼此不識、沉默與苦酸。

我要的非常少和非常小。

我一反我的過往與習慣，只寫他們在那信仰的門口進出時相遇、相視那一瞬的簡單和曖昧。

我寫了 32 萬字，留下了這不足 16 萬的字。其中有 5 萬字可說是黃中的黃、色中的色、激情中的激情和碰撞中的撞。但在我幾歲的孫女到我書房叫我吃飯那一瞬間，我決定把它們刪除撕掉了。

這一瞬，決定了這部 32 萬字的小說只還有一半還活着，決定了這部小說的節奏、基調及小說中所有的神聖與世俗，及人與神間所生發的情節與細節。整部小說我都試圖去寫在黑暗中緩緩開門時那一瞬一隙到來的光，和從光明中關門那一瞬一隙到來的暗。我希望寫出光暗相交那一瞬的曖昧和美，就像雞蛋與石頭快速相遇那一瞬的相視、撫摸和親吻。在這一瞬前，無論是石頭朝雞蛋滾過去，還

是雞蛋被人擲着朝向石頭飛過去，其過程都非重心和中心。重心和中心，是它們相遇前那一瞬的相視、撫摸和曖昧。

我希望寫出一部神聖與世俗出入交錯時的親吻、曖昧的輕小說。

一部神聖和世俗不得不親吻的那種甘苦自知的小小說。

一部人人都懂的中國式宗教信仰的淺小說，宛若我們人人對《般若波羅蜜多心經》的普遍了解和普遍困惑樣。

事實上，完成這部小說的是三個人和一群人，而作者不是我。他們分別是，二十幾年前把我帶進河南汝州古剎的那個人；幾年前那個給我講了異教拔河故事的人；還有整整用一年半的時間為這部小說精心構思、剪制出二百多幅剪紙故事的剪紙大家尚愛蘭和出版這本書的出版社的所有同仁勞動者。而我只是這三個人和一群人的聯絡者，就像一捧珍珠中間那根最不值錢的線。

2019 年 12 月 8 日
於香港科技大學